RULE
OF
WOLVES

LEIGH BARDUGO

RULE OF WOLVES

TRONO DE PRATA E NOITE

Tradução
Isadora Prospero

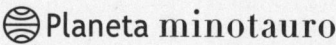

Planeta minotauro

Copyright © Leigh Bardugo, 2021
Copyright © Editora Planeta do Brasil, 2022
Copyright da tradução © Isadora Prospero
Todos os direitos reservados.
Título original: *Rule of Wolves*

Preparação: Ligia Alves
Revisão: Mariana Rimoli e Bárbara Parente
Diagramação: Maria Beatriz Rosa
Mapa: Sveta Dorosheva
Ilustração de capa: Hedi Xandt
Capa: Natalie C. Sousa
Adaptação de capa: Beatriz Borges

Dados Internacionais de Catalogação na Publicação (CIP)
Angélica Ilacqua CRB-8/7057

Bardugo, Leigh
    Rule of Wolves: Trono de Prata e Noite / Leigh Bardugo; tradução
de Isadora Prospero. – São Paulo: Planeta do Brasil, 2022.
    528 p.

ISBN 978-65-5535-795-0
Título original: Rule of Wolves

1. Ficção norte-americana I. Título II. Prospero, Isadora

22-2873   CDD 813

Índice para catálogo sistemático:
1. Ficção norte-americana

MISTO
Papel produzido a partir
de fontes responsáveis
FSC® C011188

Ao escolher este livro, você está apoiando o
manejo responsável das florestas do mundo

2022
Todos os direitos desta edição reservados à
Editora Planeta do Brasil Ltda.
Rua Bela Cintra, 986, 4º andar – Consolação
São Paulo – SP CEP 01415-002
www.planetadelivros.com.br
faleconosco@editoraplaneta.com.br

Para EDA, que me ajudou a encontrar
o meu lugar entre os lobos

Os Grishas

Soldados do Segundo Exército
Mestres da Pequena Ciência

Corporalki

(a ordem dos vivos e dos mortos)

Sangradores

Curandeiros

Etherealki

(a ordem dos conjuradores)

Aeros

Infernais

Hidros

Materialki

(a ordem dos fabricadores)

Durastes

Alquimistas

O Rei

Demônio

I
RAINHA MAKHI

MAKHI KIR-TABAN, NASCIDA DO PARAÍSO, era uma rainha que descendia de uma longa linhagem de rainhas.

E elas eram todas tolas, ela pensou, seu pulso acelerando enquanto lia o convite em sua mão. *Se não fossem, eu não estaria neste dilema agora.*

A raiva não transparecia em seu rosto. O sangue não tomou suas faces lisas. Ela era uma rainha e se comportava à altura – as costas eretas, o corpo empertigado, a expressão controlada. Seus dedos não tremiam, embora cada músculo em seu corpo ansiasse por esmagar o papel coberto de letras elegantes até virar pó.

O rei Nikolai Lantsov, grão-duque de Udova, único soberano da grande nação de Ravka, e a princesa Ehri Kir-Taban, Filha do Paraíso, a Mais Etérea da Linhagem Taban, têm o prazer de convidar a rainha Makhi Kir-Taban para uma celebração de matrimônio na capela real de Os Alta.

O casamento ocorreria dali a um mês. Tempo suficiente para os criados de Makhi embalarem os vestidos e joias apropriados, convocarem o séquito real e prepararem um contingente da Tavgharad, as soldadas de elite que protegiam sua família desde que a primeira rainha Taban subira ao trono. Tempo de sobra para empreender a jornada por terra ou na nova aeronave de luxo que seus engenheiros tinham construído.

Tempo de sobra para uma rainha inteligente deflagrar uma guerra.

Mas, no momento, Makhi tinha que apresentar uma farsa aos ministros à sua frente na câmara do conselho. Sua mãe falecera apenas um mês antes. A coroa teria voltado à avó de Makhi, mas Leyti Kir-Taban tinha quase oitenta anos e estava cansada dos transtornos de governar uma nação. Queria apenas podar suas rosas e viver no campo com uma série de amantes absurdamente belos, e portanto tinha dado sua bênção a Makhi e se retirado para o interior. Makhi fora coroada poucos dias após o funeral da mãe. Seu reinado era recente, mas ela pretendia garantir que fosse longo. Ela daria início a uma era de prosperidade e império para seu povo – e isso exigiria o apoio dos ministros reais que a encaravam agora, com os rostos cheios de expectativa.

— Eu não vejo uma mensagem pessoal de Ehri — ela disse, reclinando-se no trono. Deixou o convite no colo e permitiu que seu cenho se franzisse. — É preocupante.

— Deveríamos estar celebrando — apontou o ministro Nagh. Ele usava o casaco verde-escuro com botões de bronze da classe dos burocratas, como todos os ministros, e tinha as duas chaves cruzadas dos shu presas na lapela. Os ministros pareciam uma floresta de árvores severas. — Não é o resultado que estávamos esperando? Um casamento para selar a aliança entre nossas nações?

O resultado que vocês *estavam esperando. Vocês querem que nos acovardemos atrás de nossas montanhas para sempre.*

— É claro — ela disse com um sorriso. — Foi por isso que arriscamos enviar nossa preciosa princesa Ehri a uma terra selvagem. Mas ela deveria ter escrito um bilhete de próprio punho e nos dado algum indício de que está tudo bem.

A ministra Zihun pigarreou.

— Alteza Celestial, Ehri pode não estar feliz, mas apenas resignada. Ela nunca quis viver uma vida pública, muito menos longe do único lar que conheceu.

— Nós somos Taban. Queremos o que nosso país precisa.

A ministra inclinou a cabeça respeitosamente.

— É claro, Alteza. Devemos compor sua resposta?

— Farei isso pessoalmente — garantiu a rainha. — Como um sinal de respeito. É melhor começarmos essa parceria com o pé direito.

— Muito bem, majestade — apoiou-a Nagh, como se Makhi tivesse executado uma mesura particularmente elegante.

De alguma forma, a aprovação do ministro irritou Makhi ainda mais do que a sua oposição.

Ela se ergueu e, em uníssono, os ministros recuaram um passo, conforme o protocolo. Desceu do trono e suas guardas da Tavgharad a seguiram pelo longo corredor que levava ao santuário da rainha. A cauda de seda do vestido suspirou contra o chão de mármore, tão agitada quanto um de seus conselheiros. Makhi sabia exatamente quantos passos eram necessários para alcançar a privacidade de seus aposentos a partir da câmara do conselho. Tinha realizado o percurso inúmeras vezes com a mãe e, antes disso, com a avó. Agora ela os contou em ordem decrescente – cinquenta e seis, cinquenta e cinco – a fim de desafogar sua frustração e de pensar claramente.

Sentiu a presença do ministro Yerwei atrás de si, embora o som das sandálias dele fosse abafado pelas batidas rítmicas das botas da Tavgharad. Era como ser perseguida por um fantasma. Se ordenasse às guardas que cortassem a garganta dele, elas o fariam sem hesitar. E então, quando ela fosse julgada por assassinato – como até uma rainha podia ser, em Shu Han –, elas testemunhariam contra ela.

Quando alcançaram o santuário da rainha, Makhi passou sob um arco dourado e entrou em uma pequena sala de visitas construída em mármore verde-claro. Ela dispensou os criados à espera com um aceno e se virou para a Tavgharad.

— Não nos perturbem — instruiu.

Yerwei a seguiu através da sala de visitas até a sala de música, e por fim eles alcançaram o grande salão de recepções onde Makhi já se sentara no colo da mãe para ouvir histórias das primeiras rainhas Taban – guerreiras que, acompanhadas por seu séquito de falcões domesticados, tinham descido das montanhas mais altas nos Sikurzoi para governar os shu. *Taban yenok-yun,* elas eram chamadas. A tempestade que perdurou.

O palácio fora construído por aquelas rainhas, e ainda era uma façanha assombrosa de engenharia e beleza. Ele pertencia à dinastia Taban. Pertencia ao povo. E, por aquele breve momento – apenas alguns passos contados na marcha da linhagem Taban –, pertencia a Makhi. Ela sentiu seu humor abrandar quando eles entraram na Corte da Asa Dourada. Era um cômodo com luz brilhante e água corrente, as fileiras de arcos esguios da varanda emoldurando as sebes podadas e as fontes borbulhantes dos jardins reais abaixo, e, além deles, os pomares de ameixa de Ahmrat Jen, as árvores dispostas como um regimento de soldados em fileiras perfeitas.

Era inverno em Ravka, mas em Shu Han, naquela terra abençoada, o sol ainda ardia quente.

Makhi saiu na varanda. Era um dos poucos lugares onde ela achava seguro conversar, distante dos olhos intrometidos e dos ouvidos curiosos de criados e espiões. Uma mesa de vidro verde tinha sido disposta com jarros de vinho e água e uma bandeja de figos maduros. No jardim abaixo, ela viu sua sobrinha Akeni brincando com um dos filhos do jardineiro. Se Makhi não gerasse filhas com um dos seus consortes, decidira que Akeni herdaria a coroa um dia. Ela não era a mais velha das garotas Taban, mas mesmo aos oito anos era claramente a mais inteligente. Uma surpresa, dado que sua mãe tinha a profundidade de um prato de jantar.

— Tia Makhi! — gritou Akeni lá de baixo. — Achamos um ninho de passarinho!

O filho do jardineiro não olhou diretamente para a rainha nem falou com ela; só ficou parado em silêncio ao lado da companheira de brincadeiras, com os olhos fixos nas sandálias rotas.

— Você não deve tocar nos ovos — disse Makhi de cima. — Olhe, mas não toque.

— Não vou tocar. Quer flores?

— Me traga uma ameixa amarela.

— Mas elas são azedas!

— Me traga uma e eu contarei uma história para você. — Ela viu as crianças correrem rumo ao muro sul do jardim. As frutas ficavam nos galhos mais altos, e seria preciso tempo e engenhosidade para alcançá-las.

— Ela é uma boa criança — observou Yerwei do arco atrás dela. — Talvez obediente demais para se tornar uma boa rainha.

Makhi o ignorou.

— A princesa Ehri está viva — ele disse.

Ela agarrou o jarro e o lançou nas pedras abaixo.

Arrancou as cortinas das janelas e as rasgou com as unhas.

Enterrou o rosto nas almofadas de seda e gritou.

Ela não fez nenhuma dessas coisas.

Em vez disso, jogou o convite sobre a mesa e tirou a coroa pesada da cabeça. Era de platina pura, coberta espessamente de esmeraldas, e sempre fazia seu pescoço doer. Makhi a deixou ao lado dos figos e se serviu de uma taça de vinho. Os criados deveriam atender a essas necessidades, mas ela não os queria por perto naquele momento.

Yerwei entrou silenciosamente na varanda e se serviu de vinho sem pedir permissão.

— Sua irmã não deveria estar viva.

A princesa Ehri Kir-Taban, tão amada pelo povo, tão preciosa – por motivos que Makhi nunca fora capaz de entender. Ela não era sábia, nem bela, nem interessante. Só sabia sorrir afetadamente e tocar o *khatuur*. No entanto, era adorada.

Ehri deveria estar morta. O que tinha dado errado? Makhi fizera seus planos cuidadosamente. Eles deveriam ter terminado tanto com o rei Nikolai quanto com a princesa Ehri mortos – e Fjerda culpada pelos assassinatos. Sob o pretexto de vingar o assassinato da amada irmã, Makhi marcharia para um país sem rei e sem leme, arrebanharia os Grishas deles para o programa de *khergud* e usaria Ravka como base para deflagrar guerra contra os fjerdanos.

Tinha escolhido sua agente a dedo: Mayu Kir-Kaat era membro da própria Tavgharàd da princesa Ehri. Era uma guerreira e espadachim jovem e talentosa, e, mais importante, estava vulnerável. Seu irmão gêmeo tinha desaparecido de sua unidade militar e a família fora informada de que o jovem morrera em ação. Mayu, porém, tinha adivinhado a verdade: ele fora selecionado para se tornar um dos *khergud* e introduzido no programa Coração de Ferro, que o tornaria mais forte e mais letal – e não inteiramente humano. Mayu tinha implorado que ele fosse libertado antes que a conversão pudesse ocorrer e devolvido ao serviço como um soldado regular.

A rainha Makhi sabia que o processo para se tornar *khergud* – ter aço Grisha fundido aos ossos ou asas mecânicas acopladas às costas – era doloroso. Mas diziam que o processo fazia algo mais, que os soldados levados para o programa emergiam alterados de modos terríveis, que os *khergud* perdiam alguma parte fundamental de si mesmos na conversão, como se a dor queimasse uma parte do que os tornava humanos. É claro, Mayu Kir-Kaat não queria isso para o irmão. Eles eram gêmeos, *kebben*. Não existia elo mais íntimo. Mayu tiraria a própria vida e a vida de um rei para salvá-lo.

A rainha Makhi baixou o vinho e pegou um copo de água no lugar. Precisaria ter a cabeça desanuviada para o que estava por vir. Sua ama lhe dissera uma vez que ela devia ter tido um irmão gêmeo, mas ele entrara no mundo natimorto. "Você consumiu a força dele", ela tinha sussurrado, e mesmo então Makhi já sabia que um dia seria uma rainha. O que poderia ter acontecido se o irmão tivesse sobrevivido? Quem Makhi teria se tornado?

Agora não fazia diferença.

O rei de Ravka continuava perfeitamente vivo.

Assim como a irmã dela.

A situação era ruim, mas a rainha Makhi não tinha certeza do quanto. Será que Nikolai Lantsov sabia da trama contra ele? Será que Mayu perdera a coragem e contara à princesa Ehri sobre o plano verdadeiro? Não. Ela se recusava a acreditar. O elo dos *kebben* era forte demais para isso.

— Esse convite parece uma armadilha — ela disse.

— A maioria dos casamentos é.

— Poupe-me de seus gracejos, Yerwei. Se o rei Nikolai souber...

— O que ele pode provar?

— Ehri pode ter muito a dizer. Dependendo do que souber.

— Sua irmã tem uma alma gentil. Ela jamais acreditaria que você seria capaz de um subterfúgio desses, e certamente nunca falaria contra você.

Makhi bateu no convite.

— Então explique isto!

— Talvez ela tenha se apaixonado. Ouvi dizer que o rei é muito charmoso.

— Não seja ridículo.

A princesa Ehri tomara o lugar de Mayu na Tavgharad. Mayu tinha ido disfarçada como a princesa Ehri. A tarefa de Mayu era se aproximar do rei Nikolai, assassiná-lo e então tirar a própria vida. Até onde a princesa Ehri sabia, isso seria o fim. Mas, na invasão que se seguiria, vidas inevitavelmente seriam perdidas e a Tavgharad tinha ordens de garantir que Ehri fosse uma das baixas. Elas haviam sido designadas para cuidar de Ehri, mas seguiam apenas as ordens da rainha. Os ministros de Makhi jamais saberiam do plano que ela tinha engendrado. Então o que dera errado?

— Vossa Alteza deve ir ao casamento — disse Yerwei, em tom de sermão. — Todos os seus ministros esperam que vá. É a realização dos planos deles para a paz. Eles acham que você deveria estar extasiada.

— Eu não pareci extasiada o suficiente para o seu gosto?

— Pareceu o que sempre parece: uma rainha perfeita. Só eu vi os sinais.

— Homens que veem demais costumam perder os olhos.   *demais-de menos*

— E rainhas que confiam de menos costumam perder o trono.

Makhi virou a cabeça bruscamente.

— O que quer dizer com isso?

Só Yerwei sabia a verdade – e não apenas quanto aos detalhes de seu plano de assassinar o rei ravkano e a própria irmã. Ele tinha servido como médico pessoal da mãe e da avó dela. Tinha sido testemunha no leito de morte da mãe quando a rainha Keyen Kir-Taban, Nascida do Paraíso, escolhera Ehri como herdeira em vez de Makhi. Era direito de uma rainha Taban escolher sua sucessora, mas era quase sempre a filha mais velha. Acontecera assim por centenas de anos. Makhi estava *destinada* a ser rainha. Tinha nascido e sido criada para isso. Era tão forte quanto uma guarda da Tavgharad, uma cavaleira hábil, estrategista brilhante e sagaz como uma aranha. Apesar disso… a mãe escolhera Ehri. A meiga, doce e amada Ehri, que o povo adorava.

— Prometa-me — dissera a mãe. — Prometa que vai cumprir os meus desejos. Jure pelas Seis Soldadas.

— Eu prometo — Makhi tinha sussurrado.

Yerwei ouvira tudo. Ele era o conselheiro mais antigo da mãe, tão antigo que Makhi não fazia ideia de quantos anos passara nesta terra. Nunca parecia envelhecer. Ela olhara para ele, para os olhos umedecidos no rosto enrugado, e se perguntara se ele tinha contado à mãe dela sobre o trabalho que eles realizavam juntos, os experimentos secretos, o programa *khergud*. Tudo isso chegaria ao fim com Ehri no trono.

— Mas Ehri não quer governar… — Makhi tinha tentado argumentar.

— Só porque sempre presumiu que você seria rainha.

Makhi tinha pegado a mão da mãe.

— Eu deveria ser. Eu estudei para isso. Treinei para isso.

— No entanto, nenhuma lição jamais lhe ensinou a gentileza. Nenhum tutor lhe ensinou a misericórdia. Você tem um coração sedento por guerra e eu não sei por quê.

— É o coração do falcão — afirmara Makhi orgulhosamente. — O coração dos Han.

— É a vontade do falcão. É uma coisa diferente. Jure para mim que fará isso. Você é uma Taban. Nós queremos o que o país precisa, e essa nação precisa de Ehri.

Makhi não tinha chorado ou discutido; simplesmente fizera o juramento.

Então a mãe deu o último suspiro. Makhi fez suas preces às Seis Soldadas e acendeu velas pelas rainhas Taban mortas. Arrumara o cabelo e esfregara as mãos nas vestes de seda. Ela teria que usar azul em breve, a cor do luto. E tinha muito para lamentar – a perda da mãe, a perda de sua coroa.

— Você conta a Ehri ou eu devo contar? — ela tinha perguntado a Yerwei.

— Contar o quê?

— Minha mãe...

— Eu não ouvi nada. Estou contente que ela tenha ido em paz.

Foi assim que o pacto deles foi feito, sobre o cadáver ainda quente da mãe dela. E foi assim que uma rainha nasceu.

Agora Makhi estava apoiando os braços na varanda e inspirando os aromas do jardim – jasmim, laranjas doces. Ouvia a risada da sobrinha e do filho do jardineiro. Quando tomou a coroa da irmã, não percebera como isso resolveria pouca coisa – que ela competiria eternamente com a gentil e tonta Ehri. Só uma coisa colocaria fim àquele sofrimento.

— Irei ao casamento da minha irmã. Mas primeiro devo enviar uma mensagem.

Yerwei se aproximou.

— O que pretende fazer? Sabe que os ministros lerão o bilhete, mesmo se estiver selado.

— Não sou idiota.

— Pode cometer idiotices sem ser idiota. Se...

A frase de Yerwei foi interrompida sem aviso.

— O que foi? — perguntou Makhi, seguindo o olhar dele.

Uma sombra estava se movendo sobre os pomares de ameixas além do muro do palácio. Makhi ergueu os olhos, esperando ver uma aeronave, mas os céus estavam limpos. A sombra continuou crescendo, espalhando-se como uma mancha e avançando rapidamente em direção a eles. As árvores que a sombra tocava tombavam; seus galhos ficavam pretos e então desapareciam, sem deixar nada para trás exceto terra cinzenta e um fio de fumaça.

— O que é isso? — perguntou Yerwei ofegante.

— Akeni! — gritou a rainha. — Akeni, desça da árvore! Desça daí agora!

— Estou colhendo ameixas! — exclamou a garota, rindo.

— Eu disse *agora*!

Akeni não podia ver além dos muros, aquela maré negra de morte que vinha em silêncio.

— Guardas! — gritou a rainha. — Ajudem-na!

Mas era tarde demais. A sombra deslizou sobre o muro do palácio, escurecendo os tijolos dourados e caindo em cima da ameixeira. Foi como se um véu escuro cobrisse Akeni e o filho do jardineiro, silenciando seu riso.

— Não! — gritou Makhi.

— Minha rainha — disse Yerwei, com urgência. — Deve vir depressa.

Mas aquele flagelo havia parado bem na beirada da fonte, nítido como a marca da maré alta na areia. Tudo que tinha tocado jazia cinza e devastado. Tudo que ficara de fora era verde, exuberante e cheio de vida.

— Akeni — sussurrou a rainha, com um soluço.

Só o vento respondeu, soprando pelo pomar e dissipando as últimas gavinhas finas de sombra. Não restou nada exceto o aroma adocicado de flores, felizes e despreocupadas, com as faces voltadas para o sol.

2
NINA

Nina sentiu o salgado do ar na língua e deixou os sons do mercado a envolverem – os vendedores anunciando suas mercadorias, as gaivotas no porto de Djerholm, os marinheiros gritando a bordo dos navios. Ela olhou para o topo da colina, onde a Corte de Gelo assomava sobre tudo, com seus muros brancos altos brilhando tão forte quanto ossos expostos, e reprimiu um estremecimento. Era bom estar ao ar livre, longe dos cômodos isolados da Ilha Branca, mas ela sentia que a construção antiga a observava, como se pudesse ouvi-la sussurrar: *Eu sei o que você é. Você não pertence a este lugar.*

— Faça o favor de calar a boca — ela resmungou.

— Hmm? — perguntou Hanne enquanto elas percorriam o cais.

— Nada — respondeu Nina depressa.

Falar com estruturas inanimadas não era um bom sinal. Ela tinha passado tempo demais confinada, não só na Corte de Gelo, mas também no corpo de Mila Jandersdat, com o rosto e o corpo esculpidos para esconder sua verdadeira identidade. Lançou outro olhar sombrio para a Corte de Gelo. Dizia-se que seus muros eram impenetráveis e que jamais foram invadidos por um Exército inimigo. Mas os amigos dela o invadiram sem problemas. Eles explodiram um buraco naqueles muros grandiosos com um dos próprios tanques de Fjerda. E agora? Nina era pouco mais que um camundongo — um camundongo grande e loiro usando saias pesadas demais e mordiscando as fundações da Corte de Gelo.

Ela parou na barraca de um vendedor de lá, cujas bancas estavam abarrotadas com os coletes e cachecóis tradicionais usados para o Vinetkälla.

Contra a própria vontade, Nina ficou encantada com Djerholm desde a primeira vez que a vira. Era organizada como só uma cidade fjerdana podia ser, suas casas e estabelecimentos pintados de rosa e azul e amarelo, as construções próximas à água e aconchegando-se umas nas outras como se buscassem se aquecer. A maioria das cidades que Nina já vira – quantas eram?, quantas línguas tinha falado nelas? – fora construída ao redor de uma praça central ou rua elevada, mas Djerholm não era assim. Seu sangue vital era a água salgada, e o mercado ficava voltado para o mar, esparramado ao longo do cais, suas lojas e carroças e barracas oferecendo peixe frito, carnes secas e massa envolvida em espetos quentes, cozida sobre brasas e então polvilhada com açúcar. Os corredores de pedra da Corte de Gelo eram frios e imperiosos, mas ali existia bagunça e vida.

Para onde quer que Nina olhasse havia lembretes de Djel, ramos de seu freixo sagrado entrelaçados em nós e corações em preparação para as festas invernais do Vinetkälla. Em Ravka, as pessoas estariam se preparando para o Festival de Sankt Nikolai. E para a guerra. Era esse fato que fazia seu coração pesar toda noite quando se deitava para dormir, que subia furtivamente por sua garganta para roubar seu fôlego todos os dias. Seu povo estava em perigo e ela não sabia como ajudar. Em vez disso, estava examinando chapéus e cachecóis de crochê atrás das linhas inimigas.

Hanne estava ao lado dela, embrulhada em um casaco cor de cardo que fazia sua pele dourada brilhar apesar do dia nublado, com uma boina tricotada elegante cobrindo o cabelo raspado para evitar atrair a atenção. Por mais que Nina odiasse os confins da Corte de Gelo, Hanne sofria ainda mais. Ela precisava correr e cavalgar; precisava do aroma fresco de neve e pinheiros e do conforto dos bosques. Tinha vindo para a Corte de Gelo com Nina por vontade própria, mas sem dúvida os longos dias de conversas polidas ao longo de refeições tediosas vinham cobrando seu preço. Mesmo aquela parca liberdade – um passeio ao mercado com os pais e os guardas na cola delas – era suficiente para ruborizar suas faces e deixar seus olhos brilhando de novo.

— Mila! Hanne! — chamou Ylva. — Não se afastem demais.

Hanne revirou os olhos e ergueu um novelo de lã azul na barraca do vendedor.

— Como se fôssemos crianças.

Nina deu uma olhada para trás. Jarl e Ylva Brum, os pais de Hanne, as seguiam a uma curta distância, atraindo olhares admirados enquanto passeavam pelo cais – ambos altos e esguios, Ylva usando lá marrom quente e pele de raposa vermelha e Brum no uniforme preto que enchia Nina de ódio, com o lobo prateado dos *drüskelle* gravado na manga. Dois jovens caçadores de bruxas os seguiam, seus rostos barbeados e o cabelo dourado comprido. Só quando tivessem completado seu treinamento e ouvido as palavras de Djel em Hringkälla eles teriam permissão para deixar a barba crescer. E então sairiam alegremente pelo mundo para assassinar Grishas.

— Papai, estão preparando algum tipo de espetáculo — disse Hanne, gesticulando para a ponta do cais, onde um palco improvisado fora construído. — Podemos assistir?

Brum franziu o cenho de leve.

— Não é uma daquelas trupes de Kerch, é? Com as máscaras e piadas obscenas?

Infelizmente não, pensou Nina, mal-humorada. Ela ansiava pelas ruas selvagens de Ketterdam. Preferiria cem apresentações indecentes e barulhentas de Komedie Brute em troca dos cinco atos intermináveis da ópera fjerdana que fora obrigada a suportar na noite anterior. Hanne a ficara cutucando para que não cochilasse.

— Você está começando a roncar — a garota tinha sussurrado, lágrimas escorrendo pelas bochechas enquanto tentava controlar o riso.

Quando Ylva viu o rosto vermelho e os olhos molhados da filha, deu um tapinha no joelho de Hanne.

— É *mesmo* uma peça comovente, não é?

Hanne só tinha conseguido assentir e apertar a mão de Nina.

— Ah, Jarl — disse Ylva para o marido agora. — Tenho certeza de que será perfeitamente decente.

— Muito bem. — Brum cedeu e eles se dirigiram ao palco, deixando o vendedor decepcionado para trás. — Mas você ficaria surpresa com a degradação deste lugar. Corrupção. Heresia. Bem aqui na capital. Está vendo aquilo? — Ele apontou para a frente queimada de uma loja pela qual passaram. Parecia ter sido um açougue, mas agora as janelas estavam quebradas e as paredes manchadas de fuligem.

— Duas noites atrás, fizeram uma batida nessa loja. Encontraram um altar à suposta Santa do Sol e um à… qual é o nome dela? Linnea das Águas?

— Leoni — corrigiu Hanne suavemente.

Nina tinha ouvido sobre a batida por intermédio de seus contatos da Hringsa, uma rede de espiões dedicada a libertar Grishas por toda Fjerda. Os bens do açougueiro tinham sido jogados na rua e os armários e estantes desmontados para desenterrar relíquias escondidas – um osso do dedo da Santa do Sol, um ícone pintado por uma mão amadora que claramente retratava a bela Leoni com seu cabelo em tranças enroladas e os braços erguidos para extrair veneno de um rio e salvar uma cidade.

— É pior que a mera adoração dos santos — continuou Brum, erguendo um dedo como se o ar o tivesse ofendido pessoalmente. — Estão alegando que os Grishas são os filhos favoritos de Djel. Que os poderes deles na verdade são um sinal da bênção dele.

As palavras fizeram o coração de Nina se apertar. Matthias dissera a mesma coisa antes de morrer. A amizade com Hanne a tinha ajudado a curar aquela ferida. Aquela missão, aquele propósito, ajudavam, mas a dor ainda estava lá, e ela suspeitava que sempre estaria. A vida de Matthias fora roubada e ele nunca tivera a chance de encontrar seu propósito. *Eu já o cumpri, meu amor. Protegi você. Até o fim.*

Nina engoliu o nó que se formou na garganta e se obrigou a dizer:

— Hanne, vamos comprar uma água de mel? — Ela teria preferido vinho, talvez algo mais forte, mas mulheres fjerdanas não tinham permissão para beber álcool, especialmente em público.

O vendedor de água de mel sorriu para elas e seu queixo caiu quando avistou o uniforme de Brum.

— Comandante Brum! — ele disse. — Que tal algumas bebidas quentes para sua família? Para fortificá-los neste dia gelado?

O homem tinha ombros largos e um pescoço grosso, com um longo bigode ruivo. Seus pulsos estavam tatuados com ondas que poderiam indicar que era um ex-marinheiro – ou algo mais.

Nina teve uma estranha sensação de duplicação enquanto assistia a Jarl Brum apertar a mão do vendedor. Quase dois anos antes, a poucos metros de onde estavam agora, ela tinha lutado com aquele homem. Tinha enfrentado o comandante dos *drüskelle* como ela mesma, Nina Zenik, e com a droga *jurda parem* correndo em seu sangue. Aquela droga lhe permitira enfrentar centenas de soldados, a tornara impérvia a balas, e havia permanentemente alterado seu dom Grisha, concedendo-lhe poder sobre os mortos em vez dos vivos. Ela poupara a vida de Brum naquele dia, embora tivesse arrancado o couro cabeludo dele. Nina era o motivo de sua careca e da cicatriz que corria na base de seu crânio como a cauda gorda e rosada de um rato.

Matthias tinha implorado misericórdia – para o povo dele, para o homem que fora como um segundo pai para ele. Nina ainda não sabia se fizera a coisa certa ao concedê-la. Se tivesse matado Brum, nunca teria conhecido Hanne. Talvez nunca tivesse voltado para Fjerda. Matthias talvez ainda estivesse vivo. Quando ela pensava demais sobre o passado, se perdia nele e em todas as coisas que poderiam ter acontecido. E não podia se permitir isso. Apesar do nome falso que carregava e do rosto falso que usava graças à maestria de Genya, Nina era Grisha, uma soldada do Segundo Exército e uma espiã de Ravka.

Então preste atenção, Zenik, ela se repreendeu.

Brum tentou pagar o vendedor de água de mel, mas o homem se recusou a aceitar o dinheiro dele.

— Um presente para o Vinetkälla, comandante. Que suas noites sejam curtas e suas taças sempre cheias.

Uma explosão alegre de flautas e tambores veio do palco, sinalizando o começo da apresentação, e a cortina se ergueu, revelando o topo de um penhasco pintado e um mercado em miniatura abaixo. A plateia irrompeu em aplausos encantados. Estavam olhando para Djerholm, a própria cidade em que estavam, e uma faixa que dizia A HISTÓRIA DA CORTE DE GELO.

— Viu, Jarl? — disse Ylva. — Nada de piadas obscenas. É um conto apropriadamente patriótico.

Brum parecia distraído e conferia o relógio de bolso. *O que você está esperando?,* perguntou-se Nina. Negociações diplomáticas entre Fjerda e Ravka estavam em curso, e Fjerda ainda não havia declarado guerra. Mas Nina tinha certeza de que a batalha era inevitável. Brum não se contentaria com nada menos. Ela tinha transmitido as poucas informações que conseguira obter ouvindo escondida atrás de portas e ao longo de jantares. Mas não era o bastante.

Címbalos bateram para dar início à história de Egmond, o prodígio que tinha projetado e construído castelos extraordinários e prédios grandiosos quando era só um garoto. Os acrobatas puxavam longas meadas de seda, criando uma mansão imponente de pináculos cinza e arcos cintilantes. A plateia aplaudia com entusiasmo, mas um ator de rosto arrogante – um nobre que não queria pagar pelo seu novo lar – fez acusações contra Egmond, e o belo jovem arquiteto foi amarrado em correntes e arrastado para o antigo forte que existira no topo da colina acima do porto.

A cena seguinte mostrava Egmond em sua cela enquanto uma grande tempestade se aproximava com um rufar de tambores trovejantes. Ondas de seda azul caíram sobre o palco, representando a enchente que tinha inundado o forte, com o rei e a rainha de Fjerda no interior.

Atuar como espiã infiltrada não era uma simples questão de dominar a língua ou aprender alguns costumes locais, por isso Nina conhecia bem os mitos e lendas fjerdanos. Aquela era a parte da história em que Egmond colocaria a mãos nas raízes de uma árvore que tinha irrompido pela parede de sua cela e, com a ajuda de Djel, usaria a força do freixo sagrado para escorar as paredes do forte, salvar o rei e a rainha e construir a fundação da poderosa Corte de Gelo.

Em vez disso, três figuras entraram no palco – uma mulher coberta de rosas de papel vermelhas, uma jovem usando uma peruca branca com uma galhada de cervo ao redor do pescoço e uma mulher de cabelos negros usando um vestido azul.

— O que é isso? — rosnou Brum.

Mas o arquejo do público disse tudo: Sankta Lizabeta das Rosas, a Santa do Sol Alina Starkov e – um toque excelente, na opinião de Nina – a Bruxa da Tempestade, Zoya Nazyalensky, tinham entrado na peça.

As santas apoiaram as mãos nos ombros de Egmond e depois encostaram nas paredes da cela, e as faixas torcidas de tecido que representavam o freixo de Djel começaram a se expandir e desdobrar, como raízes estendendo-se pela terra.

— Basta — exclamou Brum, sua voz alta alcançando toda a plateia. Ele parecia calmo, mas Nina ouviu a tensão em sua voz quando deu um passo à frente. Os dois *drüskelle* o seguiram, já pegando seus porretes e chicotes nos cintos. — O tempo está piorando. A peça pode continuar depois.

— Deixe-os em paz! — gritou um homem na plateia.

Uma criança começou a chorar.

— Isso é parte da peça? — perguntou uma mulher, confusa.

— É melhor irmos — propôs Ylva, tentando puxar Hanne e Nina para longe.

Mas a multidão os espremia e empurrava para se aproximar do palco.

— Vocês irão se dispersar — disse Brum, em tom de autoridade. — Ou serão presos e multados.

Subitamente, houve uma trovoada – uma trovoada real, não os tambores metálicos dos músicos. Nuvens escuras se fecharam acima do porto tão depressa que parecia que o crepúsculo estava para cair. O mar subitamente despertou, a água revirando em cristas espumosas e avançando em vagalhões que fizeram os mastros dos navios oscilarem.

— Djel está furioso — lançou alguém na multidão.

— Os santos estão furiosos — exclamou outra pessoa.

— Eu disse *dispersar*! — ordenou Brum, gritando mais alto que o estrondo da tempestade iminente.

— Vejam! — berrou uma voz.

Uma onda corria na direção deles a partir do porto, assomando cada vez mais alta. Em vez de encontrar o quebra-mar, ela saltou por cima do porto. Um muro de água revolta ergueu-se acima da multidão. As pessoas gritaram. A onda pareceu se torcer no ar, e então desabou no cais – diretamente sobre Brum e seus soldados, fazendo-os sair deslizando pelos paralelepípedos em uma torrente de água.

A multidão arquejou, então irrompeu em gargalhadas.

— Jarl! — gritou Ylva, tentando ir até ele.

Hanne a segurou.

— Fique aqui, mamãe. Ele não vai querer parecer fraco.

— Sankta Zoya! — gritou alguém. — Ela trouxe a tempestade!

Algumas pessoas se ajoelharam.

— As santas! — gritou-se outra vez. — Elas vieram para proteger os fiéis!

O mar encapelou-se e as ondas pareceram dançar.

Brum se ergueu desajeitado, com o rosto vermelho e as roupas encharcadas de água do mar.

— Levantem-se — ele rosnou, puxando os jovens soldados de pé. Então entrou no meio da multidão e começou a erguer os penitentes pelo colarinho da camisa. — Levantem-se ou vou prendê-los por sedição e heresia!

— Acha que fomos longe demais? — sussurrou Hanne, deslizando a mão para a de Nina e apertando de leve.

— Não longe o bastante — murmurou Nina.

Porque a apresentação e até mesmo a onda eram só uma distração. A peça tinha sido encenada pela rede Hringsa. A onda era cortesia de um Hidros escondido em um dos barcos no porto. Mas agora, conforme Jarl Brum e seus homens avançavam enfurecidos em meio à multidão, o vendedor de água de mel, que se esgueirara para um beco quando a peça começara, fez um aceno rápido e abriu as nuvens.

A luz do sol verteu do céu até o açougue que tinha sido saqueado algumas noites antes. A parede pareceu nua a princípio, mas então o vendedor abriu a garrafa que Nina tinha deixado discretamente em sua carroça. Ele borrifou uma nuvem de amônia sobre a tinta e uma mensagem apareceu, como que por magia, rabiscada na frente da loja: *Lindholmenn fe Djel ner werre peje.*

Os Filhos de Djel estão entre vocês.

Era um truque barato que ela e os outros órfãos costumavam usar para enviar mensagens secretas. Mas, como Nina tinha aprendido pouco tempo antes em Ketterdam, um bom golpe exigia um espetáculo. Ao seu redor, ela podia ver o povo de Djerholm ofegando ao ler a mensagem gravada na frente da loja, apontando para o mar que se acalmara, para as nuvens que voltavam ao lugar enquanto o vendedor de água de mel casualmente enxugava as mãos e retornava à sua barraca.

Faria alguma diferença? Nina não sabia, mas pequenos milagres como aquele vinham acontecendo por toda Fjerda. Em Hjar, um barco de pesca quebrado estava prestes a afundar quando a baía congelou e os marinheiros conseguiram voltar à margem a pé, com os peixes intactos. Na manhã seguinte, um mural do farol sagrado de Sankt Vladimir tinha aparecido na parede da igreja.

Em Felsted, um pomar de maçãs havia produzido frutas maduras apesar do frio, como se Sankt Feliks tivesse apoiado uma mão quente nas árvores. Os galhos foram encontrados decorados com ramos de freixo – um símbolo da bênção de Djel.

Metade da cidade de Kjerek tinha adoecido com a catapora de fogo, que era praticamente uma sentença de morte. No entanto, na manhã após um fazendeiro ter uma visão de Sankta Anastasia pairando sobre o poço da cidade com uma grinalda de folhas de freixo no cabelo, os moradores acordaram curados da doença, sem febre e com a pele livre de chagas.

Milagre após milagre foram engendrados pela Hringsa e os espiões do Segundo Exército. Hidros tinham congelado a baía, mas também criaram a tempestade para danificar o barco de pesca. Aeros haviam causado a geada antecipada em Felsted, mas os Soldados do Sol fizeram as árvores florescerem. E, embora os agentes de Hringsa não tivessem espalhado a catapora de fogo, haviam garantido que Corporalki Grishas estivessem lá para curar as vítimas. Quanto à visão de Anastasia, era impressionante o que uma iluminação teatral e uma peruca vermelha eram capazes de fazer.

E então houve a estranha peste que atingira o norte de Djerholm. Nina não sabia de onde viera, se era um fenômeno natural ou obra de algum agente rebelde da Hringsa. Mas sabia que havia murmúrios de que era obra do Santo Sem Estrelas, retribuição pelos ataques por motivos religiosos e pelas prisões realizadas pelos homens de Brum.

No começo, Nina tinha duvidado que os milagres estivessem fazendo qualquer diferença e temera que os esforços deles se resumissem a pegadinhas infantis que não resultariam em nada. Mas o fato de Brum vir dedicando cada vez mais recursos para tentar erradicar a adoração dos Santos a deixava esperançosa.

Brum voltou pisando forte, seu rosto uma máscara de ira. Era difícil levá-lo a sério quando estava encharcado como se um peixe estivesse prestes a saltar de uma de suas botas. Mesmo assim, Nina manteve a cabeça abaixada, os olhos afastados e o rosto sem expressão. Brum era perigoso naquele momento, uma mina esperando para detonar. Uma coisa era ser odiado ou confrontado, outra era ser motivo de deboche. Mas era isso que Nina queria: que Fjerda parasse de ver Brum e seus *drüskelle* como homens a temer e os visse como realmente eram: valentões assustados que mereciam desprezo, não adulação.

— Vou levar minha família de volta à Corte de Gelo — ele murmurou aos soldados. — Peguem os nomes de todos os atores e de qualquer um que estivesse no mercado.

— Mas a multidão...

Os olhos azuis de Brum se estreitaram.

— *Nomes*. Isso fede a Hringsa. Se há Grishas nas ruas, na minha capital, eu vou descobri-los.

Há Grishas na sua casa, Nina pensou alegremente.

— Não fique se achando — murmurou Hanne.

— Tarde demais.

Elas subiram na carruagem confortável. O rei e a rainha tinham presenteado Brum com um dos novos veículos barulhentos que não exigiam cavalos, mas Ylva preferia uma carruagem que não expelia fumaça preta nem tinha altas chances de quebrar na subida íngreme até a Corte de Gelo.

— Jarl — tentou Ylva quando estavam acomodados nos assentos de veludo. — O que tem de mal? Quanto mais você reage a esses teatrinhos, mais ousados eles ficam.

Nina esperava que Brum explodisse, mas ele ficou em silêncio por um longo tempo, olhando o mar cinza pela janela.

Quando falou, sua voz estava calma, sua raiva reprimida.

— Eu devia ter me controlado. — Ele estendeu a mão e apertou a de Ylva.

Nina viu o efeito que aquele pequeno gesto teve em Hanne – o olhar conturbado e culpado que anuviou os olhos da garota. Era fácil para Nina odiar Brum e vê-lo apenas como um vilão que precisava ser destruído. Mas ele era o pai de Hanne e, em momentos como aquele, quando era gentil, quando era sensato e delicado, parecia menos um monstro e mais um homem fazendo tudo que podia por seu país.

— Mas não estamos falando de um punhado de pessoas armando confusão no mercado — continuou Brum, cansado. — Se as pessoas começarem a ver nossos inimigos como santos...

— Há santos fjerdanos — apontou Hanne, quase esperançosa.

— Mas eles não são Grishas.

Nina mordeu a língua. Talvez fossem, talvez não. Sënj Egmond, o grande arquiteto, supostamente tinha rezado a Djel para escorar a Corte de Gelo contra a tempestade. Mas outras histórias alegavam que ele rezara para os santos. E alguns acreditavam que os milagres de Egmond não tinham nada a ver com intervenção divina e foram apenas o resultado de suas dádivas Grisha – que ele fora um Fabricador talentoso capaz de manipular metal e pedra a seu bel-prazer.

— Os santos fjerdanos eram homens abençoados — disse Brum. — Eram favorecidos por Djel, não... esses demônios. Mas é mais que isso.

Você reconheceu a terceira santa desfilando naquele palco? Era Zoya Nazyalensky. General do Segundo Exército. Não há nada sagrado ou natural naquela mulher.

— Uma mulher serve como general? — perguntou Hanne inocentemente.

— Se é que podemos chamar uma criatura daquelas de mulher. Ela incorpora tudo que há de sórdido e repugnante. Os Grishas *são* Ravka. Os fjerdanos que veneram esses falsos santos... Eles estão proclamando sua lealdade a uma potência estrangeira, uma potência contra a qual logo entraremos em guerra. Essa nova religião é uma ameaça maior do que qualquer vitória em batalha. Se perdermos o povo, perderemos a luta antes de sequer começar.

Se eu fizer meu trabalho direito, pensou Nina.

Ela só podia torcer para que o povo comum de Fjerda não odiasse os Grishas mais do que amava seus próprios filhos e filhas, para que a maioria deles conhecesse alguém que tivesse desaparecido – um amigo, um vizinho, até um parente. Uma mulher disposta a abandonar seu sustento e família por medo de que seu poder fosse descoberto. Um garoto raptado de casa no meio da noite para enfrentar tortura e morte nas mãos dos caçadores de bruxas de Brum. Talvez, com seus pequenos milagres, Nina pudesse dar algo que unisse os fjerdanos, um motivo para questionar o ódio e o medo que foram as armas de Brum por tanto tempo.

— A presença do Apparat aqui mina tudo que estamos tentando fazer — continuou Brum. — Como posso purgar nossas cidades da influência estrangeira quando há um herege bem no coração do nosso governo? Parecemos completamente hipócritas, e ele tem espiões em cada alcova.

Ylva estremeceu.

— Ele tem um jeito muito desconcertante.

— É tudo calculado. A barba. As vestes escuras. Ele gosta de aterrorizar as damas se esquivando por aí com seus pronunciamentos estranhos, mas é pouco mais que um pássaro crocitando. E vamos precisar dele para pôr Demidov no trono. O apoio do padre vai fazer a diferença para os ravkanos.

— Ele tem um cheiro de cemitério — disse Hanne.

— É só incenso. — Brum tamborilou os dedos no peitoril da janela. — É difícil dizer no que aquele homem realmente acredita. Ele diz que o rei ravkano está possuído por demônios e que Vadik Demidov foi ungido pelos próprios santos para governar.

— De onde veio Demidov, aliás? — perguntou Nina. — Espero que tenhamos uma chance de conhecê-lo.

— Nós o mantemos num local seguro para o caso de assassinos ravkanos pensarem em atirar nele.

Que pena.

— Ele é realmente um Lantsov? — ela insistiu.

— Ele tem mais direito ao trono do que aquele bastardo do Nikolai.

A carruagem parou com um tranco e eles desceram, mas, antes que os pés de Nina sequer tocassem o caminho de cascalho, um soldado veio correndo até Brum com um papel dobrado na mão. Nina reconheceu o selo real – cera prateada e o lobo Grimjer coroado.

Brum rompeu o selo, leu o recado e, quando ergueu os olhos, sua expressão fez o estômago de Nina embrulhar. Apesar das roupas molhadas e da humilhação que sofrera no porto, ele estava radiante.

— Chegou a hora — ele disse.

Nina viu Ylva dar um sorriso triste.

— Você vai nos deixar, então. E eu esperarei todas as noites com medo no coração.

— Não há o que temer — garantiu Brum, guardando o papel no bolso do casaco. — Eles não têm como resistir a nós. Nosso momento finalmente chegou.

Ele tinha razão. Os fjerdanos tinham tanques. Tinham Grishas aprisionados dependentes de *parem*. A vitória era garantida. Especialmente se Ravka estivesse isolada e sem aliados. *Eu deveria estar lá. Meu lugar é naquela luta.*

— O senhor vai viajar para longe? — perguntou Nina.

— Nem um pouco — disse Brum. — Mila, você parece tão assustada! Tem tão pouca fé em mim?

Nina se obrigou a sorrir.

— Não, senhor. Só temo pela sua segurança, como todas nós. Esperem — ela pediu —, deixem que eu pegue os casacos para que vocês possam entrar e se aquecer. Devem aproveitar cada momento juntos como uma família antes da partida do comandante Brum.

— Que bênção você é, Mila — disse Ylva, afetuosamente.

Nina tomou o casaco dela, e o de Hanne, e o de Brum, já enfiando a mão no bolso onde ele colocara o recado.

A guerra estava a caminho.

Ela tinha uma mensagem a enviar ao seu rei.

3
NIKOLAI

NIKOLAI TENTOU ACALMAR SEU CAVALO INQUIETO com um tapinha no flanco. O cavalariço tinha sugerido que não era apropriado para um rei cavalgar num cavalo chamado Piada, mas Nikolai era afeiçoado ao animal malhado com orelhas tortas. Certamente não era o cavalo mais bonito dos estábulos reais, mas conseguia correr por quilômetros sem se cansar e tinha o caráter firme de uma pedra. Em geral. No momento, mal conseguia manter-se parado, os cascos dançando de um lado para o outro enquanto ele puxava as rédeas. Piada não gostava daquele lugar – e Nikolai não podia culpá-lo.

— Diga que não estou vendo o que acho que estou vendo — ele pediu, com uma esperança ínfima no coração.

— O que acha que está vendo? — perguntou Tamar.

— Destruição em massa. Desgraça garantida.

— Não completamente garantida — disse Zoya.

Nikolai olhou para ela de soslaio. Ela havia amarrado o cabelo negro com uma fita azul-escura. Era claramente por motivos de praticidade, mas tinha o efeito indesejado de fazê-lo querer soltá-lo.

— Detecto uma pontada de otimismo na minha general mais pessimista?

— Desgraça *provável* — corrigiu Zoya, puxando as rédeas da sua égua branca com gentileza. Todos os cavalos estavam nervosos.

A aurora lentamente cobria Yaryenosh, banhando os telhados e ruas da cidade com uma luz rosada. Nos pastos além, Nikolai podia ver um rebanho de pôneis, com a pelagem felpuda de inverno, batendo os cascos no frio. Teria sido uma cena bucólica, uma paisagem de sonhos para algum pintor picareta vender a um mercador rico com excesso de dinheiro e carência de bom gosto – se não fosse pelo solo morto e coberto de cinzas que manchava os campos como um borrão de tinta derramada. O flagelo se estendia das pastagens da fazenda de cavalos a distância até a borda da cidade abaixo.

— Três quilômetros? — especulou Nikolai, tentando determinar a extensão dos danos.

— Pelo menos — disse Tolya, perscrutando a paisagem com uma luneta portátil. — Talvez quatro.

— Duas vezes o tamanho do incidente perto de Balakirev.

— Está piorando — apontou Tamar.

— Não podemos afirmar isso ainda — protestou Tolya. Como a irmã, ele usava um uniforme básico verde-oliva e deixava os braços expostos para exibir suas tatuagens de sol, apesar do frio do inverno. — Não é necessariamente um padrão.

Tamar bufou.

— Estamos em Ravka. Está sempre piorando.

— É um padrão. — Os olhos azuis de Zoya examinaram o horizonte. — Mas é o padrão *dele*?

— Isso seria possível? — perguntou Tolya. — Ele está trancado na cela do sol desde que… retornou.

Retornou. Havia algo engraçado na palavra. Como se o Darkling tivesse apenas passado as férias na Ilha Errante, desenhando castelos desmoronados e saboreando os ensopados locais – e não sido trazido de volta à vida por meio de um ritual antigo orquestrado por uma santa sedenta de sangue com um pendor por abelhas.

— Eu tento não subestimar nosso ilustre prisioneiro — disse Nikolai. — Quanto ao que é possível… — Bem, a palavra tinha perdido todo o sentido. Ele conhecera santos, presenciara a destruição deles, quase morrera também e se tornara receptáculo de um demônio. Vira um homem morto havia muito tempo ressuscitar e tinha quase certeza de que o espírito de um dragão antigo espreitava dentro da mulher ao seu lado. Se *possível* fosse um rio, fazia muito tempo que transbordara suas margens e causara uma enchente.

— Vejam — apontou Tolya. — Fumaça.

— E cavaleiros — acrescentou Tamar. — Parece que há alguma confusão.

Nas margens da cidade, perto da área que o flagelo tinha atingido, Nikolai podia ver uma aglomeração de homens montados. Vozes raivosas eram carregadas pelo vento.

— Aquelas são carroças suli — disse Zoya, suas palavras duras e breves.

Um tiro soou.

Todos se entreolharam por um brevíssimo momento, e então dispararam colina abaixo até o vale.

Dois grupos de pessoas estavam parados à sombra de um cedro alto, a meros passos de onde o flagelo tinha extraído toda a vida da terra. Eles estavam na borda de um acampamento suli, e Nikolai viu que a disposição das carroças não tinha sido pensada por mera conveniência, mas também para defesa. Não havia crianças à vista. Eles estavam prontos para um possível ataque. Talvez porque sempre tivessem de estar. As antigas leis que restringiam a posse de terra e a livre movimentação dos suli tinham sido abolidas mesmo antes da época do pai dele, mas o preconceito era mais difícil de abolir dos livros. E ficava sempre pior em tempos difíceis. A turba – não havia outro termo possível, considerando seus rifles e olhos febris – que confrontava os suli era prova disso.

— Baixem as armas! — gritou Nikolai enquanto se aproximavam a galope, mas só uma ou duas pessoas se viraram para ele.

Tolya avançou e parou seu cavalo de guerra enorme entre os dois grupos.

— Baixem as armas em nome do rei! — ele berrou. Parecia um santo guerreiro que tinha saído das páginas de um livro.

— Muito impressionante — disse Nikolai.

— Exibido — resmungou Tamar.

— Não seja mesquinha. Ter o tamanho de um carvalho tem que vir com algumas vantagens.

Tanto os moradores da cidade como os suli recuaram um passo, abrindo a boca à visão de um homem shu gigante e uniformizado com os braços tatuados no meio deles. Nikolai reconheceu Kyril Mirov, o governador local. Ele tinha amealhado uma boa fortuna com a venda de bacalhau e a produção de novos veículos de transporte que rapidamente substituíam as carruagens e carroças. Não possuía uma gota de sangue nobre, mas era muito ambicioso. Queria ser levado a sério como líder, e isso significava que tinha algo a provar. O que era sempre preocupante.

Nikolai aproveitou a brecha que Tolya abrira para ele.

— Bom dia — ele cumprimentou alegremente. — Estamos todos reunidos para o café da manhã?

Os habitantes da cidade se abaixaram em mesuras. Os suli não – eles não reconheciam nenhum rei.

— Alteza — disse Mirov. Era um homem magro com uma papada que parecia cera derretida. — Eu não fazia ideia de que estava na área. Teria ido encontrá-lo.

— O que está acontecendo aqui? — perguntou Nikolai calmamente, mantendo a voz livre de acusação.

— Veja o que eles fizeram com os nossos campos! — exclamou um dos homens de Mirov. — O que fizeram com a cidade! Dez casas desapareceram como fumaça. Duas famílias morreram, e o tecelão Gavosh também.

Desapareceram como fumaça. O mesmo relato chegara de outras partes de Ravka: um flagelo que atacara do nada, uma maré de sombra que encobrira cidades, pastos e portos, dissolvendo o que tocava com tão pouca cerimônia quanto uma vela se apagava. Em seu rastro, deixara campos e florestas drenados de qualquer vida. *Kilyklava,* as pessoas o chamavam – vampiro, com base em uma criatura mitológica.

— Isso não explica por que suas armas estão sacadas — objetou Nikolai, calmamente. — Algo terrível aconteceu aqui, mas não é obra dos suli.

— O acampamento deles não foi tocado — disse Mirov, e Nikolai não gostou do tom contido dele. Uma coisa era acalmar um cão raivoso, outra era tentar argumentar com um homem que construíra uma trincheira confortável para si e a fortificara. — Essa... coisa, esse horror, nos atingiu poucos dias depois que eles chegaram à nossa terra.

— À terra deles — corrigiu um homem suli em pé no centro do grupo. — Havia suli em cada país deste lado do Mar Real antes que eles sequer tivessem nomes.

— E o que vocês construíram aqui? — perguntou um açougueiro usando um avental sujo. — Nada. Essas são as nossas casas, nossos negócios, nossos pastos e nosso gado.

— Eles são um povo amaldiçoado — disparou Mirov, como se citasse um fato: a quantidade de chuva do ano anterior, o preço do trigo. — Todos sabem disso.

— Odeio ficar fora da festa — disse Nikolai —, mas não sei de nada do tipo, e esse flagelo atacou em outros lugares. É um fenômeno natural, que meus Materialki estão estudando e para o qual vão encontrar uma solução. — Uma combinação inebriante de mentiras e otimismo, mas um pouco de exagero nunca tinha matado ninguém.

— Eles invadiram as terras do conde Nerenski.

Nikolai deixou o manto da autoridade Lantsov recair sobre ele.

— Eu sou o rei de Ravka. O conde mantém estas terras por uma concessão minha. E eu digo que essas pessoas são bem-vindas aqui e estão sob minha proteção.

— Diz o rei bastardo — resmungou o açougueiro.

Caiu um silêncio.

Zoya apertou os punhos e trovões retumbaram sobre os campos.

Mas Nikolai ergueu a mão. Eles não venceriam aquela guerra na base da força.

— Poderia repetir o que disse? — ele pediu.

As faces do açougueiro estavam vermelhas, seu cenho franzido. O homem poderia muito bem morrer de infarto se sua ignorância não o matasse primeiro.

— Eu disse que você é um bastardo e não é digno de se sentar nesse cavalo chique.

— Ouviu, Piada? Ele falou que você é chique. — Nikolai voltou-se para o açougueiro. — Você diz que sou um bastardo. Por quê? Porque nossos inimigos dizem isso?

Um murmúrio desconfortável percorreu a multidão. Alguns pés se remexeram, mas ninguém falou. *Bom.*

— Vocês chamam Fjerda de mestre agora? — A voz dele ecoou sobre os moradores e os suli reunidos. — Vão aprender a falar a língua deles? Vão abaixar a cabeça para o rei e a rainha puro-sangue deles quando seus tanques atravessarem as fronteiras de Ravka?

— Não! — exclamou Mirov, cuspindo no chão. — Nunca!

Um já estava ganho.

— Fjerda carregou suas armas com mentiras sobre o meu parentesco.

Eles esperam que vocês virem suas armas contra mim, contra seus compatriotas que estão vigiando nossas fronteiras neste exato momento, prontos para defender esta terra. Eles esperam que vocês façam o serviço sangrento da guerra por eles.

É claro, Nikolai era o mentiroso na situação. Mas os reis faziam o que queriam; os bastardos, o que precisavam.

— Eu não sou um traidor — rosnou o açougueiro.

— Foi o que pareceu — disse Mirov.

O homem estufou o peito.

— Eu lutei no Décimo Oitavo Regimento e meu filho fará o mesmo.

— Aposto que fez alguns fjerdanos saírem correndo — observou Nikolai.

— Pode apostar — confirmou o açougueiro.

Mas o homem atrás dele não estava tão convencido.

— Eu não quero meus filhos lutando outra guerra. Coloque as bruxas na frente.

Agora Zoya deixou que um raio estalasse no ar ao redor deles.

— Os Grishas vão liderar o ataque e eu tomarei a primeira bala, se for preciso.

Os homens de Mirov recuaram um passo.

— Eu deveria agradecê-lo — disse Nikolai com um sorriso. — Quando Zoya mete na cabeça ser heroica, ela pode ficar bem assustadora.

— Não diga — ganiu o açougueiro.

— Pessoas morreram aqui — argumentou Mirov, tentando recuperar a autoridade. — Alguém tem que responder por...

— Quem responde pelas secas? — questionou Zoya. Sua voz cortou o ar como uma lâmina afiada. — Pelos terremotos? Pelos furacões? É isso que somos, criaturas que choramingam ao primeiro sinal de problemas? Ou somos ravkanos, práticos, modernos, não mais prisioneiros da superstição?

Alguns dos moradores pareceram ressentir-se disso, mas outros demonstraram estar completamente repreendidos. Em outra vida, Zoya teria sido uma governante aterrorizante – com as costas eretas e a expressão azeda, perfeitamente capaz de fazer todos os homens presentes molhar as calças de medo. Mas uma mulher suli estava encarando Zoya com uma expressão interrogativa, e a general dele, que sempre retribuía qualquer olhar insolente com uma encarada potente o bastante para queimar florestas, ou não tinha reparado ou estava deliberadamente ignorando-a.

— *Khaj pa ve* — disse a mulher. — *Khaj pa ve.*

Embora estivesse curioso, Nikolai tinha questões mais urgentes com que lidar.

— Sei que não é um grande conforto, mas devemos discutir qual auxílio a coroa pode oferecer como reparação por sua terra e os lares perdidos. Eu vou...

— Eu falarei com o governador — garantiu Zoya, abruptamente.

Nikolai pretendia discutir com Mirov ele mesmo, já que o interesse do homem por status poderia torná-lo suscetível à atenção da nobreza. Mas Zoya já estava virando sua égua na direção de Mirov.

— Seja simpática — ele avisou num sussurro.

Ela deu um sorriso caloroso e uma piscadela.

— Serei.

— Isso foi muito convincente.

O sorriso desapareceu num instante.

— Tive que ver você bajulando pessoas em todo canto de Ravka por anos. Aprendi alguns truques.

— Eu não bajulo.

— Ocasionalmente bajula — disse Tolya.

— Tudo bem — admitiu Nikolai. — Mas de um jeito encantador.

Ele viu Zoya apear do cavalo e levar Mirov para longe. O homem parecia quase em choque, um efeito colateral frequente da beleza e do ar homicida de Zoya. Talvez houvesse algumas coisas mais inebriantes que o status para Mirov, no fim das contas.

No entanto, Zoya não estava tentando explorar uma vantagem com Mirov – ela estava fugindo. Não queria que aquela mulher suli a confrontasse, e isso não era típico de sua general. Pelo menos não costumava ser. Desde que perdera Juris, desde a batalha na Dobra, Zoya tinha mudado. Era como se ele a olhasse a distância, como se ela tivesse dado um passo para longe de tudo e de todos. Entretanto, continuava tão afiada como sempre, com a armadura firmemente no lugar, uma mulher que se movia pelo mundo com precisão, graça e pouco tempo para misericórdia.

Ele virou sua atenção aos suli.

— Para sua segurança, talvez seja melhor partirem esta noite.

O líder deles ficou furioso.

— O que quer que seja esse flagelo, não tivemos nada a ver com isso.

— Eu sei, mas, quando a noite cair, cabeças sensatas podem não prevalecer.

— É assim que o rei de Ravka protege seu povo? Com uma ordem para que fujam nas sombras?

— Não é uma ordem, é uma sugestão. Eu posso postar homens armados aqui para defender seu acampamento, mas acho que vocês não apreciariam a presença deles.

— Tem razão.

Nikolai não queria deixar aquelas pessoas sem abrigo.

— Se quiserem, posso ordenar à condessa Gretsina que abra os campos a vocês.

— Ela receberia suli em suas terras?

— Vai receber ou não vai ganhar as novas debulhadoras que estamos distribuindo às fazendas.

— O rei negocia com balas *e* chantagem.

— Este rei governa homens, não santos. Às vezes é preciso mais do que preces.

O homem soltou uma risada curta.

— Sobre isso estamos de acordo.

— Escute. — Nikolai dirigiu-se à mulher ao lado do líder suli, tentando manter a voz casual. — Você falou algo à general Nazyalensky.

— *Nazyalensky* — ela repetiu, com uma risada.

Nikolai ergueu as sobrancelhas.

— Sim. O que disse a ela?

— *Yej menina enu jebra zheji, yepa* Korol Rezni.

O homem suli riu.

— Ela disse que as palavras dela eram para a general e não para você, Rei das...

— Eu entendi essa parte perfeitamente — garantiu Nikolai. *Korol Rezni*. Rei das cicatrizes. Uma das muitas coisas de que já o chamaram; certamente não a pior, mas ao som das palavras o demônio dentro dele se agitou. *Calma, você e eu chegamos a um entendimento.* Mas o demônio não era muito afeito à lógica.

Durante a hora seguinte, Nikolai e Tamar entrevistaram os suli que estavam dispostos a descrever o flagelo e então se reuniram com Tolya e Zoya.

— Bem? — ele perguntou enquanto cavalgavam de volta ao topo da colina.

— Foi igual a Balakirev — disse Tolya. — Uma mancha de sombras cobrindo o campo, como se a noite chegasse rápido demais. Tudo que a sombra toca sucumbe ao flagelo: gado, propriedades, até mesmo pessoas se dissolvem como fumaça. Nada fica para trás exceto terra estéril.

— Peregrinos passaram por aqui ontem mesmo — apontou Zoya. — Seguidores do Sem Estrelas. Eles alegam que isso é uma punição pelo reinado de um rei sem fé.

— Isso é injusto, eu tenho muita fé — objetou Nikolai.

Tolya ergueu uma sobrancelha.

— No quê?

— Em boa engenharia e em uísque melhor ainda. Mirov e os amigos dele comeram com os peregrinos e permitiram que expusessem sua traição?

— Não — respondeu Zoya, com certa satisfação. — Uma boa parte deles se lembra da guerra e da destruição de Novokribirsk pelo Darkling. Eles rechaçaram aqueles fanáticos de preto da cidade.

— O povo de Yaryenosh realmente ama uma turba. O que a mulher disse para você?

— Não faço ideia — respondeu Zoya. — Não falo suli.

Tamar lhe deu um olhar de esguelha.

— *Pareceu* que tinha entendido. Pareceu que não via a hora de sair de perto dela.

Então Nikolai não tinha sido o único que reparara.

— Não seja ridícula — censurou Zoya. — Havia trabalho a ser feito.

Tolya inclinou a cabeça para Nikolai.

— Os suli não morrem de amores por você, não é?

— Não sei se têm motivos para isso — disse Nikolai. — Eles não deveriam ter que viver com medo dentro das nossas fronteiras. Eu não trabalhei o bastante para assegurar a segurança deles. — Outro item para acrescentar a sua lista de fracassos. Desde que subira ao trono, tinha enfrentado

43

inimigos demais no campo de batalha: o Darkling, os fjerdanos, os shu, *jurda parem,* o maldito demônio vivendo dentro dele.

— Todos vivemos com medo. — Zoya impeliu o cavalo a um galope.

— Bom, esse é um jeito de mudar de assunto — ponderou Tolya.

Eles seguiram atrás dela, e, quando alcançaram o topo da colina, Tamar olhou para trás e contemplou a ferida que o flagelo tinha deixado nos campos.

— Os devotos do Sem Estrelas estão certos sobre uma coisa: há uma conexão com o Darkling.

— É o que eu temo — admitiu Nikolai. — Todos vimos as areias da Dobra. São mortas e cinza, exatamente como as áreas atingidas por esse flagelo. Achei que, quando a Dobra das Sombras desmoronasse e a escuridão se dispersasse, a terra que ela cobria poderia se curar.

— Mas nada jamais nasceu lá — disse Tolya. — É uma terra amaldiçoada.

Dessa vez Nikolai não podia desconsiderar aquela palavra como mera superstição. O Vale de Tula tinha abrigado algumas das terras mais sagradas de Ravka, onde Sankt Feliks supostamente cultivara seu pomar – ou bosque de espinheiros, dependendo da história em que a pessoa acreditava. Também fora o local do primeiro *obisbaya,* um ritual com o objetivo de separar homens de feras. Mas o Darkling tinha poluído tudo isso. Sua tentativa de criar os próprios amplificadores e seu uso do *merzost* nesse sentido tinham escarnecido do poder, deturpando e transformando o local em um território sombrio povoado por monstros. Às vezes Nikolai se perguntava se eles algum dia estariam livres daquele legado.

Não se você não enfrentar sua parte nisso. Era hora de reconhecerem a verdade infeliz daquele flagelo.

— Não há outra explicação — ele observou. — A Dobra está se expandindo. E nós causamos isso.

— Vocês não podem saber d... — começou Tamar.

— Sabemos — afirmou Zoya. Sua voz soou fria.

Nikolai lembrou-se dos terremotos que foram sentidos por Ravka e além dela quando as fronteiras da Dobra haviam desabado. Elizaveta fora derrotada. Três Santos, Grishas de poder infinito, tinham morrido violentamente. A tentativa de Nikolai de suportar o *obisbaya* e se livrar do seu demônio tinha fracassado. O poder do Darkling continuava vivo dentro

44

dele, e agora o próprio homem caminhava na terra outra vez. Claro que haveria consequências.

— Teremos que levar amostras do solo — ele continuou. — Mas sabemos o que está acontecendo aqui.

— Certo, a culpa é de vocês — disse Tamar. — Como paramos isso?

— Matando o Darkling — respondeu Zoya.

Tolya revirou os olhos.

— Essa é a sua resposta para tudo.

Ela deu de ombros.

— Como vamos saber se não tentarmos?

— E quanto ao demônio preso dentro do rei? — perguntou Tamar.

Zoya fez uma careta.

— Detalhes.

— Podemos tentar o *obisbaya* outra vez — sugeriu Tolya. — Encontrei um texto que…

— O ritual quase o matou da última vez — disparou Zoya.

— Detalhes — minimizou Nikolai. — Teremos que considerar.

— Depois do casamento — determinou Zoya.

— Sim — ele concordou, tentando evocar algum entusiasmo. — Depois do casamento.

Com os olhos no horizonte, Zoya disse:

— Por favor, diga que você fez algum progresso com a princesa Ehri.

— Contemplar um espinho sendo fincado no meu coração outra vez é mais fácil que cortejar uma princesa.

— Certamente requer mais sutileza — assegurou Zoya. — O que você tem em abundância.

— Isso não pareceu inteiramente um elogio.

— Não é. Você tem mais charme que bom senso. Mas, embora isso o torne irritante, também deve ser útil em questões delicadas de diplomacia.

— Sinceramente, quase não tive chance de falar com ela.

Ele pretendera convidá-la para a comemoração do dia do seu santo, mas por algum motivo nunca chegara a fazer isso. Nikolai sabia que deveria falar com ela. *Precisava* fazer isso se tinha qualquer esperança de ver seus planos para o futuro darem certo. Mas evitara passar tempo com a princesa desde a noite desastrosa em que Isaak morrera e a mulher que todos acreditavam ser Ehri fora revelada como uma assassina.

Desde então, a verdadeira princesa Ehri tinha sido mantida isolada em cômodos luxuosos que não deixavam de ser uma prisão. Suas guardas da Tavgharad tinham sido acomodadas na parte mais hospitaleira das masmorras sob os antigos estábulos, e a assassina – a garota que cravara uma faca no coração de Isaak, pensando que matava um rei – estava trancafiada em segurança, ainda sarando de suas feridas. Quanto ao outro prisioneiro de Nikolai? Bem, ele tinha uma cela especial.

— Ehri está começando a ceder — continuou Nikolai. — Mas é teimosa.

— Uma boa qualidade para uma rainha — disse Zoya.

— Acha mesmo?

Nikolai observou o rosto de Zoya. Não conseguia evitar. O olhar que ela deu para ele foi tão fugaz que talvez ele tivesse imaginado – um vislumbre de azul, o céu avistado entre as árvores. E o significado daquele olhar? Alguma coisa. Nada. Ele teria mais sorte tentando ler o seu futuro nas nuvens.

Zoya segurou as rédeas em uma mão enquanto ajeitava as luvas.

— Em menos de um mês, a rainha Makhi vai chegar esperando uma grande celebração. Sem a cooperação da suposta noiva, você vai se encontrar no meio de um incidente internacional.

— Ele pode já estar em um — alertou Tamar.

— Sim, mas, se o casamento não acontecer, Nikolai não terá que se preocupar com os fjerdanos ou os shu ou a Dobra.

— Não vou?

— Não, porque Genya já o terá assassinado. Faz ideia de como ela está se esforçando para planejar esse grande evento?

Nikolai suspirou.

— Vai acontecer. Eu já encomendei um terno novo.

— Um terno — disse Zoya, revirando os olhos para o céu. — Você estará bem-vestido em seu funeral. Fale com Ehri. *Encante-a.*

Ela tinha razão, o que o irritava mais que tudo. Ele ficou grato ao ver um cavaleiro se aproximando do acampamento, embora a expressão sombria do mensageiro imediatamente fizesse seu coração acelerar. Ninguém cavalgava tão depressa quando as notícias eram boas.

— O que foi? — perguntou Nikolai quando o homem parou ao lado deles.

— Um voador chegou de Os Alta, Vossa Majestade — disse o mensageiro, ofegante. — Recebemos uma mensagem do Cupim. — Ele estendeu uma carta selada para Nikolai.

Ele viu Zoya se inclinar na sela e soube que ela queria arrancar o papel de suas mãos. O codinome de Nina Zenik era Cupim.

Nikolai correu os olhos pela página. Esperava que eles tivessem mais tempo, mas pelo menos Nina lhes dera uma chance de lutar.

— Precisamos voltar ao acampamento. Vá na frente e peça que preparem dois voadores — Nikolai ordenou ao mensageiro, que desapareceu em uma nuvem de poeira.

— Começou, não é? — perguntou Zoya.

— Fjerda está em marcha. Tamar, você precisa entrar em contato com David e nossos Fabricadores, e vou enviar um voador aos nossos contatos no oeste também.

— Os mísseis ainda não estão funcionando — disse Tamar.

— Não — confirmou Nikolai. — Mas os fjerdanos não vão esperar. — Ele se virou para Zoya. — Hiram Schenck está em Os Kervo. Você sabe o que fazer. Só temos uma chance de fazer isso dar certo.

— Estamos prontos? — quis saber Tolya.

— Dificilmente — disse Tamar. — Mas vamos com tudo mesmo assim.

O demônio em Nikolai se agitou com o pensamento. A guerra era como o fogo – súbita, faminta, e mais fácil de parar antes que se alastrasse. Ele faria tudo ao seu alcance para conter essa deflagração. Temia pelo seu país e por si mesmo. Seria tolo se não temesse. Mas alguma parte dele, talvez o corsário, talvez o demônio, talvez o príncipe que chegara ao trono lutando com unhas e dentes, estava se coçando por uma briga.

— Pensem que é como dar uma festa — ele disse, estalando as rédeas. — Quando os convidados aparecem, você descobre quem são seus amigos de verdade.

4
NINA

NINA ACORDOU COM HANNE ao lado de sua cama, sacudindo seu braço. Seu coração martelava no peito, e ela percebeu que os lençóis estavam encharcados de suor. Será que tinha falado no sono? Estava sonhando com gelo, com o lobo de Matthias. Trassel comia da mão dela, mas, quando ela olhou mais de perto, viu que seu focinho branco estava coberto de sangue e que ele se banqueteava com um cadáver.

— Tem alguém aqui — disse Hanne. — Alguém do convento.

Nina se sentou bruscamente, o ar noturno esfriando o suor de seu corpo. Estava imediatamente desperta, e agora o trovejar em seu peito não tinha nada a ver com um sonho vago. Hanne fora uma aluna do convento em Gäfvalle, onde ela e Nina haviam descoberto o terrível projeto de Brum envolvendo as Donzelas da Nascente e um forte militar nos arredores. Elas tinham interrompido a operação e resgatado as Grishas que conseguiram, e Nina enviara a Madre Superiora para a morte sem remorso.

— Quem é? — ela sussurrou. Embrulhou-se em um robe de lã com gola alta, apertou-o com força e enfiou os pés em chinelos. Pelo menos os pisos da Ilha Branca eram aquecidos.

— Não sei. Minha mãe chamou nós duas.

— Doce Djel, vista um robe. Não está congelando? — Hanne não usava nada além da camisola de algodão, a luz da lâmpada a óleo que carregava refletindo os fios curtos e rosados em sua cabeça raspada.

— Estou aterrorizada demais para sentir frio — disse Hanne, e elas atravessaram às pressas o toucador que conectava o quarto menor de Nina ao quarto de Hanne.

O forte de Gäfvalle tinha sido destruído em uma explosão armada pela equipe de Nina, e, no caos que se seguira, Hanne e ela haviam conseguido alegar inocência quanto ao caso todo. Jarl Brum não fazia ideia da real identidade de Nina, nem de que ela fora responsável por destruir seu laboratório e seu programa de tortura. Tinha recebido Mila Jandersdat de braços abertos em sua casa, acreditando, com razão, que ela ajudara a filha a salvar a vida dele. Claro que não sabia que, se Nina tivesse conseguido o que queria, teria colocado um fim nele de uma vez por todas.

Na época, Hanne e Nina acreditaram que tinham se safado. Mas talvez não tivessem. Quando a poeira baixou, talvez alguém do convento tivesse descoberto alguma parte do estratagema delas. Talvez as Donzelas da Nascente tivessem encontrado o uniforme de *drüskelle* que Hanne roubara. Talvez alguém tivesse visto as duas puxando o corpo inconsciente de Jarl Brum da carroça.

— Tome — ofereceu Nina, estendendo o robe de Hanne para que ela o vestisse. Seguindo a moda fjerdana, era uma peça simples de lã cinza como ardósia, mas revestida com pele macia, como se qualquer coisa que indicasse luxo ou conforto devesse permanecer escondida.

— O que nós fazemos? — perguntou Hanne. Ela tremia.

Nina a virou e amarrou a faixa do robe.

— Deixamos a pessoa falar.

— Você não tem que agir como minha criada — disse Hanne. — Não quando estamos sozinhas.

— Não me incomodo. — Os olhos de Hanne pareciam cobre derretido sob aquela luz. Nina se obrigou a se concentrar na amarração da faixa num laço perfeito. — Vamos apresentar uma imagem de inocência e virtude, descobrir o que eles sabem e negar tudo. Na pior das hipóteses, eu era a espiã implacável que prendi você na minha teia.

— Você precisa parar de ler romances.

— Ou você precisa ler mais. Suas mãos estão congeladas.

— Eu congelei completamente.

— É o medo. — Nina tomou as mãos de Hanne e as esfregou para aquecê-las. — Use seu poder para reduzir seu pulso um pouco e acalmar a respiração.

— Hanne? — A voz de Ylva veio do corredor.

— Já vamos, mamãe! Estamos nos vestindo! — Ela baixou a voz. — Nina, eu fiz minhas próprias escolhas. Não vou deixar você assumir a culpa por mim.

— E eu não vou deixar você se machucar porque se envolveu nos meus esquemas.

— Por que você tem que ser tão teimosa?

Porque Nina era imprudente e tola, e às vezes isso acabava machucando as pessoas erradas. Hanne já tinha sofrido o suficiente na vida.

— Não sejamos tão pessimistas — disse Nina, evitando a pergunta. — Talvez a Donzela tenha vindo nos dar um belo presente.

— É claro — ironizou Hanne. — Por que não pensei nisso? Espero que seja um pônei.

A caminhada pelo corredor estreito pareceu uma marcha até a forca. Nina cuidadosamente arrumou um alfinete no cabelo. Em Fjerda, mulheres solteiras não apareciam em público sem o cabelo trançado. Todo aquele senso de decoro era uma dor de cabeça permanente para Nina, mas seu papel como Mila Janderstdat a colocara no coração da Corte de Gelo – a base perfeita para armar seus milagres.

Hanne tinha parecido menos confiante depois do espetáculo no mercado.

— Valeu a pena? — ela perguntara naquela noite, na privacidade dos aposentos delas. — Haverá consequências para aquelas pessoas na cidade. Meu pai não vai aceitar esse tipo de heresia. Ele vai tomar medidas mais drásticas, e pessoas inocentes vão pagar o preço.

— Pessoas inocentes já estão pagando o preço — Nina a lembrara. — Elas só não são fjerdanas.

— Tome cuidado, Nina — dissera Hanne enquanto se enfiava sob as cobertas. — Não se transforme no que meu pai diz que você é.

Nina sabia que ela tinha razão. Zoya também a repreendera por sua temeridade. O problema era que ela sabia que o que estavam fazendo estava funcionando. Sim, existiam muitos fanáticos como Brum que sempre odiariam os Grishas – e muitas pessoas contentes em seguir o exemplo deles. Mas o culto da Santa do Sol tinha encontrado seguidores anos antes, quando Alina Starkov havia destruído a Dobra das Sombras e sido martirizada no processo. Esse era um milagre que Brum não podia negar. E ainda havia outros milagres presenciados em Ravka no ano anterior – estátuas chorando, pontes feitas de ossos. Dos dois lados da fronteira, sussurrava-se que uma era dos santos estava começando. O movimento vinha crescendo fazia muito tempo, e Nina só queria dar um empurrãozinho.

Além disso, se ela não estivesse na Corte de Gelo, Ravka não saberia da invasão que os fjerdanos estavam planejando.

Mas a que custo?

Ela suspeitava que estava prestes a descobrir.

O salão central da residência deles na Ilha Branca era uma câmara grandiosa – paredes altas de mármore branco, um teto abobadado e uma grande lareira de pedra construída como se estivesse emoldurada pelos galhos retorcidos do freixo sagrado de Djel. Tudo era um testemunho da posição do comandante Brum – algo que ele tivera que lutar para recuperar depois que a Corte de Gelo fora invadida e ele fora humilhado por uma certa Grisha nas docas.

Agora Brum estava vestindo seu uniforme e tinha seu casaco de viagem dobrado sobre um braço. Estava se preparando para ir ao front. Sua expressão era ilegível. A mãe de Hanne parecia vagamente preocupada, mas ela quase sempre estava assim. O fogo crepitava na lareira.

Uma mulher de meia-idade com cabelo castanho-escuro preso em tranças elaboradas estava sentada empertigada em uma das poltronas de veludo creme junto ao fogo, com uma xícara de chá no joelho. Mas ela não era uma Donzela da Nascente. Usava o vestido azul-escuro e a capa curta da Madre Superiora, a irmã com maior autoridade no convento. Seu rosto era desconhecido para Nina, e um olhar breve confirmou que Hanne também não sabia quem era. Hanne tinha morado anos no convento, mas aquela mulher claramente não fora uma noviça lá. Então quem era ela e o que estava fazendo na Corte de Gelo?

Nina e Hanne fizeram uma mesura baixa.

Brum gesticulou para a mulher.

— Enke Bergstrin assumiu a liderança do convento em Gäfvalle desde o infeliz desaparecimento da antiga Madre Superiora.

— Ela nunca foi encontrada? — perguntou Nina, seu tom tão inocente quanto o primeiro riso de um bebê. Era uma boa estratégia colocar Brum na defensiva caso ele estivesse questionando o que tinha ocorrido no convento. Além disso, ela gostava de vê-lo se contorcer.

Brum trocou o peso dos pés e deu uma olhada rápida para a esposa.

— Acredita-se que ela estava no forte quando as explosões ocorreram. O convento lavava as roupas dos soldados.

Na verdade, aquela tarefa era só uma fachada para encontrar a função real delas: cuidar das Grishas grávidas drogadas com *jurda parem* sob as ordens de Brum.

— Mas por que a Madre Superiora iria para lá pessoalmente? — insistiu Nina. — Por que não enviar uma noviça ou uma das Donzelas?

Brum retirou um fiapo do casaco.

— Uma boa pergunta. Ela pode ter tido outros afazeres ou simplesmente ter ido supervisionar as irmãs.

Ou talvez tenha sido arrastada para o outro mundo pelas minhas serviçais mortas-vivas. Quem pode saber?

— Que garota inquisitiva você é — disse a nova Madre Superiora. Seus olhos eram azul-cinzentos, sua fronte severa e sua boca dura. Será que todas as Madres Superiores emergiam do útero com uma careta? Ou só começavam a parecer irritadas assim que aceitavam o trabalho?

— Perdoe-me — pediu Nina, com outra mesura tímida. — Eu não fui educada no convento e temo que meus modos sejam prova disso.

— Você não fez nada errado, Mila — garantiu Ylva. — Estamos todos curiosos.

— Independentemente do que ocorreu com a antiga Madre Superiora — prosseguiu Brum —, Enke Bergstrin assumiu a posição dela e está se esforçando para pôr o convento de volta no bom caminho após as tragédias que ocorreram em Gäfvalle.

— Mas o que ela quer conosco, papai? — perguntou Hanne.

— Não sei — disse Brum, ríspido. — A Madre Superiora recusou-se a nos informar sem a presença de vocês.

A Madre Superiora baixou o chá.

— Depois da destruição do forte e da ascensão de elementos irreligiosos em Gäfvalle, tivemos que nos tornar mais rígidas com nossas alunas e permitir-lhes menos privacidade.

Elementos irreligiosos. Nina saboreou as palavras. Gäfvalle fora o primeiro passo, o primeiro milagre que ela tinha encenado, quando Leoni e Adrik salvaram o vilarejo dos venenos liberados pela fábrica. Havia sido irresponsável e completamente imprudente – mas funcionara à perfeição. Ela aprendera a enganar pessoas com o próprio Kaz Brekker, e não existia professor melhor. Dois Grishas – um Fabricador e uma Etherealki – tinham salvado aqueles aldeões. Um milagre? Não, só boas pessoas treinadas para o uso de suas dádivas e dispostas a expor-se ao risco de perseguição, ou coisa pior, em prol de salvar uma cidade. Duas pessoas que agora eram veneradas como santos em cantos escuros e cozinhas iluminadas por velas em Gäfvalle. Sankt Adrik, o Desigual, e Sankta Leoni das Águas.

— O que isso tem a ver com nossa filha? — inquiriu Brum.

— Enquanto revistávamos o convento, encontramos todo tipo de contrabando, incluindo ícones pintados e livros de preces pagãos.

— Certamente elas são apenas jovens — disse Ylva. — Eu também era rebelde nessa idade. Foi como acabei casada com um *drüskelle*.

Nina sentiu uma pontada de dor inesperada ao ver o olhar afetuoso que Brum e a esposa trocaram. Ylva era hedjut, considerado um dos povos divinos do norte, do litoral perdido perto de Kenst Hjerte, o Coração Partido. Será que ela fora como Hanne quando jovem – impelida por um espírito teimoso? Cheia de amor pela terra e pelo ar livre? Será que Jarl Brum, um garoto do exército da capital, tinha parecido misterioso e estrangeiro? Nina achava que Brum sempre tinha sido um monstro, mas talvez ele tivesse se tornado assim.

— Não podemos pensar desse modo — protestou Brum. — Essas influências devem ser desenraizadas antes de se fixarem ou toda Fjerda vai se desvirtuar.

A Madre Superiora assentiu.

— Eu não poderia concordar mais, comandante Brum. É por isso que estou aqui.

Ylva se inclinou no assento com o rosto aflito.

— Está dizendo que esses itens foram encontrados no quarto de Hanne?

— Encontramos as roupas de montaria de um homem escondidas sob os azulejos de ardósia na capela. Além de contas de preces e um ícone de Sankta Vasilka.

Sankta Vasilka. A santa padroeira das donzelas. Ela era uma santa ravkana que supostamente se tornara o primeiro pássaro de fogo.

— Isso é impossível — disse Brum, entrando diante de Hanne como se quisesse protegê-la. — Hanne teve seus momentos mais desgovernados, mas nunca se entregou à veneração de abominações.

— Nunca — sussurrou Hanne, tão fervorosamente que ninguém poderia ter duvidado da sinceridade em seu rosto.

Nina tentou não sorrir. Hanne nunca poderia venerar um Grisha porque ela *era* um deles, uma Curandeira forçada a esconder seus poderes, mas que ainda tinha encontrado modos de usá-los para ajudar as pessoas.

A Madre Superiora comprimiu os lábios.

— Talvez vocês pensem que eu viajei até aqui para contar histórias fantasiosas.

A sala caiu em silêncio, exceto pelo crepitar do fogo. Nina podia sentir o medo irradiando de Ylva, a raiva que vinha de Brum – e a incerteza dos dois. Eles sabiam que Hanne fora desobediente no passado. Mas até que ponto? Nem mesmo Nina sabia.

Hanne respirou fundo.

— As roupas de montaria eram minhas.

Diabos, Hanne. O que Nina tinha dito? Negue tudo.

— Ah, Hanne — suspirou Ylva, pressionando as têmporas.

O rosto de Brum ficou vermelho.

Mas Hanne deu um passo à frente, com o queixo empinado, radiante com o orgulho e a força de vontade férrea que tinha herdado do pai.

— Não sinto vergonha. — Sua voz soava pura e confiante. Seus olhos encontraram os de Nina antes de se afastarem de novo. — Eu não sabia quem eu era então, nem o que queria. Agora eu sei onde quero estar. Aqui com vocês.

Ylva se ergueu e tomou a mão de Hanne.

— E os ícones? As contas de prece?

— Não sei nada sobre isso — respondeu Hanne sem hesitar.

— Eles foram encontrados com as roupas de Hanne? — perguntou Nina, arriscando.

— Não — admitiu a Madre Superiora. — Não foram.

Ylva puxou a filha para perto.

— Estou orgulhosa da sua honestidade.

— Madre Superiora — observou Brum, em um tom gélido —, a senhora pode estar próxima de Djel, mas os *drüskelle* também estão. Pense bem da próxima vez que vier à minha casa acusar minha filha.

A Madre Superiora se ergueu. Ela parecia indômita e nem um pouco intimidada pelas palavras de Brum.

— Eu sirvo ao bem-estar espiritual deste país — ela declarou. — O Apparat, um sacerdote pagão, está alojado sob o seu teto. Ouvi histórias sobre veneração pagã nesta cidade. Não serei desviada da minha missão. Mesmo assim — ela disse, alisando as saias de lã do vestido —, fico contente por Hanne ter finalmente encontrado seu caminho. Ouvirei a confissão dela antes de partir.

Hanne abaixou a cabeça numa mesura, a própria imagem da obediência.

— Sim, Madre Superiora.

— E ouvirei a confissão de Mila Jandersdat também.

Nina não conseguiu esconder a surpresa.

— Mas eu era só uma convidada no convento. Nunca fui noviça.

— E por acaso não tem alma, Mila Jandersdat?

Mais do que você, seu caroço de ameixa murcho. Mas Nina não podia protestar mais, não diante dos Brum. Além disso, estava quase atordoada de alívio. Elas não tinham sido descobertas. E, embora Hanne ser acusada de falsa adoração não fosse uma coisa pequena, não era nada comparado ao que a Madre Superiora poderia ter dito. Então, se a madame Caroço de Ameixa queria que ela pagasse por alguns bons pecados, ela ficaria contente em entretê-la por um quarto de hora.

— Eu vou primeiro — ela informou a Hanne, depois alegremente seguiu a Madre Superiora para a salinha de visitas que fora selecionada como seu confessionário.

Era estreita, com pouco espaço para qualquer coisa além de uma escrivaninha e um pequeno sofá. A Madre Superiora sentou-se à mesa e acendeu uma lâmpada a óleo.

— A água ouve e entende — ela murmurou.

— O gelo não perdoa — Nina entoou a resposta tradicional.

— Feche a porta.

Nina obedeceu e sorriu calorosamente, mostrando-se ansiosa para agradar.

A Madre Superiora se virou, seus olhos da cor fria de ardósia.

— Olá, Nina.

5
ZOYA

Em uma torre alta na prefeitura de Os Kervo, Zoya abria um buraco no chão com seus passos. Hiram Schenck estava atrasado, e ela não tinha dúvidas de que o insulto era proposital. Depois que o governo kerch obtivera os segredos dos *iz'mayars,* os navios mortíferos de Nikolai capazes de viajar despercebidos sob a superfície do mar, Ravka perdera qualquer vantagem sobre a pequena nação insular e o Conselho Mercantil que a governava. Schenck só queria certificar-se de que ela soubesse disso.

Ela precisava ficar calma, ser uma diplomata e não uma soldada. Era isso ou arrancar a cabeça coberta de tufos ruivos de Schenck do seu corpo.

Através da janela, ela vislumbrou as ondas batendo contra a base do famoso farol da cidade. Dizia-se que Sankt Vladimir, o Tolo, tinha contido o oceano enquanto as fundações eram postas para o quebra-mar e o grande farol. Zoya suspeitava que ele não fora nada além de um Hidros. *E não muito poderoso,* ela considerou. Ele tinha se afogado na baía como recompensa por seus esforços.

Ela não deveria estar ali. Deveria estar no front com seus Aeros. Com seu rei.

— Não podemos arriscar que Fjerda descubra o que estamos fazendo — dissera Nikolai. — Você precisa se encontrar com Schenck.

— E se os fjerdanos atacarem pelo mar?

— Eles não vão romper o bloqueio de Sturmhond.

Ele parecia confiante, mas Nikolai tinha talento para soar seguro de si. Sturmhond, o corsário lendário – e o alter ego do rei –, havia enviado uma frota de navios para a costa de Ravka. Na teoria, o rei e o Triunvirato deveriam deixar aquele serviço nas mãos da marinha ravkana. Mas a marinha tinha laços estreitos demais com Ravka Oeste e seus interesses para o gosto de Nikolai. Eles não podiam confiar nela, não com tanta coisa em jogo.

Pelo menos a mensagem de Nina chegara a tempo para eles se prepararem. Pelo menos Nina ainda estava viva.

— Mande-a voltar para casa — insistira Zoya, esforçando-se para não soar suplicante.

Mas o rei recusara.

— Precisamos dela lá.

Era verdade, mas ela odiava esse fato.

Deixe os fjerdanos virem por mar, pensou Zoya, *deixe Jarl Brum e o resto dos malditos caçadores de bruxas dele virem nas ondas. Meus Aeros e eu lhes daremos boas-vindas calorosas.*

Ela apoiou a cabeça contra a pedra fria do batente da janela. Alguma parte dela ficou feliz por deixar o rei. Por evitar o olhar perspicaz de Tamar. Ela quase podia ouvir a voz da mulher suli destemida sob o cedro. *Khaj pa ve. Nós a vemos.* Zoya era uma guerreira, uma general, uma Grisha que usava as escamas de um dragão ao redor dos pulsos. Então por que aquelas palavras a enchiam de temor?

Ela consultou o relógio que usava em uma corrente adornada com joias, presa à faixa do seu *kefta.* Tinha sido um presente do rei, a tampa prateada na forma de um dragão enrodilhado ao redor de um marmeleiro. Quando o abriu, o mostrador de haliote refletiu a luz e cintilou com arco-íris fracos. Os ponteiros de prata tiquetaqueavam.

— Ele está atrasado — ela disse, ríspida.

— Talvez tenha se perdido — sugeriu o conde Kirigin nervosamente. Ele sempre ficava nervoso perto dela. Era cansativo, mas o sujeito era rico e seu bom humor incansável o tornava o contraponto ideal a Zoya. Quando Kirigin estava na sala, era impossível levar qualquer coisa muito a sério. Além disso, o pai dele tinha lucrado com a guerra, o que o tornava um vilão em Ravka, mas muito popular entre os nobres de Ravka Oeste que haviam enriquecido com a ajuda do Kirigin mais velho. — Meu relógio diz que ele ainda tem dois minutos antes de ser estritamente considerado atrasado.

— Nosso rei precisa de cada minuto.

As faces de Kirigin enrubesceram. Ele tamborilou os dedos na mesa.

— Sim. Sim, é claro.

Zoya se virou para a janela.

Ela *sentiu* a vergonha dele, sua avidez, seu desejo. Eles a arrebataram como uma tempestade súbita, uma lufada de vento que a varreu do chão sólido e a jogou em queda livre. Em um momento ela estava parada, estável, em um cômodo ensolarado em Os Kervo, olhando para o mar. No seguinte, estava fitando uma linda jovem à sua frente, com cabelos cor de corvo e olhos azuis distantes. Ela estendeu a mão para tocar a bochecha lisa da garota.

— Zoya?

Zoya voltou bruscamente para a própria consciência bem a tempo de estapear a mão de Kirigin.

— Não lhe dei a liberdade de me tocar.

— Peço desculpas — ele disse, segurando a mão como se ela tivesse quebrado um dos seus dedos. — Você parecia tão… perdida.

E estava mesmo. Ela baixou os olhos para as pulseiras negras em seus pulsos. Pareciam algemas, mas ao mesmo tempo naturais, como se sempre estivessem destinadas a se apoiar frias contra a pele dela. *Poder.* A fome de poder era como a batida de um coração, firme e incansável. Era a tentação de todos os Grishas, e a aquisição de um amplificador só a piorava. *Abra a porta, Zoya.*

Ela nunca tinha certeza se era sua própria voz ou a de Juris que falava em sua cabeça. Só sabia que a presença dele dentro dela era real. Nenhuma fantasia de sua imaginação poderia ser tão irritante. Às vezes, sob Juris, ela conseguia pressentir outra mente, outra presença que não era humana e nunca fora, algo muito antigo – e então o mundo mudava. Ela ouvia uma criada sussurrando uma fofoca na cozinha, sentia o cheiro das flores de macieira no pomar em Yelinka – a quase vinte e cinco quilômetros de distância. Tudo isso era suportável, mas as emoções, aquela queda súbita na dor ou no júbilo de outra pessoa… era demais.

Ou talvez você esteja perdendo a cabeça, ela considerou. Era possível. Depois do que ela vira na Dobra, do que fizera – tinha assassinado uma santa determinada a destruir o mundo e cravado uma lâmina no coração de um dragão, no coração de um amigo. Havia salvado a vida de Nikolai. Havia salvado Ravka de Elizaveta. Mas não impedira o retorno do Darkling, certo? E agora era obrigada a questionar se tinha qualquer chance de salvar seu país da guerra.

— Eu estava perdida em pensamentos — retrucou Zoya, sacudindo as mangas do *kefta* azul. — Só isso.

— Ah. — Kirigin não pareceu convencido.

— Você nunca serviu, não é?

— Não — confirmou o conde, sentando-se na ponta de uma comprida mesa retangular gravada com o brasão de Ravka Oeste: duas águias flanqueando um farol. Estava usando um casaco mostarda e um colete coral que, combinados com sua pele pálida e o cabelo ruivo vivo, faziam-no parecer uma ave exótica em busca de um poleiro. — Meu pai me enviou a Novyi Zem durante a guerra civil. — Ele pigarreou. — Zoya... — Ela lhe deu um olhar e ele rapidamente se corrigiu. — General Nazyalensky, estava me perguntando se consideraria visitar minha propriedade perto de Caryeva.

— Estamos em guerra, Kirigin.

— Depois da guerra. No verão, quem sabe. Poderíamos assistir às corridas.

— Tem tanta certeza de que haverá um depois?

Kirigin pareceu perplexo.

— O rei é um estrategista genial.

— Não temos os números. Se ele não conseguir conter os fjerdanos em Nezkii, essa guerra vai acabar antes de começar. E, para ganhar, precisamos de reforços.

— E os teremos! — assegurou Kirigin. Zoya invejou seu otimismo. — Um dia haverá paz novamente. Mesmo em tempos de guerra, podemos dar uma escapada por um momento. Para um jantar íntimo, uma chance de conversar, de nos conhecermos. Agora que o rei vai se casar...

— Os planos do rei não são da sua conta.

— Certamente, mas pensei que agora você poderia estar livre para...

Zoya se virou bruscamente para ele. Sentiu uma corrente estalar pelo seu corpo, o vento sacudir seu cabelo.

— Livre para fazer o quê, exatamente?

Kirigin ergueu as mãos como se pudesse proteger-se dela.

— Só quis dizer que...

Ela sabia o que ele quisera dizer. Boatos sobre ela e Nikolai circulavam havia meses, boatos que ela tinha incentivado para esconder o segredo do demônio que vivia dentro dele e o que era preciso para manter o monstro sob controle. Então por que ela ficara tão furiosa ao ouvir as palavras agora?

Ela respirou fundo.

— Kirigin, você é um homem charmoso, bonito e muito... simpático.

— Eu... sou? — ele disse, então acrescentou com mais segurança: — Eu sou.

— Sim, é. Mas nossos temperamentos não combinam.

— Acho que se você só...

— Não há *só*. — Ela inspirou novamente e se forçou a conter seu tom. Sentou-se à mesa. Kirigin tinha sido um amigo fiel ao rei e se posto em um risco considerável nos últimos anos deixando sua casa ser usada como base para o desenvolvimento das armas de Nikolai. Não era um mau sujeito. Ela podia tentar ser *agradável*. — Acho que sei como você imagina que isso vai se desenrolar.

Kirigin ficou ainda mais vermelho.

— Duvido seriamente disso.

Zoya suspeitava que envolvia corpos entrelaçados e possivelmente ele tocando uma canção para ela no alaúde, mas pouparia a ambos dessa imagem.

— Você me convida para um jantar elegante. Ambos bebemos vinho demais. Você me convence a falar sobre mim mesma, as pressões da minha posição, a tristeza do meu passado. Talvez eu derrame uma lágrima ou duas. Você vai ouvir sensível e astutamente e de alguma forma descobrir meu eu secreto. Algo assim?

— Bem, não exatamente. Mas... sim! — Ele se inclinou para a frente. — Eu quero conhecer quem você é de verdade, Zoya.

Ela estendeu a mão e tomou a dele. Estava grudenta de suor.

— Conde Kirigin. Emil. Não estou escondendo uma identidade secreta. Eu não vou revelar outra pessoa a você. Não vou ser domada por você. Sou a general do rei. Sou a comandante do Segundo Exército. E no momento meu povo está enfrentando nosso inimigo sem mim.

— Mas se você apenas...

Zoya soltou a mão e reclinou-se na cadeira. *Agradável* não estava funcionando.

— Com ou sem guerra, se eu ouvir outra palavra amorosa ou convite sair da sua boca, vou deixá-lo inconsciente e permitir que um pivete de rua roube suas botas, entendido?

— Minhas botas?

Hiram Schenck entrou pelas portas sem bater, com as faces coradas e o que parecia um ovo cozido esmigalhado sobre as lapelas do terno preto de mercador. Seu orgulho atingiu Zoya como um soco. Parecia confiante, alegre e animado.

— Bom dia — ele cumprimentou, batendo palmas uma vez. — Pela mão de Ghezen, esta sala está um gelo.

— Você está atrasado.

— Estou? O duque Radimov serve almoços muito finos. É um anfitrião realmente excelente. O seu rei poderia aprender algo com ele.

Radimov e os outros ravkanos do oeste estavam recebendo os dignitários de Kerch em grande estilo. Havia resmungos sobre secessão desde que a Dobra tinha sido destruída e Ravka reunificada. Ravka Oeste se ressentia de ter que lidar com as dívidas do leste do país, e a ameaça de guerra com Fjerda tinha anulado grande parte do trabalho diplomático que Nikolai fizera para trazê-los para o seu lado. Eles não queriam mandar os filhos para o front e não queriam que seus impostos fossem destinados a uma guerra que duvidavam que o rei fosse vencer.

— Enquanto vocês comiam, soldados ravkanos podem estar marchando para a morte.

Schenck deu um tapinha no estômago, como se sua digestão fosse essencial aos esforços de guerra.

— É muito inquietante, é claro.

Diplomacia, ela se recordou. *Seja agradável.* Zoya encontrou o olhar de Kirigin e gesticulou para ele servir o vinho, uma safra extraordinária tirada das adegas lendárias do conde e que era quase impossível de encontrar no país natal de Schenck.

— Não quer se juntar a nós para uma taça? — convidou Kirigin. — É um vinho caryevano, envelhecido em barro.

— É mesmo? — Os olhos de Schenck brilharam e ele tomou um assento na mesa. O Conselho Mercantil de Kerch pregava contenção e economia, mas Schenck claramente tinha um pendor por coisas finas. Zoya esperou que ele bebesse e suportou o olhar quase obsceno de prazer que tomou o rosto do mercador. — Excepcional! — ele declarou.

— Não é? — disse Kirigin. — Tenho vários tonéis, posso mandar um para você, se quiser. Vou pedir a um dos meus criados que o entregue pessoalmente, caso contrário a jornada poderia danificá-lo.

Zoya ficou grata pela aptidão e disposição do conde para conversa-fiada. Ela ganhou um momento para se recompor e resistir ao impulso de estapear a taça da mão de Schenck. Se Ravka precisava que ela fosse cortês, ela seria a droga da cortesia em pessoa.

— Ouvi dizer que as rotas marítimas de Novyi Zem foram pratica-mente obliteradas — apontou Zoya —, o comércio interrompido e a capacidade de defender os seus navios esgotada.

— Sim, é terrível. Ouvi que os navios deles foram reduzidos a pouco mais que gravetos sobre as ondas; não encontraram nada além de farpas. Nenhum sobrevivente. — Schenck estava tendo dificuldade para manter o rosto solene, sua alegria quase escapando na voz como um cachorro inquieto numa coleira. — Piratas, sabe?

— É claro. — Mas aquelas tragédias não tinham sido obra de piratas. Eram obra dos kerches, usando tecnologia ravkana que o Conselho Mercantil exigira em troca da cortesia de prorrogar os empréstimos de Ravka. Isso permitia que atacassem navios zemeni sem risco nem preocupação de serem descobertos, uma vez que não emergiam da água para se revelar ou se tornar alvos.

— A economia zemeni deve estar sofrendo — observou Zoya. — Imagino que os preços da *jurda* e do açúcar devem estar mais altos do que nunca.

Com isso, Schenck franziu o cenho.

— Não, ainda não. Os zemeni não mostraram sinais de tensão financeira, e toda tentativa de subir o preço da *jurda* foi contestada pelos nossos clientes no exterior. Mas é questão de tempo antes de eles capitularem.

— Aos piratas?

Schenck remexeu o botão de seu colete.

— Isso. Exatamente. Aos piratas.

— Vocês continuam vendendo *jurda* a Fjerda e Shu Han — apontou Zoya. — Mesmo sabendo que ela está sendo convertida em *parem* e usada para torturar e escravizar Grishas.

— Não sei nada sobre isso. São especulações vazias, histórias fantasiosas. Os kerches sempre mantiveram uma política de neutralidade. Não podemos ser arrastados para as picuinhas de outras nações. Fazemos comércio com todos, honestamente trocando produtos por moeda. Negócios são negócios.

Zoya sabia que ele não estava falando sobre o comércio de *jurda* – estava deixando clara a posição de seu país.

— Vocês não vão ajudar Ravka.

— Temo que seja impossível, mas saiba que nossos pensamentos estão com vocês.

Zoya olhou para ele de soslaio. Até certo ponto, ela sabia que era verdade. Os kerches não gostavam da guerra porque ela tendia a obstruir as rotas comerciais, e países prósperos e pacíficos eram parceiros comerciais melhores. Mas os kerches poderiam obter seus lucros com armas e munições com a mesma facilidade, vendendo aço e pólvora, chumbo e alumínio.

— Se Fjerda invadir Ravka, tem certeza de que os shu vão conseguir impedir seu avanço? — perguntou Zoya. Os shu tinham um exército terrestre enorme, mas ninguém conhecia a verdadeira magnitude do poderio militar de Fjerda. Kerch poderia ser o próximo item na lista de aquisições deles.

Schenck apenas sorriu.

— Talvez os lobos tenham alguns dentes a menos após uma luta prolongada com seu vizinho.

— Então vocês esperam que nós enfraqueçamos Fjerda, só não estão dispostos a ajudar. Há navios da marinha kerch ancorados na costa norte. Nós temos um voador aqui. Há tempo para enviar uma mensagem.

— Nós *poderíamos* reunir nossos navios. Se os kerches tivessem me mandado aqui para oferecer ajuda a Ravka, seria precisamente o que faríamos.

— Mas eles não mandaram.

— Não.

— Eles o mandaram aqui para desperdiçar o nosso tempo e me manter longe de onde preciso estar.

— Por mais que eu aprecie o vinho e sua companhia encantadora, receio que não veja motivos para este encontro. Você não tem nada com que barganhar, senhorita...

— General.

— General Nazyalensky — ele disse, como um tio condescendendo à sobrinha precoce. — Nós temos tudo que desejamos.

— Têm?

Schenck franziu o cenho.

— O que quer dizer?

Aquela era a última aposta de Zoya, sua última oportunidade de salvar aquela negociação.

— Nosso rei tem talento para tornar o impossível possível, para construir máquinas extraordinárias capazes de conquistar novas fronteiras. Ele reuniu algumas das mentes científicas mais brilhantes do mundo, entre Grishas e *otkazat'sya*. Tem certeza de que quer estar do lado oposto ao deles?

— Nós não escolhemos lados, srta. Nazyalensky. Pensei que eu tivesse deixado isso claro. E não barganhamos contra o futuro. Ravka pode ter um talento para invenções que ainda não vimos, mas Fjerda tem um talento para a brutalidade bem conhecido por todo o mundo.

Zoya o observou por um longo momento.

— Você estava disposto a casar sua filha com Nikolai Lantsov. Sabe que ele é um bom homem. — Palavras simples, mas Zoya sabia bem demais como eram raras.

— Minha cara — disse Schenck, virando sua taça de vinho e reclinando-se para longe da mesa. — Talvez os shu tenham poucos critérios, mas eu pretendia casar minha filha com um rei, não um bastardo.

— O que quer dizer? — rebateu Zoya, sentindo sua compostura vacilar. Aquela verruga ambulante seria atrevida a ponto de questionar a ascendência de Nikolai abertamente? Se sim, a posição deles estava mais frágil do que ela imaginara.

Mas Schenck se limitou a sorrir astutamente.

— Apenas sussurros. Apenas rumores.

— Tome cuidado para os sussurros não se tornarem conversas. É um bom jeito de perder a língua.

Os olhos se Schenck se arregalaram.

— Está ameaçando um representante do governo kerch?

— Eu só ameaço fofoqueiros e covardes.

Os olhos de Schenck se esbugalharam ainda mais. Zoya se perguntou se saltariam do crânio dele.

— Estou atrasado para uma reunião — ele disse, erguendo-se e dirigindo-se à porta. — E acredito que vocês estejam atrasados para uma derrota no campo de batalha.

Zoya cravou as unhas nas palmas. Quase conseguia ouvir Nikolai em sua mente, aconselhando-a a ter cautela. Por todos os santos, como ele se encontrava com aqueles sapos molengas e arrogantes sem cometer pelo menos um assassinato por dia?

Mas ela tinha conseguido. Só quando Schenck partiu soltou uma lufada de ar que mandou a garrafa de vinho caro contra a parede com um *crack* satisfatório.

— Schenck nunca pretendeu nos oferecer ajuda, não é? — perguntou Kirigin.

— Claro que não. O único propósito dele era nos humilhar ainda mais.

O rei dela enfrentaria os fjerdanos sem receber ajuda de Hiram Schenck e de outros da sua laia. Nikolai sabia que era uma tentativa vã, mas a tinha enviado mesmo assim. *Me faça esse favor desagradável, Zoya,* ele dissera. E, é claro, ela fizera.

— Devemos enviar uma mensagem ao rei Nikolai? — perguntou Kirigin.

— Vamos entregá-la pessoalmente — esclareceu Zoya. Talvez ainda houvesse tempo para enfrentar os tanques e armamentos fjerdanos ao lado de seus soldados. Ela saiu da sala, um criado a esperava do lado de fora. — Vá avisar ao piloto para preparar o voador.

— E a nossa bagagem? — perguntou Kirigin, correndo atrás dela no corredor.

— Esqueça a bagagem.

Eles viraram em um canto e desceram um lance de escadas, atravessaram o pátio e saíram nas docas onde tinham atracado sua nave marítima. Zoya não nascera para a diplomacia, para salas fechadas e conversas corteses. Havia nascido para a batalha. Quanto a Schenck e ao duque Radimov e todos os outros traidores que ficaram contra Ravka, haveria tempo para lidar com eles depois que Nikolai encontrasse um jeito de vencer aquela guerra. *Nós somos o dragão e esperaremos o tempo necessário.*

— Eu... eu nunca voei — alegou Kirigin quando eles se aproximaram das docas onde o voador estava ancorado. Ela provavelmente deveria deixá-lo lá. O lugar dele era bem longe de qualquer combate. Mas ela também não queria deixá-lo sob a influência da nobreza de Ravka Oeste.

— Você vai ficar bem. E, se não ficar, vomite sobre a amurada e não no seu colo. Ou no meu.

— Há alguma esperança? — perguntou Kirigin. — Para Ravka?

Ela não respondeu. Ouvira que sempre havia esperança, mas ela era crescida demais e sábia demais para contos de fada.

Zoya sentiu o movimento antes de vê-lo.

Ela girou e vislumbrou a luz refletida na lâmina de uma faca. O homem estava atacando das sombras. Ela ergueu as mãos e uma rajada de vento o lançou contra a parede, onde ele bateu com um estalar de quebrar ossos, morto antes de atingir o chão.

Fácil demais. Era um engodo...

Kirigin saltou à frente e derrubou o segundo assassino no chão. O conde sacou a pistola para atirar.

— Não! — gritou Zoya, usando outra rajada forte de vento para redirecionar a bala. Ela se enterrou inofensivamente no casco de um navio próximo.

Zoya pulou sobre o assassino, pressionando o peito dele no convés com os joelhos, e fechou o punho para espremer o fôlego de seus pulmões. Ele arranhou a garganta, o rosto ficando vermelho e os olhos arregalados marejando.

Ela abriu os dedos, deixando o ar entrar em seus pulmões, e ele ofegou como um peixe libertado de um anzol.

— Fale — ela exigiu. — Quem o enviou?

— Uma nova era... está chegando — ele disse, com a voz esganiçada. — Os falsos santos... serão... purgados.

Ele parecia e soava ravkano. Ela tirou o ar de seus pulmões outra vez, então deixou retornar um fluxo mínimo.

— Falsos santos? — perguntou Kirigin, apertando o braço ensanguentado.

— Quem o enviou? — ela repetiu.

— Seu poder... não é natural e... você será punida, Sankta Zoya. — Ele cuspiu as duas últimas palavras como uma maldição.

Zoya recuou e deu um soco na mandíbula dele. A cabeça do homem caiu para trás.

— Você não podia tê-lo asfixiado até ficar inconsciente? — perguntou Kirigin.

— Senti vontade de esmurrar alguém.

— Ah. Entendo. Fico feliz que tenha sido ele. Mas o que ele quis dizer com "Sankta Zoya"?

— Até onde sei, nunca fiz nem aleguei fazer milagres. — Os olhos de Zoya se estreitaram. Ela sabia exatamente a quem culpar por aquilo. — Maldita Nina Zenik.

6
NIKOLAI

— ABENÇOADA NINA ZENIK — murmurou Nikolai enquanto percorria a fileira de tropas ravkanas silenciosas e camufladas com lama e vegetação rasteira.

Na meia-luz que antecedia a aurora, ele tinha decolado com seu voador levando Adrik – um dos Aeros mais hábeis de Zoya – para abafar o som do motor. Fjerda pensava ter a vantagem da surpresa, e Nikolai queria que continuasse assim.

Porém, era obrigado a se perguntar se seu inimigo precisava de uma vantagem. De seu ponto de observação nos céus, havia visto a fileira de tanques rolando em direção a Ravka na luz cinzenta do alvorecer. Supôs que deveria estar rezando, mas nunca fora muito chegado à religião – não quando tinha a ciência e um par de revólveres eficientes em que confiar. No momento, porém, ele esperava que todo santo ravkano, fada kaelish e divindade todo-poderosa estivesse olhando com carinho para o país dele, porque precisaria de toda a ajuda possível contra aqueles inimigos.

— Pelo menos só tenho um braço a perder — disse Adrik, sombriamente. Apesar de todo o seu talento Grisha, devia ser a pessoa mais deprimente que Nikolai já conhecera. Tinha cabelo cor de areia e um rosto juvenil com sardas, e era o equivalente humano de um resfriado. Nikolai não fazia ideia do que Leoni via nele. A mulher era um doce, além de uma Fabricadora e tanto.

— Anime-se, Adrik — Nikolai tinha gritado da cabine. — Logo podemos todos estar mortos e então vai caber ao seu espírito desencarnado fazer prognósticos desoladores.

Para não revelar a localização deles, haviam pousado em uma pista improvisada três quilômetros ao sul do acampamento e cavalgado o resto do caminho até se juntar às forças ravkanas.

— Quantos? — perguntou Tolya, aproximando-se e entregando um rifle a Nikolai, com outro jogado sobre os enormes ombros. Eles já haviam recebido relatórios dos batedores, mas Tolya ainda tinha esperança. Era a mesma esperança que Nikolai se permitira nutrir antes que seus próprios olhos a esmagassem cruelmente.

— Muitos — ele respondeu. — Eu esperava que fosse uma ilusão de ótica. — As fileiras de máquinas de guerra fjerdanas eram muito mais numerosas do que as informações que eles tinham obtido sugeriam.

Tamar e Nadia os cumprimentaram em silêncio, e Nadia fez um aceno para o irmão. Ela e Adrik eram ambos Aeros, os dois esguios e de olhos verdes. Mas Nadia era otimista, e Adrik era membro do clube dos pessimistas – o membro que o clube bania das reuniões porque arruinava o clima.

Nikolai conferiu a mira em seu rifle repetidor. Era a arma certa para quando precisassem entrar em batalha, mas os revólveres em seus quadris eram mais reconfortantes.

Fjerda e Ravka estavam em conflito havia centenas de anos, às vezes se enfrentando em batalhas, às vezes em pequenas escaramuças quando tratados estavam em vigor. Mas essa era a guerra que Fjerda pretendia vencer. Eles sabiam que Ravka tinha um contingente menor e estava sem reforços. Planejavam atravessar rapidamente a fronteira norte com ataques-surpresa em Nazkii e Ulensk. Depois de vitórias rápidas, avançariam para o sul até a capital, onde o parco exército de Nikolai seria obrigado a recuar e fazer algum tipo de resistência heroica.

Nikolai examinou o campo. As terras ao norte de Nezkii eram pouco mais que um charco raso e enlameado, uma extensão triste e vazia num estado intermediário entre pântano e pastagem, impossível de cultivar e emanando um forte odor de enxofre. Era conhecido como o Penico, e não era o tipo de lugar sobre o qual canções de batalha gloriosas eram compostas. Oferecia pouca proteção e um solo horrendo para os soldados rasos, que já estavam com lama até os tornozelos. Mas ele duvidava que isso fosse empecilho aos tanques fjerdanos.

Os comandantes de Nikolai tinham erigido plataformas e torres de madeira para ter uma visão melhor do campo de batalha – tudo camuflado atrás da vegetação rasteira e das árvores baixas e retorcidas pelas quais o Penico era famoso.

O sol mal estava visível a leste. Do norte, Nikolai ouviu um som engasgado como se alguma grande fera limpasse a garganta – as máquinas de guerra de Fjerda ligando seus motores furiosos. Fumaça negra se ergueu no horizonte, um pomar de colunas, uma promessa da invasão iminente.

Os tanques soavam como trovões no horizonte, mas pareciam monstros que tinham rastejado para fora da lama, com os flancos cinzentos emitindo um brilho fraco e suas esteiras de rolagem gigantes consumindo a terra. Era uma visão desanimadora, mas, se não fosse por Nina, o cupim abençoado que carcomia o coração do governo fjerdano, Ravka sequer os teria visto se aproximar.

O recado de Nina apontava os dois pontos na fronteira onde o inimigo pretendia lançar a invasão surpresa. Ravka mal tivera tempo de mobilizar suas forças e organizar algum tipo de defesa.

Nikolai poderia ter escolhido encontrar o inimigo no campo, com os estandartes erguidos e as tropas à vista. Fazer uma demonstração de força. Teria sido a escolha honrada, a escolha corajosa. Mas imaginava que seus soldados estavam mais interessados em sobreviver do que em parecer nobres antes que os fjerdanos os enchessem de buracos, e ele sentia o mesmo.

— Acha que eles sabem? — perguntou Tolya, espiando por um binóculo que parecia um brinquedo de criança em suas mãos gigantes.

Tamar balançou a cabeça.

— Se soubessem, estariam muito, muito parados.

Boom. A primeira explosão ecoou sobre o charco, parecendo sacudir a lama em que pisavam.

Um sinal silencioso se moveu pelas fileiras: *Mantenham suas posições.*

Outra explosão irrompeu no ar ao redor deles. Depois outra. E mais uma.

Mas não eram as armas dos tanques. Eram minas.

O primeiro tanque fjerdano estava pegando fogo. O segundo tombou de lado, suas enormes esteiras girando em falso. *Boom.* Outro explodiu com uma grande nuvem de fumaça enquanto seu condutor e soldados tentavam escapar.

Fjerda tinha imaginado que seus tanques rolariam sobre o charco, que seu ataque seria rápido e decisivo, que Ravka não teria tempo de organizar qualquer oposição real. Eles ocupariam cidades-chave do norte e avança-riam com a frente sul enquanto as tropas de Nikolai tentavam desespera-damente encontrá-los no campo.

E teriam feito exatamente isso – se não fosse pelo aviso de Nina Zenik. Horas antes da aurora, bombas fjerdanas começaram a cair sobre alvos mi-litares ravkanos, locais onde eles acreditavam que voadores de Ravka esta-vam pousados, assim como uma fábrica de munições e um estaleiro. Não havia nada que Nikolai pudesse fazer quanto ao estaleiro; simplesmente não havia tempo. Em todos os outros, porém – os voadores, as aeronaves e o pessoal –, tinham sido transferidos para outros locais.

Enquanto os fjerdanos soltavam suas bombas, os soldados especiais de Nikolai, seus Nolniki – Grishas e tropas do Primeiro Exército trabalhan-do juntos –, tinham se esgueirado de noite por Nezkii e Ulensk, ocultos pela escuridão, plantando minas antitanque, uma surpresa desagradável para qualquer inimigo que acreditasse que não enfrentaria qualquer resis-tência. As minas foram dispostas cuidadosamente. Nikolai esperava cha-mar os fjerdanos de amigos um dia, então não queria devastar todas as terras deles junto à fronteira.

O campo de batalha era uma cena lúgubre: fumaça e lama, tanques fjerdanos reduzidos a grandes formas de metal queimado. Mas as minas tinham apenas atrapalhado o inimigo, não o derrotado. Os tanques que sobreviveram às explosões seguiram em frente.

— Ponham as máscaras! — Ele ouviu a ordem descer pela fileira, dada por seus capitães do Primeiro Exército e comandantes do Segundo Exército. Eles tinham bons motivos para crer que aqueles tanques não só atirariam balas de morteiro, mas também granadas cheias de *jurda parem,* o gás que matava pessoas comuns e imediatamente deixava os Grishas dependentes. — Preparem-se para lutar!

Nikolai olhou para o céu. Bem acima, os voadores de Ravka patru-lhavam as nuvens, certificando-se de que os fjerdanos não seriam capa-zes de bombardear suas forças do ar e aproveitando toda oportunidade para metralhar as fileiras fjerdanas. Os voadores de Ravka eram mais leves e mais ágeis. Se pelo menos eles tivessem dinheiro para construir mais deles...

— Mantenham as fileiras! — gritou Adrik. — Deixem que eles ve-nham até nós!

— Por Ravka! — berrou Nikolai.

— Pela águia dupla! — veio a resposta, as vozes dos soldados erguidas em solidariedade.

Tropas fjerdanas armadas com rifles repetidores seguiam atrás dos tanques que tinham superado o campo minado, abrindo caminho através da fumaça e da névoa. Elas foram encontradas por soldados ravkanos lutando ao lado de Grishas.

Nikolai sabia que o lugar de um rei não era na linha de frente, mas também sabia que não podia ficar a salvo e deixar os outros lutarem essa guerra. A maioria de seus oficiais pertencia à infantaria, soldados rasos que tinham subido pelas fileiras e merecido o respeito dos subordinados. Também havia aristocratas, mas Nikolai não confiava neles para assumir posições arriscadas. Velhos como o duque Keramsov tinham lutado em guerras muito antigas e poderiam ter compartilhado uma experiência valiosa, mas a maioria recusara o chamado. Seus dias de luta haviam chegado ao fim. Eles tinham construído casas e agora queriam descansar em suas camas, contar histórias de antigas vitórias e reclamar de suas dores e enfermidades.

— Ao meu comando — ele disse.

— Essa é uma péssima ideia — lastimou Adrik.

— Eu tenho um excedente de ideias ruins — afirmou Nikolai. — Preciso gastá-las em algum lugar.

Tamar tocou seus machados. Quando suas balas se esgotassem, eles teriam que servir. Ela sinalizou a seus Sangradores. Nadia sinalizou a seus Aeros.

— Avante! — gritou Nikolai.

E então seguiram em frente e se lançaram ao combate. Os Aeros repeliram os tanques fjerdanos, enquanto os Sangradores forneciam cobertura. Um esquadrão de Infernais usou os resquícios ardentes dos tanques para criar um muro de chamas, outra barreira que as tropas fjerdanas teriam que superar.

Todas as forças ravkanas usavam máscaras de gás feitas especialmente por Fabricadores para impedir a inalação de *jurda parem*. A droga tinha mudado tudo, tornando os Grishas vulneráveis de modos que nunca foram antes, mas eles se recusavam a usar as máscaras como emblemas de fraqueza ou fragilidade e as tinham pintado com presas e línguas curvadas e bocas abertas. Pareciam gárgulas caindo sobre o campo em *keftas* de combate.

Nikolai permaneceu abaixado, o estrondo dos tiros enchendo seus ouvidos. Deu um tiro, depois outros, e viu corpos caírem. O demônio dentro dele sentiu o caos e se inclinou em direção a ele, faminto por violência. Mas, ainda que o *obisbaya* não tivesse livrado Nikolai da criatura, ele tinha aprendido a controlá-la melhor. Precisava de uma estratégia racional agora, não de um monstro sedento por sangue.

As mãos de Tolya se esticaram, seus punhos se fecharam, e soldados fjerdanos caíram quando o coração explodiu em seu peito.

Nikolai quase se permitiu ter esperança. Se tanques e infantaria fossem tudo que Fjerda tinha a oferecer, Ravka poderia ter uma chance. Contudo, assim que viu a imensa máquina entrando lentamente no campo, soube que Fjerda tinha mais horrores reservados a eles. Aquilo não era um tanque – era um veículo de transporte. Suas esteiras gigantes borrifavam terra e lama, o rugido de seu motor sacudia o ar enquanto expelia fumaça no céu cinzento. Uma mina explodiu abaixo de uma de suas esteiras enormes, mas a coisa simplesmente continuou avançando.

Nikolai olhou para o oeste. Será que Zoya havia sido bem-sucedida em sua missão? O resgate viria?

Essa é a encruzilhada. Aquele dia determinaria se Ravka tinha uma chance ou se Fjerda atravessaria a fronteira como um vento gélido do norte. Se eles fracassassem nesse teste, o inimigo saberia como a posição de Ravka era precária, como estavam enfraquecidos e precisando de dinheiro. Uma vitória, mesmo por um triz, garantiria ao país dele um pouco de tempo desesperadamente necessário. Mas isso exigiria reforços.

— Eles não virão — disse Tolya.

— Eles virão — assegurou Nikolai. *Têm que vir.*

— Demos tudo de que eles precisavam. Por que viriam?

— Porque um acordo tem que significar alguma coisa; senão, o que todos nós estamos fazendo aqui?

Houve um guincho metálico alto quando o veículo de transporte parou e suas portas de metal gigantes se abriram como as mandíbulas de um monstro ancestral.

A poeira baixou e uma fileira de soldados avançou do interior do veículo. Mas eles não usavam uniformes, só roupas puídas, e alguns estavam descalços. Nikolai soube imediatamente o que eram – Grishas drogados com *parem*. Seus corpos estavam emaciados e suas cabeças pendiam como flores murchas em caules finos. Mas nada disso importaria quando recebessem uma dose da droga. Ele viu a nuvem de gás laranja ser borrifada na direção deles a partir de saídas de ar dentro do veículo. Imediatamente ficaram alertas.

Esse era o momento que Nikolai temia, um momento que ele tinha esperado evitar.

Três dos Grishas dopados avançaram em disparada.

— Abaixem-se! — gritou Nikolai. A terra diante dos Grishas inimigos se ergueu em uma onda; minas explodiram e tanques foram virados. Soldados ravkanos foram derrubados e enterrados sob montanhas de lama e pedra.

— Aeros! — Nadia chamou suas tropas, e ela e Adrik se puseram de pé, combinando sua força para erguer os destroços e a terra, libertando seus compatriotas.

Então Nadia tropeçou.

— Amelia! — ela gritou. O vento que ela tinha conjurado vacilou. Ela encarava uma das Grishas sob efeito da droga, uma garota esguia de cabelo castanho, usando pouco mais que um blusão desbotado, suas pernas finas como gravetos enfiadas em botas pesadas.

— Santos — sussurrou Tamar. — Ela é uma Fabricadora que desapareceu numa missão perto de Chernast.

Nikolai se lembrava. Nadia tinha trabalhado lado a lado com a mulher nos laboratórios antes de sua captura.

Tamar agarrou os ombros de Nadia, puxando-a para trás.

— Você não pode ajudá-la agora.

— Eu tenho que tentar!

Mas Tamar não a soltou.

— Ela está praticamente morta. Vou cravar um machado no seu coração antes de deixar você cair nessa armadilha.

Amelia e os outros Fabricadores dopados ergueram as mãos, prestes a causar outro terremoto.

— Tenho a vista livre — anunciou Tolya, com o rifle erguido.

— Espere — disse Nikolai. Ele olhou para o oeste outra vez com esperança, porque a esperança era a única coisa que lhes restava.

— Dê o maldito tiro! — exigiu Adrik.

Nadia o bofeteou com uma rajada de ar.

— Eles não podem nos fazer matar nossos próprios amigos, nosso próprio povo! Estamos fazendo o trabalho dos fjerdanos por eles!

— Eles não são nossos amigos — disparou Adrik. — São fantasmas enviados da próxima vida, assombrados e desesperançados e atrás de sangue.

Nikolai sinalizou para que a segunda onda de soldados entrasse no combate enquanto os voadores deles tentavam se aproximar o suficiente das fileiras fjerdanas para atirar no veículo de transporte sem serem explodidos no céu.

E então ele ouviu, um som que ecoou com um *vump vump vump* firme como a batida de um coração, regular e inflexível demais para ser uma trovoada.

Todas as cabeças se viraram para oeste, para os céus, onde três aeronaves vastas – maiores que qualquer coisa que Nikolai já vira no céu – emergiram dentre as nuvens. Seus cascos não exibiam o peixe voador de Kerch, mas portavam as estrelas laranja da bandeira naval zemeni.

— Eles vieram — declarou Nikolai. — Acho que você me deve desculpas.

Tolya grunhiu.

— Só admita que você também não tinha certeza.

— Eu tinha esperança, não é o mesmo que não ter certeza.

Nikolai sabia que a missão diplomática de Zoya com os kerches estava condenada desde o começo, tanto quanto ela. Os kerches sempre foram impelidos por uma meta apenas – lucro –, e permaneceriam neutros. Mas Ravka precisava manter a farsa de pedir, um tanto desesperadamente, por auxílio. Eles precisavam que os espiões de Fjerda e Kerch acreditassem que estavam sem aliados.

Meses antes, Nikolai dera aos kerches exatamente o que eles haviam exigido: projetos para construir e armar *izmars'ya,* navios submergíveis que poderiam ser usados para atrapalhar as rotas de comércio zemeni e explodir navios zemeni. E os kerches começaram a fazer exatamente isso. O que eles não sabiam era que aqueles navios que haviam destruído com tanto sucesso não continham homens nem cargas. Eram navios fantasmas, chamarizes lançados ao mar para dar a ilusão de sucesso aos kerches, enquanto os zemeni tinham transferido suas rotas de comércio para as nuvens graças à tecnologia aérea ravkana.

Os kerches teriam o oceano; os zemeni dominariam o céu. Ravka tinha mantido a palavra e entregado exatamente o que os kerches queriam, mas não o que precisavam. Era uma lição que Nikolai aprendera com o demônio.

— Os kerches vão ficar furiosos quando descobrirem — disse Tamar.

— Deixar as pessoas felizes não é a tarefa de reis — observou Nikolai. — Quem sabe se eu tivesse nascido um padeiro ou um titereiro...

Enquanto observavam, as portas na base das aeronaves se abriram e um pó fino foi soprado para baixo em uma nuvem verde-acinzentada.

— Aeros! — berrou Nadia, radiante agora, as faces úmidas com lágrimas, enquanto naves ravkanas no ar e soldados Grishas no chão direcionaram o antídoto em pó para o regimento de Grishas drogados.

O antídoto flutuou para eles como uma camada de geada fina, e Nikolai os viu virar as palmas para cima, confusos. Então eles inclinaram o rosto para o céu, respirando profundamente. Eram como crianças vendo neve pela primeira vez. Abriram a boca, esticaram a língua. Ele os viu se virarem uns para os outros como se acordassem de um pesadelo.

— Para cá! — comandou Tamar enquanto ela e Tolya avançavam, dando cobertura para os prisioneiros Grishas com os rifles.

Com os braços entrelaçados, os Grishas doentios cambalearam em direção às fileiras ravkanas, rumo ao lar e à liberdade.

Os oficiais fjerdanos ordenaram a seus soldados que abrissem fogo contra os Grishas desertores, mas os voadores de Nikolai estavam a postos. Eles metralharam as fileiras fjerdanas e as obrigaram a se proteger.

Grishas e soldados de Ravka avançaram para guiar seus amigos enfraquecidos. Agora realmente pareciam fantasmas, espíritos estranhos recobertos de pó prateado.

— Majestade? — perguntou Amelia, confusa, quando Nikolai jogou o braço ao redor de seus ombros. Seus cílios estavam polvilhados de antídoto e suas pupilas dilatadas.

Ao redor deles, Nikolai viu as fileiras fjerdanas se quebrando no tumulto que a chegada dos zemeni tinha causado. Os céus estavam repletos de naves ravkanas e zemeni. Fjerda perdera seus assassinos Grishas e metade de seus tanques jazia em pedaços derretidos.

Nikolai e os outros mergulharam de volta no campo, levando os prisioneiros Grishas consigo. Ele deixou Amelia com um Curandeiro, em seguida pegou um cavalo e gritou para Tolya:

— Venha!

Queria ver a cena do ar. Quando chegaram à pista, pularam para dentro de seu voador, que se acionou com um rugido e os levou para o céu.

A vista de cima era tanto animadora quanto terrível. As fileiras fjerdanas tinham se rompido e estavam recuando; no entanto, por mais breve que tivesse sido a batalha – nem fora uma batalha, mais uma escaramuça –, os danos eram chocantes. O charco enlameado fora retalhado pelos Fabricadores Grisha; a paisagem estava pontilhada por buracos e sulcos profundos. Os mortos jaziam na lama: soldados fjerdanos, soldados ravkanos, Grishas em seus *keftas* coloridos, os corpos frágeis dos prisioneiros doentes que não tinham conseguido sair do campo.

E era só uma amostra do que estava por vir.

— Vai ser um tipo diferente de guerra, não é? — perguntou Tolya em voz baixa.

— Se não a impedirmos — disse Nikolai enquanto eles observavam os fjerdanos recuarem.

Aquela pequena vitória não resolveria o problema do parentesco dele, não encheria os cofres ravkanos nem preencheria as fileiras de seu exército, mas pelo menos os fjerdanos precisariam recalibrar. Ravka não estava em condições de armar a fronteira norte inteira com minas, mas Fjerda não tinha como saber disso, então precisariam desperdiçar um tempo valioso varrendo pontos de incursão potenciais. Não podiam mais confiar no *parem* como uma arma contra os Grishas de Ravka. E, mais importante, os zemeni tinham mostrado que Ravka não estava sozinha. Os fjerdanos queriam jogar sujo e rápido. Aquele dia havia mostrado como a briga realmente seria. *Vejam o que seu país acha da guerra agora que seus soldados terão que sangrar também.*

Nikolai deixou o voador deslizar gentilmente até a baía de aterrissagem na base da aeronave maior, levando-a a uma parada abrupta que forçou os freios da pequena embarcação.

Kalem Kerko estava esperando para receber Tolya e ele. Usava um uniforme azul e tinha o cabelo em tranças curtas.

— Alteza — ele cumprimentou, com uma mesura baixa.

Nikolai deu um tapa nas costas de Kerko.

— Nada de cerimônia. — Ele tinha treinado com a família de Kerk quando estudava o trabalho dos armeiros, e não ficou nem remotamente surpreso ao ver como os zemeni haviam aperfeiçoado as naves ravkanas. — Vocês acabaram de salvar nossos traseiros.

— Vocês nos deram os céus — disse Kerko. — O mínimo que podíamos fazer era ajudá-los a manter este país horrendo. Vai perseguir os fjerdanos? Eles estão recuando.

— Não temos condições. Ainda não. Mas vocês nos concederam um tempo valioso.

— Vamos viajar com vocês até Poliznaya.

— É esse o estoque de antídoto? — perguntou Nikolai.

Kerko indicou um muro feito do que pareciam ser sacos de grãos.

— Pode dizer que esperava que haveria mais, não vou ficar ofendido. O rosto do seu soldado mostra a verdade.

— Tolya sempre tem essa cara. Exceto quando está recitando poesia, e ninguém quer isso. — Nikolai estimou o volume dos sacos de antídoto e suspirou. — Mas, sim, esperávamos que houvesse bem mais.

— O *parem* é razoavelmente fácil de manufaturar se você tem a fórmula. Mas o antídoto? — Kerko deu de ombros. — Exige muito mais *jurda* pura. Talvez seus Fabricadores possam encontrar um novo jeito de processar a planta.

A fórmula tinha sido obra de David Kostyk, o Materialnik mais talentoso de Ravka, trabalhando com Kuwei Yul-Bo, o filho do homem que inventara o *parem*. Mas a ideia viera da fonte de *jurda*, Novyi Zem, e de um rapaz que crescera numa fazenda lá. Ele tinha contado a Kuwei que, durante a colheita, as mães colocavam um bálsamo feito com os caules de *jurda* nos lábios e pálpebras dos bebês para impedir que o pólen os afetasse.

— É preciso uma quantidade imensa da planta para criar o antídoto — explicou Kerko. — Pior, a colheita dos caules destrói os campos. Se extrairmos muito mais, os fazendeiros vão se revoltar. E há mais uma coisa. Um dos fornecedores relatou uma ocorrência bizarra em seus campos, uma praga que parecia vir do nada. Transformou dois dos pastos dele em terra estéril, e o gado que pastava lá desapareceu como...

— Fumaça — concluiu Nikolai. Então o vampiro tinha fincado as presas em Novyi Zem.

— Então você sabe dessa praga? É o segundo caso no país em dois meses. Está acontecendo em Ravka também?

— Sim — admitiu Nikolai. — Houve um caso perto de Sikursk e outro ao sul de Os Kervo. Estamos fazendo experimentos no solo e contaremos a você o que descobrirmos.

Mas Nikolai sabia o que eles iriam descobrir: morte. Nada cresceria naquele solo de novo. E, se o flagelo continuasse se espalhando, quem saberia onde poderia atacar em seguida ou se poderia ser impedido? A mera ideia era suficiente para agitar o demônio dentro dele, como se ele reconhecesse o poder que o tinha criado como a fonte daquela destruição.

— Está conectado à Dobra? — perguntou Kerko.

Tolya pareceu surpreso.

— Já esteve lá?

— Depois da unificação. Queria ver pessoalmente. É um lugar amaldiçoado.

Aquela palavra de novo: *amaldiçoado.*

— Há uma conexão — disse Nikolai. — Só não sabemos qual é ainda. — Isso ao menos era verdade. E Nikolai não estava pronto para contar a Kerko que o Darkling estava de volta. — Vou escoltá-lo até Poliznaya. Podemos guardar o antídoto na base.

— Os kerches vão retaliar — alertou Kerko enquanto voltavam à nave. — Contra todos nós. Vão encontrar um jeito.

— Sabemos disso — garantiu Tolya, solenemente. — E sabemos o risco que você correu ao nos ajudar.

Kerko sorriu.

— Eles estavam dispostos a atacar nossos navios e marinheiros sem sequer erguer a bandeira de guerra. Os kerches nunca foram amigos dos zemeni, e é melhor saberem que nós também temos amigos.

Eles apertaram as mãos, e Nikolai e Tolya embarcaram de novo na nave.

— Nikolai — disse Kerko. — Termine essa guerra, rápido. Mostre que Magnus Opjer é um mentiroso e rechace o pretendente Lantsov. Você precisa provar que não é um bastardo e que está apto a se sentar naquele trono.

Bem, pensou Nikolai enquanto o motor de seu voador se acionava e eles se lançavam ao céu azul brilhante. *Um de dois não é mal.*

7

NINA

OLÁ, NINA.

Nina era uma agente infiltrada experiente. Tinha sobrevivido nos bordéis de Ketterdam e se associado com os bandidos e ladrões mais perigosos do Barril. Enfrentara assassinos de todo tipo, e ocasionalmente conversara com os mortos. No entanto, quando a Madre Superiora pronunciou aquelas palavras, Nina sentiu o coração despencar do peito e cair até seus sapatos forrados de pele.

Limitou-se a sorrir.

— Mila — corrigiu gentilmente. Um nome ouvido errado, um equívoco inocente.

A Madre Superiora ergueu a mão e uma rajada de vento fez a luz da lâmpada tremeluzir, refletindo o lampejo nos olhos dela.

— Você é Grisha — sussurrou Nina em choque. Uma Aeros.

— As raposas hibernam no inverno — disse a Madre Superiora em ravkano.

— Mas não temem o frio — respondeu Nina.

Ela sentou-se no sofá com um baque pesado. Seus joelhos vacilaram, e ela ficou envergonhada ao perceber os olhos marejados. Não falava sua língua havia muito tempo.

— Nosso bom rei envia saudações e agradecimentos. Está grato pelas informações que você mandou; elas salvaram muitas vidas ravkanas. E muitas vidas fjerdanas também.

Nina queria chorar de gratidão. Tinha contato com mensageiros e membros da Hringsa, mas falar com alguém de seu povo? Ela não percebera o peso que vinha carregando.

— Você é mesmo do convento?

— Sim — disse a mulher. — Quando a Madre Superiora anterior desapareceu, Tamar Kir-Bataar aproveitou a oportunidade para instalar uma de suas espiãs lá. Eu estava infiltrada em um convento em Elbjen antes disso.

— Há quanto tempo vive assim? Como fjerdana?

— Treze anos. Já vi guerras e reis e golpes de estado.

Treze anos. Nina nem conseguia imaginar.

— Você... você às vezes sente saudades de casa? — A pergunta a fez se sentir uma criança.

— Todos os dias. Mas eu tenho uma causa, assim como você. Sua campanha de propaganda é ousada. Eu vi os resultados pessoalmente. As garotas sob meus cuidados contam histórias dos santos sob o luar.

— E são punidas por isso?

— Ah, sim — ela respondeu, com uma risada. — Quanto mais as proíbo de falar dos santos, mais fervorosas e determinadas elas ficam.

— Então não estou encrencada? — Ela não estava seguindo ordens quando fora à Corte de Gelo com Hanne e começara a encenar milagres. Depois do que tinha armado em Gäfvalle, poderia ter sido arrastada de volta a Ravka e julgada na corte marcial.

— A general Nazyalensky disse que você perguntaria isso e que certamente está.

Nina teve que conter uma risada.

— Como ela anda?

— Assustadoramente competente.

— E Adrik? Leoni?

— Agora que são santos, não podem mais trabalhar como espiões, mas Adrik está liderando um time de Aeros e Leoni está atuando junto aos Fabricadores de David Kostyk. Ela fez um trabalho essencial com o antídoto para o *jurda parem.*

— Então — disse Nina —, ambos estão no Pequeno Palácio.

Um leve sorriso tocou os lábios da Madre Superiora.

— Ouvi dizer que passam muito tempo na companhia um do outro. Mas não vim aqui para compartilhar fofocas ou oferecer conforto. O rei tem uma missão para você.

Nina sentiu uma pontada de empolgação. Ela havia desafiado ordens diretas de Adrik para ir à Corte de Gelo, a fim de se colocar na posição

de ajudar Grishas e Ravka. Tinha feito o possível com seus milagres faju-
tos; tinha ouvido conversas e usado cada truque à sua disposição para
reunir informações, passando cartas em código com tudo que conseguira
descobrir sobre movimentos de tropas e o desenvolvimento de armamentos. Mas Brum ter revelado os locais em que Fjerda pretendia lançar sua
invasão havia sido mera sorte, não fruto de espionagem.

— Escute com atenção — pediu a Madre Superiora. — Não temos
muito tempo.

— Ela quer que você faça o *quê*? — sussurrou Hanne, com os olhos aco-
breados arregalados, quando voltou aos aposentos que elas dividiam e
Nina descreveu sua missão. — E para quem eu acabei de fazer minha
confissão?

— Uma espiã Grisha. O que você contou a ela?

— Inventei algo sobre comer doces demais e falar palavrões nos dias
santos de Djel.

Nina riu.

— Perfeito.

— Não é perfeito — rebateu Hanne, encolhendo-se. — E se eu tivesse contado algo pessoal a ela sobre… alguma coisa…

— Como o quê?

— Nada — disse Hanne, com as faces coradas. — O que ela quer
que você faça?

As ordens da Madre Superiora eram simples, mas Nina não fazia
ideia de como ia executá-las.

— Ela quer que eu descubra onde as cartas de Tatiana Lantsov estão
sendo guardadas.

— Isso não é tão ruim.

— E que eu me aproxime do pretendente Lantsov — prosseguiu Nina.
— Que descubra quem ele realmente é e se há um jeito de desmenti-lo.

Hanne mordeu o lábio. Elas tinham se acomodado na cama dela,
com chá quente e um pote de biscoitos.

— A gente não poderia só… bem, você não poderia só eliminá-lo?

Nina riu.

— Vamos com calma. Eu sou a assassina implacável e você é a voz da razão, lembra?

— Acho que estou sendo muito razoável. O rei ravkano realmente é um bastardo?

— Não sei — disse Nina devagar. — Mas, se os fjerdanos provarem que é, não sei se ele vai conseguir manter o trono de Ravka. — Em épocas conturbadas, as pessoas tendiam a se agarrar à tradição e à superstição. Os Grishas se importavam menos com sangue real, mas até mesmo Nina tinha sido criada para acreditar que os Lantsov haviam sido escolhidos divinamente para governar Ravka.

— E Vadik Demidov? — perguntou Hanne. — O pretendente?

— A morte dele não vai restaurar a legitimidade de Nikolai. Mas, se ele for exposto como mentiroso, isso vai lançar dúvidas sobre tudo que o governo fjerdano está alegando. Só que... como a gente vai fazer isso?

Brum estava em contato próximo com a família real de Fjerda e presumivelmente com Demidov, mas Nina e Hanne nunca os viram de perto. Os Brum jantavam vez ou outra com soldados e oficiais militares de alta patente, e Ylva eventualmente jogava cartas com as aristocratas da corte. Mas isso era bem diferente de encontrar pessoas que poderiam ser persuadidas a revelar informações sobre o pretendente Lantsov.

Hanne se levantou e começou a dar voltas lentas pelo quarto. Nina amava a pessoa que ela se tornava quando estavam sozinhas. Perto dos pais, havia uma tensão nela, uma hesitação, como se estivesse atenta a cada movimento, cada palavra. Mas, quando a porta era fechada e elas ficavam a sós, Hanne se tornava a garota que Nina tinha conhecido nos bosques, seu passo longo e solto, seus ombros livres da postura rígida. Agora os dentes brancos e regulares de Hanne mordiam o lábio inferior, e Nina se viu estudando o movimento como uma obra de arte.

Então Hanne pareceu chegar a um tipo de decisão. Ela foi até a porta e a abriu.

— O que está fazendo? — perguntou Nina.

— Tenho uma ideia.

— Estou vendo, mas...

— Mamãe? — Hanne chamou pelo corredor.

Ylva apareceu um momento depois. Ela tinha desfeito as tranças e seu cabelo caía em cachos espessos e castanho-avermelhados, mas claramente ainda estava acordada, provavelmente discutindo a visita da Madre Superiora com o marido.

— O que é, Hanne? Por que vocês duas ainda estão de pé?

Hanne gesticulou para que a mãe entrasse, e Ylva sentou-se na beirada da cama.

— A Madre Superiora me deixou pensando numa coisa.

Nina ergueu as sobrancelhas. *É mesmo?*

— Eu quero entrar no *Jerjanik*.

— Quê? — Ylva e Nina disseram em uníssono.

Jerjanik significava Cerne, e coincidia com o festival invernal de Vinetkälla, que tinha acabado de começar. O nome fazia referência ao freixo sagrado de Djel, mas na verdade se referia à tradição de apresentar garotas solteiras na corte a fim de encontrar maridos para elas. A ideia de fazer Hanne participar era genial. Isso as lançaria em um redemoinho de seis semanas de eventos sociais na corte e potencialmente as colocaria no caminho das pessoas que poderiam levá-las a Vadik Demidov. Mas Nina pensava que... Ela não sabia o que pensava. Só sabia que a ideia de ver Hanne cortejada por uma sala de homens fjerdanos a fazia querer chutar alguma coisa.

— Hanne — disse Ylva, com cautela. — Não é algo em que se deve entrar levianamente. É esperado que você se case ao final do Cerne. Você nunca quis isso antes. Por que agora?

— Eu tenho que começar a pensar no futuro. A visita da Madre Superiora... Ela me lembrou dos meus hábitos selvagens. Quero mostrar a você e ao papai que superei essa fase.

— Você não precisa provar nada para nós, Hanne.

— Achei que vocês quisessem que eu fosse apresentada à corte. Que eu encontrasse um marido.

Ylva hesitou.

— Por favor, não faça isso para nos agradar. Eu não aguentaria pensar que você está infeliz.

Hanne sentou-se ao lado da mãe.

— Que outras opções estão abertas para mim, mamãe? Eu não vou voltar ao convento.

— Eu tenho um pouco de dinheiro guardado. Você pode ir para o norte, para Hedjut. Ainda temos parentes lá. Sei que não está feliz confinada na Corte de Gelo.

— Papai nunca perdoaria você, e não quero vê-la punida por minha causa. — Hanne respirou fundo. — Eu quero isso. Quero uma vida de que todos possamos fazer parte.

— Eu quero isso também — garantiu Ylva. Sua voz saiu num sussurro enquanto ela abraçava a filha.

— Ótimo — disse Hanne. — Então está decidido.

Nina ainda não sabia o que pensar.

— Hanne — ela observou depois que Ylva tinha partido —, o ritual do Cerne é um vínculo inquebrável. Se alguém fizer uma proposta de casamento razoável, vão fazer você aceitar um marido.

— Quem disse que vou receber propostas razoáveis? — perguntou Hanne, enfiando-se embaixo das cobertas.

A proposta teria que vir de um homem da mesma posição social, que poderia sustentar Hanne adequadamente e que recebesse a aprovação do pai dela.

— E se receber? — perguntou Nina. Hanne não queria aquela vida. Pelo menos, Nina achava que não. Talvez Nina só não a quisesse para ela.

— Não sei exatamente — disse Hanne. — Mas, se vamos ajudar seu rei e impedir uma guerra, o jeito é esse.

Os preparativos começaram na manhã seguinte, em um turbilhão de provas de roupas e aulas. Nina ainda não sabia se era a escolha certa, mas, para ser sincera, tinha que admitir que o caos de se preparar para o Cerne era surpreendente e terrivelmente… divertido. Ela ficou perturbada ao ver como era fácil se entregar à busca de novos vestidos e sapatos para Hanne, aulas de dança e discussões sobre as pessoas que elas encontrariam no Desfile das Donzelas, o primeiro evento do *Jerjanik*, quando todas as damas esperançosas seriam apresentadas à família real.

Uma parte de Nina sentia falta de frivolidades. Ela tinha sentido tristeza demais nos últimos dois anos – sua luta para se libertar do vício, a perda de Matthias, os longos e solitários meses em Ravka tentando lidar com seu luto, e então o medo constante de viver entre seus inimigos. Às vezes ela se perguntava se havia cometido um erro ao deixar seus amigos em Ketterdam. Sentia falta da firmeza de Inej, de saber que podia dizer qualquer coisa a ela sem medo de recriminação. Tinha saudade do jeito brincalhão de Jesper e da doçura de Wylan. Sentia saudade até mesmo da implacabilidade de Kaz. Santos, teria sido um alívio entregar toda aquela bagunça nas mãos do bastardo do Barril. Ele teria descoberto as origens de Vadik Demidov, assaltado o tesouro fjerdano e se colocado no trono no tempo que Nina levava para trançar o cabelo. Pensando bem, provavelmente era melhor que Kaz não estivesse ali.

— Você está gostando disso, não está? — perguntou Hanne, sentada na penteadeira que compartilhavam enquanto Nina aplicava óleo de amêndoas doces para encaracolar os fios curtos do cabelo dela, ruivo e dourado e castanho. Uma cor que ela nunca sabia como nomear.

— E se estiver?

— Acho que estou com inveja. Queria conseguir sentir o mesmo.

Nina tentou encontrar os olhos dela no espelho, mas Hanne manteve o olhar fixo na fileira de pós e poções sobre a mesa.

— A ideia foi sua, lembra?

— Sim, mas tinha esquecido como eu odeio tudo isso.

— O que tem para odiar? — perguntou Nina. — Seda, veludo, joias.

— Para você é fácil falar. Eu me sinto ainda mais *errada* que de costume.

Nina não conseguia acreditar no que ouvia. Enxugou o óleo das mãos e sentou-se no banco.

— Você não é mais uma garotinha desajeitada, Hanne. Por que não enxerga como é linda?

Hanne pegou um dos potinhos de brilho.

— Você não entende.

— Não, não entendo. — Nina tirou o pote dos dedos dela e virou Hanne para si. — Feche os olhos. — Hanne obedeceu e Nina aplicou o creme nas pálpebras e nas bochechas dela. Tinha um brilho sutil e perolado que fazia Hanne parecer ter sido borrifada com a luz do sol.

— Sabe qual foi a única vez que me senti uma pessoa bonita? — perguntou Hanne, com os olhos ainda fechados.

— Quando?

— Quando eu me esculpi para parecer um soldado. Quando cortamos todo o meu cabelo.

Nina trocou o brilho por um potinho de bálsamo de rosas.

— Mas naquela ocasião não se parecia com *você*.

Os olhos de Hanne se abriram.

— Parecia, sim. Pela primeira vez. A única vez.

Nina enfiou o dedão no potinho e aplicou o bálsamo no lábio inferior de Hanne, espalhando-o lentamente sobre a almofada macia de sua boca.

— Eu consigo fazer meu cabelo crescer, sabe? — disse Hanne, e moveu a mão sobre um lado da cabeça. De fato, um cacho castanho-avermelhado se curvou sobre sua orelha.

Nina a encarou.

— Esculpir-se assim é avançado, Hanne.

— Venho praticando. — Ela tirou uma pequena tesoura de uma gaveta e cortou o cacho. — Mas gosto dele do jeito que está.

— Então deixe-o assim. — Nina tirou a tesoura da mão dela e correu o dedão sobre os nós dos dedos de Hanne. — Usando calças. Vestidos. Com o cabelo raspado ou em tranças ou solto nas costas... você nunca não foi uma pessoa bonita.

— Está falando sério?

— Sim.

— Eu nunca vi seu rosto de verdade — observou Hanne, perscrutando as feições de Nina. — Você sente falta dele?

Nina não sabia como responder. Por muito tempo, ela tinha se assustado toda vez que se via no espelho, quando vislumbrava os olhos azuis pálidos, a cascata sedosa de cabelo loiro liso. No entanto, quanto mais interpretava Mila, mais fácil se tornava, e às vezes isso a amedrontava. *Quem eu serei quando voltar para Ravka? Quem sou eu agora?*

— Estou começando a esquecer como eu era — ela admitiu. — Mas, confie em mim, eu era um espetáculo.

Hanne tomou a mão dela.

— Ainda é.

A porta se escancarou e Ylva entrou atabalhoada, seguida por criadas com os braços cheios de vestidos.

Hanne e Nina se ergueram num salto, observando as criadas empilharem seda e tule na cama.

— Ah, Mila, você faz milagres! — disse Ylva quando viu as faces douradas da filha. — Ela parece uma princesa.

Hanne sorriu, mas Nina viu os punhos dela se fecharem. *No que nos metemos?* O Cerne poderia dar a elas tudo que queriam – acesso a Vadik

Demidov e uma chance de localizar as cartas de amor da rainha Tatiana. Mas o que tinha parecido um caminho simples estava se tornando um labirinto. Nina apanhou o cacho âmbar que Hanne jogara na penteadeira e o guardou no bolso. *O que quer que aconteça, vou encontrar uma saída,* ela jurou. *Para nós duas.*

O Desfile das Donzelas era realizado no grande salão de baile no palácio real, a uma caminhada curta dos aposentos deles na Ilha Branca. Nina já estivera ali antes com um disfarce diferente, vestida como membro do notório Menagerie. Tinha sido durante o Hringkälla, uma festa ruidosa em que muito era permitido. Aquela tarde seria um evento mais sério. Famílias nobres lotavam as alcovas. Um longo tapete cinza-claro se estendia por todo o comprimento da sala, parando em uma fonte gigante na forma de dois lobos dançando, e então rolava até o tablado onde a família real estava sentada. Reunidos ali, os Grimjer lembravam uma coleção de belas bonecas – todos loiros, de olhos azuis e parecidos com silfos. Gostavam de reivindicar sangue hedjut, o que podia ser comprovado pela compleição dourada e cálida do rei e pelos cachos mais espessos do filho mais novo. O garotinho puxava a mão elegante da mãe enquanto ela ria das peripécias dele. Era robusto e tinha as faces rosadas. O mesmo não podia ser dito do príncipe herdeiro: o príncipe Rasmus, magro e pálido, parecia quase verde contra o trono de alabastro em que estava sentado ao lado do pai.

Através de uma janela alta e arqueada, Nina podia ver o brilho do fosso que cercava a Ilha Branca, coberto por uma camada fina de geada. O fosso em si era rodeado por um círculo de prédios – o setor da embaixada, o setor da prisão e o setor dos *drüskelle* –, todos protegidos pelo muro supostamente impenetrável da Corte de Gelo. Dizia-se que a capital tinha sido construída para simbolizar os anéis do freixo sagrado de Djel, mas Nina preferia pensar neles como Kaz os via: os círculos de um alvo.

As jovens que participariam do Desfile estavam reunidas com os pais nos fundos do salão de baile.

— Todo mundo está me encarando — disse Hanne. — Não tenho mais idade para isso.

— Isso não é verdade — protestou Nina, embora a maioria das garotas parecesse ser alguns anos mais nova e todas fossem mais baixas.

— Eu pareço um gigante.

— Parece a rainha guerreira Jamelja que desceu do gelo. E todas aquelas garotinhas com seus sorrisinhos e cachos loiros parecem pudins que não endureceram o bastante.

Ylva riu.

— Isso é cruel, Mila.

— Tem razão — concordou Nina, então acrescentou baixinho: — Mas também é verdade.

— Hanne? — Uma garota bonita usando um vestido rosa-claro e enormes diamantes se aproximou delas. — Não sei se lembra de mim. Eu estava no convento dois anos atrás.

— Bryna! Claro que lembro, mas achei que... O que está fazendo aqui?

— Tentando achar um marido. Estive viajando com minha família desde que deixei o convento, então estou meio atrasada para tudo isso.

Ylva sorriu.

— Então vocês podem ficar atrasadas juntas. Vamos deixá-las agora, mas estaremos esperando vocês depois do desfile.

Nina deu uma piscadinha para Hanne, então ela e Ylva foram se juntar a Brum, que estava com um general e um *drüskelle* mais velho chamado Redvin, que treinara com Brum quando eles eram jovens. Redvin era um sujeito magrelo, rancoroso e sem qualquer senso de humor, e sua atitude constante de resignação amarga entretinha Nina profundamente. Ela adorava se comportar do jeito mais ridículo possível perto dele.

— Não é tudo glorioso, Redvin? — exclamou ela, sem fôlego.

— Se você está dizendo...

— Elas não estão todas esplêndidas?

— Eu não havia notado.

Ele parecia querer se jogar de um penhasco para não passar mais um minuto com ela. Uma garota tinha que extrair seus prazeres de onde conseguia.

Brum estendeu a Nina uma taça de ponche nauseantemente doce. Se estava preocupado com as derrotas fjerdanas em Nezkii e Ulensk, escondia bem. *Teria sido bom capturar a raposa na nossa primeira caçada,* ele tinha dito ao voltar do front. *Mas agora sabemos o que as forças ravkanas podem fazer. Eles não estarão prontos para nós da próxima vez.*

Nina havia sorrido e assentido e pensado consigo mesma: *Veremos.*

— É difícil ver outra mulher embrulhada em sedas e sendo o centro das atenções? — ele perguntou, numa voz baixa e desconfortavelmente íntima.

— Não quando é Hanne. — A frase saiu um pouco brusca, e ela sentiu Brum se enrijecer ao lado dela. Nina mordeu a língua. Em alguns dias, a docilidade era mais difícil que em outros. — Ela é uma boa alma e merece todas as indulgências. Tais luxos não são para pessoas como eu.

Brum relaxou.

— Você é injusta consigo mesma. Fica muito bem em seda marfim.

Nina queria conseguir corar quando desejasse. Teve que se contentar com uma risadinha tímida e fitar as pontas dos sapatos.

— As modas da corte são bem mais adequadas à figura de Hanne.

Nina esperava que Brum dispensasse aquela conversa sobre moda, mas a centelha em seu olhar era avaliadora.

— Você não está errada. Hanne floresceu sob sua tutela. Nunca achei que ela conseguiria fazer um bom casamento, mas você mudou tudo isso.

As entranhas de Nina reviraram. Talvez ela *estivesse* com ciúme. Pensar em Hanne se casando com algum nobre ou comandante militar dava um nó em seu estômago. Mas e se Hanne pudesse ser feliz ali, feliz com a família dela, com um marido que a amasse? E se pudesse finalmente encontrar a aceitação que buscara por tanto tempo? Além disso, não era como se ela e Nina fossem ter um futuro juntas, dado que Nina tinha a firme intenção de assassinar o pai dela.

— Você parece tão concentrada — disse Brum com uma risada. — Aonde seus pensamentos a carregam?

À sua humilhação prolongada e morte precoce.

— Espero que ela encontre alguém digno dela. Só quero o melhor para Hanne.

— Assim como eu. E teremos que providenciar vestidos novos para você também.

— Ah, não, não é necessário!

— Eu faço o que quero. Você me negaria o prazer?

Gostaria de empurrá-lo no mar e fazer uma dancinha enquanto você se afoga. Mas Nina ergueu os olhos para ele, arregalados e encantados, uma jovem embaraçada e arrebatada pela atenção de um grande homem.

— Nunca — ela disse, sem fôlego.

Os olhos de Brum vagaram lentamente por seu rosto, pescoço, e mais abaixo.

— A moda pode favorecer uma figura mais esguia, mas os homens não se importam com a moda.

Nina queria fugir da própria pele, mas conhecia esse jogo agora. Brum não estava interessado em beleza ou desejo – só se importava com o poder. Excitava-o pensar nela como uma presa, imobilizada pelo olhar dele como um lobo prenderia um animal menor com a pata. Gostava da ideia de oferecer presentes a Mila que ela nunca poderia comprar sozinha, de torná-la grata a ele.

Então ela o deixaria fazer isso. O que quer que fosse necessário para encontrar Vadik Demidov, para ajudar os Grishas, para libertar o país dela. Um acerto de contas estava a caminho. Ela não perdoaria Brum pelos crimes que cometera, mesmo enquanto ele procurava cometer novos crimes. O que quer que sentisse por Hanne, pretendia ver Brum morto, e duvidava que Hanne conseguiria perdoá-la por isso. O abismo entre elas era grande demais. Os shu tinham um ditado que ela sempre apreciara: *Yueyeh sesh.* Despreze seu coração. Ela faria o que fosse preciso.

— O senhor é bom demais comigo — ela disse, com um sorrisinho afetado. — Eu não mereço.

— Deixe-me julgar por mim mesmo.

— Está começando! — exclamou Ylva, animada e alheia às investidas que o marido fazia a meros passos dela. Ou estaria mesmo? Talvez ficasse contente por ter a atenção de Brum em outro lugar. Ou talvez tivesse relevado as falhas do homem por tanto tempo que se tornara um hábito.

Nina ficou feliz pela interrupção. Agora tinha uma chance de perscrutar a multidão no salão de baile enquanto, uma a uma, as garotas se aproximavam da fonte no centro da sala, onde eram recebidas pelo príncipe herdeiro. O príncipe Rasmus tinha uma estatura média para um fjerdano, mas seu rosto era sinistramente abatido, como um retrato muito angular, as maçãs do rosto altas e afiadas. Acabara de completar dezoito anos, mas seu corpo magro e o modo hesitante como se movia lhe davam a aparência de alguém muito mais jovem, uma árvore nova que não se acostumara inteiramente ao peso de seus galhos. Seu cabelo era dourado e comprido.

— O príncipe está enfermo? — perguntou Nina em voz baixa.

— Desde que nasceu — disse Brum, com desdém.

Redvin balançou a cabeça grisalha.

— Os Grimjer são uma linhagem de guerreiros. Só Djel sabe como desenfornaram um fracote desses.

— Não fale assim, Redvin — pediu Ylva. — Ele suportou uma doença terrível quando era criança. Foi uma bênção ter sobrevivido.

A expressão de Brum era inclemente.

— Teria sido uma bênção maior se ele tivesse perecido.

— Você seguiria aquele garoto numa guerra? — perguntou Redvin.

— Talvez sejamos obrigados — disse Brum. — Quando o velho rei falecer.

Mas Nina não deixou de ver o olhar que Brum trocou com seu colega *drüskelle*. Será que Brum consideraria atentar contra o príncipe?

Nina tentou não parecer interessada demais e manteve sua atenção na procissão de moças. Quando cada garota chegava à fonte, fazia uma mesura à família real, que observava do estrado mais atrás, e então novamente ao príncipe. O príncipe Rasmus pegava um caneco de peltre de uma bandeja segurada por um criado ao lado dele, mergulhava-o na fonte e o oferecia à garota, que tomava um gole profundo das águas de Djel antes de devolver o caneco, fazer outra mesura e recuar pelo caminho por onde tinha vindo – com cuidado para jamais dar as costas à família real –, e ser recebida por família e amigos.

Era um ritualzinho estranho, que pretendia representar a bênção de Djel sobre a temporada de bailes e festas que começava. Mas Nina só estava parcialmente focada no desfile monótono. O resto de sua atenção era dedicado aos convidados. Ela não demorou muito para avistar o homem que tinha que ser Vadik Demidov. Ele estava próximo ao estrado, em uma posição privilegiada, e Nina sentiu uma pontada de fúria quando viu que ele usava uma faixa azul-clara e dourada com a águia dupla ravkana. *O pequeno Lantsov*. Ele era impressionantemente parecido com os retratos que ela vira nos corredores do Grande Palácio. Talvez parecido demais. Será que tinham encontrado um Artesão Grisha para deixá-lo similar ao pai de

Nikolai? Se isso fosse verdade, quem era ele de fato? Nina teria que se aproximar o suficiente para descobrir.

Seu olhar seguiu em frente e encontrou outro par de olhos fitando-a diretamente, com íris tão escuras que pareciam quase negras. Um calafrio se espalhou pelo corpo de Nina. Ela se obrigou a ignorar o olhar penetrante do Apparat e a manter os olhos passeando pelas pessoas, como uma observadora interessada e nada mais. Mas sentia como se uma mão fria tivesse se fechado sobre seu coração. Sabia que o sacerdote tinha vindo à corte fjerdana, que forjara uma aliança para apoiar Vadik Demidov, mas não esperava vê-lo ali. *Ele não tem como me reconhecer*, ela disse a si mesma. Mesmo assim, o olhar dele parecera muito sagaz. Ela só podia torcer para que ele estivesse interessado somente nos membros da casa de Brum.

Os dedos finos de Ylva se fincaram no braço de Nina.

— É agora — ela sussurrou, empolgada. Hanne seria a próxima a fazer a caminhada pelo tapete. — O vestido dela é perfeito.

Era mesmo – um vestido de gola alta, com contas de cobre e longos fios de pérolas fluviais rosadas, que combinava perfeitamente com a compleição de Hanne. O cabelo raspado era chocante, mas elas decidiram não o esconder com um cachecol ou adereço de cabeça. Entre o vestido luxuoso e a beleza austera das feições de Hanne, o efeito era deslumbrante. Ela parecia uma estátua feita de metal fundido.

Enquanto Hanne esperava a garota anterior voltar, os olhos dela vagaram pelo salão em pânico. Nina não sabia se Hanne conseguia vê-la na multidão, mas se concentrou na amiga e mandou toda a sua força em direção a ela.

Um sorrisinho tocou os lábios cheios de Hanne e ela deu um passo gracioso à frente.

— *Ulfleden* — disse Ylva. — Sabe o que significa?

— É hedjut? — perguntou Nina. Ela nunca aprendera o dialeto.

Ylva assentiu.

— Significa "sangue de lobos". É um elogio entre os Hedjut, mas não tanto aqui. Quando uma menina é esquisita ou se comporta de um modo estranho, dizem que "o lugar dela é com os lobos". É um jeito gentil de dizer que ela não pertence.

Nina não tinha certeza se era muito gentil, mas fazia certo sentido para Hanne, que sempre seria mais feliz sob um céu vasto.

— Mas Hanne encontrou o lugar dela aqui agora — disse Brum, orgulhosamente, observando os passos comedidos da filha no tapete cinza.

Quando chegou à fonte, o príncipe Rasmus estendeu o caneco de peltre e sorriu. Hanne o tomou e bebeu. O príncipe tossiu, escondendo o rosto na manga – e continuou tossindo.

A rainha se levantou do trono, já gritando por ajuda.

O príncipe desabou. Guardas se moveram em direção a ele. Havia sangue nos lábios do príncipe; um borrifo fino tinha manchado o vestido de contas de Hanne. Ela o segurou nos braços e seus joelhos se dobraram quando eles caíram juntos ao chão.

8
NIKOLAI

QUANDO O ANTÍDOTO FOI ENTREGUE A POLIZNAYA, Nikolai e os outros se despediram das forças zemeni e começaram a cavalgada até Os Alta. Adrik e Nadia permaneceriam em Nezkii por um tempo.

— Para apreciar a vista — dissera Adrik, gesticulando para a paisagem enlameada e desoladora.

Mas Nikolai queria uma chance para pensar e as naves precisavam de reparos, então ele, Tamar e Tolya seguiriam a cavalo. Mensagens o esperavam na base de Poliznaya, confirmando o que os batedores iniciais tinham relatado: com a ajuda dos zemeni, o general Raevsky forçara a retirada de Fjerda em Ulensk. Os estaleiros e bases ao norte de Ravka haviam sofrido a maior parte dos danos dos bombardeios fjerdanos. Felizmente, os voadores fjerdanos eram pesados demais e consumiam combustível demais para se aventurar mais ao sul, e muitos dos alvos militares potenciais de Ravka continuavam fora de alcance.

A vitória em Nezkii e Ulensk dera a eles uma chance, tempo para fazer os mísseis funcionarem, construírem sua própria frota de voadores e, mais importante, lidar com os shu. As núpcias iminentes ajudariam a conter a rainha Makhi e, talvez, se ele conseguisse usar toda a sua sutileza naquele desafio diplomático, torná-los aliados. O preço seria alto, mas ele o pagaria por Ravka.

Nikolai estava ditando uma resposta ao general Raevsky e tentando ignorar o barulho de Tolya e Tamar treinando do lado de fora dos estábulos quando a sentiu. O que eles tinham suportado na Dobra os havia conectado de alguma forma, e ele sabia que veria Zoya quando se virasse —

mas a visão ainda o golpeou como uma mudança súbita no tempo. Uma queda de temperatura, o crepitar da eletricidade no ar, a sensação de uma tempestade se aproximando. O vento sacudiu o cabelo negro dela e agitou a seda azul de seu *kefta* ao redor do corpo.

— Seu coração está nos olhos, Alteza — murmurou Tamar, enxugando o suor da testa.

Tolya cutucou a gêmea no braço com a espada de treino.

— Tamar sabe porque é assim que ela olha para a esposa dela.

— Eu sou livre para olhar para minha esposa como quiser.

— Mas Zoya *não é* a esposa de Nikolai.

— Eu estou bem aqui — disse Nikolai. — E não há nada nos meus olhos exceto a poeira que vocês não param de levantar.

Ele estava feliz por ver sua general. Não havia nada de anormal nisso. A presença dela trazia um alívio perfeitamente compreensível, uma sensação de calma que decorria da certeza de que, qualquer que fosse o problema, eles conseguiriam superá-lo – de que, se um deles vacilasse, o outro estaria ali para arrastá-lo adiante. Ele não podia se dar ao luxo de se acostumar com aquele conforto ou depender dele, mas o aproveitaria enquanto pudesse. Se ao menos ela não estivesse usando aquela maldita fita azul de novo.

— Ouvi dizer que alguém tentou matar você — comentou Tamar quando Zoya se aproximou.

— Não foi o primeiro nem será o último — disse Zoya. — Um dos assassinos ainda está vivo. Eu o enviei a Os Alta para ser interrogado.

— É um dos homens do Apparat?

— Imagino que sim. Ouvi dizer que vencemos.

— Eu chamaria de empate — corrigiu Tolya.

Nikolai sinalizou para que outro cavalo fosse trazido. Ele conhecia a égua preferida de Zoya, uma criatura veloz chamada Serebrine.

— Os fjerdanos não estão marchando sobre a nossa capital neste momento — ele disse. — Eu chamaria isso de vitória.

— Então a aproveite — recomendou Tolya, montando em seu enorme cavalo.

— As pessoas só falam isso quando sabem que não vai durar.

— É claro que não vai durar — disse Zoya. — O que é que dura?

— O amor verdadeiro? — sugeriu Tamar.

— Boa arte? — propôs Tolya.

— Um rancor genuíno — respondeu Zoya.

— Nós compramos tempo — admitiu Nikolai —, não paz. — Eles precisavam neutralizar a rainha Makhi antes que Fjerda escolhesse agir de novo. E Fjerda agiria, ele não tinha dúvidas disso.

Quando Zoya montou, eles se juntaram à escolta armada e saíram pelos portões. Por um tempo, percorreram as estradas em silêncio, sem falar, tendo como companhia apenas o som do vento e dos cascos dos cavalos. Reduziram o ritmo quando chegaram a um córrego para alongar as pernas e deixar os animais beberem. Depois voltaram para a estrada a trote. Estavam ansiosos para chegar à capital.

— Nós temos uma vantagem e devemos aproveitá-la — declarou Zoya quando não conseguiu mais se segurar. Nikolai sabia que ela ia dizer aquilo. — Fjerda não esperava uma resistência tão forte. Devíamos manter a pressão alta enquanto as forças deles estão em desordem.

— Está tão ansiosa para ver bons homens morrerem?

— Se for para salvar os filhos daqueles homens e incontáveis outros, liderarei o ataque.

— Me dê uma chance de garantir a paz — disse Nikolai. — Eu tenho talento para a insensatez, então me deixe aproveitá-lo um pouco. Fazemos incursões diárias ao longo da fronteira e fortalecemos nossas forças lá. Essa invasão deveria ter sido a ponta da flecha para Fjerda. Agora a flecha está quebrada e eles terão que repensar sua abordagem.

Fjerda tinha duas grandes vantagens: o tamanho de seu exército e a velocidade com que conseguia produzir tanques. Nikolai precisava admitir que eles eram bem construídos também. Tinham uma tendência indesejável a explodir, devido ao combustível que usavam, mas eram mais robustos e rápidos que aqueles que os engenheiros dele conseguiram criar, mesmo com Fabricadores Grishas no laboratório.

— As minas de David não vão nos comprar tanto tempo — alertou Tamar. — Quando eles descobrirem como rastrear os metais, vão varrer a fronteira.

— É uma longa fronteira — notou Tolya.

— É verdade — disse Nikolai. — E tem mais vãos que os dentes da minha tia Ludmilla.

Zoya lançou um olhar duvidoso para ele.

— Você *tinha mesmo* uma tia Ludmilla?

— Tinha sim. Uma mulher horrenda. Gostava de dar sermões severos e distribuir balas de alcaçuz como agrados. — Ele estremeceu. — Que os santos a tenham.

— A questão é que temos pouco tempo — apontou Tolya.

Tamar estalou a língua.

— Com sorte, será suficiente para forjarmos essa aliança com os shu.

Nikolai não gostava de pensar em tudo que poderia dar errado nesse meio-tempo.

— Vamos rezar a todos os nossos santos e aos espíritos de nossas tias irritadiças.

— Se pudéssemos levar mais voadores para o ar, nada disso importaria — disse Tamar.

Mas isso, como tudo, exigiria dinheiro. Eles também sofriam com a escassez de pilotos treinados.

Zoya fez uma careta.

— *Nada disso* vai importar se tivermos que lutar uma guerra em dois fronts. Precisamos de um tratado com os shu.

— As rodas já estão em movimento — afirmou Tamar. — Mas se a princesa Ehri não concordar...

— Ela vai — prometeu Nikolai, com mais certeza do que sentia.

— Os fjerdanos podem se recuperar mais rapidamente do que imaginamos — disse Tamar. — E Ravka Oeste ainda pode querer a secessão.

Ela não estava errada, mas talvez os sucessos deles na fronteira ajudassem Ravka Oeste a lembrar que não havia leste ou oeste, apenas um único país – um país com amigos e recursos.

Tolya largou as rédeas sobre o chifre da sela para amarrar o cabelo negro.

— Se os fjerdanos fizerem uma jogada precipitada, os kerches vão apoiá-los?

Todos olharam para Zoya.

— Acho que o Conselho Mercantil vai ficar dividido — ela disse por fim. — Hiram Schenck estava convencido da neutralidade de Kerch, e eles sempre preferiram operações secretas à guerra aberta. Mas quando a extensão total da nossa traição em relação aos zemeni se tornar clara...

— "Traição" parece uma palavra injusta — protestou Nikolai.

— Punhalada pelas costas? — sugeriu Tolya. — Mentira?

— Eu não *menti* para os kerches. Eles queriam tecnologia que desse a eles o domínio dos mares. Não disseram nada sobre o ar. E, sinceramente, reivindicar dois elementos parece meio ganancioso.

Zoya ergueu as sobrancelhas.

— Você esquece que em Kerch a ganância é uma virtude.

Eles emergiram em um pico e avistaram os famosos muros duplos de Os Alta. Ela era chamada Cidade dos Sonhos, e, quando seus pináculos brancos eram vistos daquela distância, longe do clamor da cidade baixa e das falsidades da cidade alta, era quase possível acreditar nisso.

Tamar se ergueu nos estribos, alongando as costas.

— Os kerches podem oferecer apoio a Vadik Demidov dos bastidores.

— O pequeno Lantsov — murmurou Zoya.

— Ele é baixo? — perguntou Nikolai.

Tamar riu.

— Ninguém pensou em perguntar. Mas é *jovem*. Acabou de fazer vinte anos.

Só havia uma pergunta que Nikolai podia fazer.

— E ele é mesmo um Lantsov?

— Minhas fontes não conseguiram confirmar nem negar — disse Tamar. Ela tinha ampliado a rede de inteligência de Ravka recrutando espiões que desejavam desertar e treinando soldados e Grishas que podiam ser esculpidos para assumir missões infiltrados, mas ainda havia muitas lacunas nas informações que coletavam. — Estou torcendo para o Cupim ter mais sorte.

Nikolai viu os lábios de Zoya se comprimirem. Ela nunca o perdoara inteiramente por deixar Nina permanecer na Corte de Gelo, mas não podia negar o valor das informações que a espiã tinha entregado.

Eles atravessaram os portões e começaram a lenta subida pela colina através do mercado até a ponte que os levaria para as casas e parques elegantes da cidade alta. As pessoas acenaram para Nikolai e seus guardas, gritando "Vitória para Ravka!". Notícias sobre o êxito em Nezkii e Ulensk tinham começado a chegar. *É só o começo*, ele queria avisar às pessoas esperançosas que ocupavam as ruas e se inclinavam sobre as janelas. Porém apenas sorriu e retribuiu os cumprimentos.

— A maior parte da linhagem Lantsov foi eliminada na noite da minha festa de aniversário fatídica — disse Nikolai enquanto acenava. Ele não gostava de pensar na noite em que o Darkling tinha atacado a capital. Não gostava do irmão Vasily, mas não estivera preparado para vê-lo morrer. — Ainda assim, deve haver primos obscuros.

— E Demidov é um deles? — perguntou Tolya.

Tamar deu de ombros.

— Ele alega ser da casa do duque Limlov.

— Lembro de visitá-lo quando era criança — comentou Nikolai.

— Havia um garoto chamado Vadik? — perguntou Zoya.

— Sim. Era um bostinha que gostava de provocar o gato.

Tamar bufou.

— Parece que começou a ir atrás de presas maiores.

Talvez aquele garoto fosse um Lantsov, talvez fosse o filho de um criado. Poderia ter direito ao trono ou poderia só ser um peão. Por que um nome deveria conceder a ele o direito de governar Ravka? No entanto, concedia. O mesmo era verdade sobre Nikolai. Ele não era rei porque sabia construir navios ou ganhar batalhas – era rei por conta de seu suposto sangue Lantsov. Sua mãe era uma princesa fjerdana, uma filha mais jovem enviada para longe de casa a fim de forjar uma aliança com Ravka que ninguém pretendia cumprir. E o pai verdadeiro de Nikolai? Bem, se a mãe tinha falado a verdade, ele era um magnata do comércio fjerdano de sangue plebeu chamado Magnus Opjer — o mesmo homem que recentemente fornecera aos inimigos de Nikolai as cartas de amor da mãe dele. Já era ruim Opjer não se importar com o filho bastardo, mas além disso ainda tentar negar a ele um trono perfeitamente bom? Aquilo sugeria uma falta de educação básica.

Nikolai tinha enviado os pais para o exílio nas colônias do sul de Kerch durante a guerra civil. Não fora uma decisão fácil, mas o pai não era um rei popular e o Exército começara a desertar em vez de segui-lo. Quando a extensão de seus crimes contra Genya Safin foi revelada, Nikolai dera uma escolha ao pai: enfrentar um julgamento por estupro ou abdicar da coroa e ir para o exílio permanente. Não era o modo como ele queria se tornar rei, e imaginava que jamais saberia se tinha feito a escolha certa.

Eles cruzaram a ponte até a Avenida Gersky, onde casais passeavam no parque e babás empurravam carrinhos de bebê. Aquele lugar não poderia parecer mais distante do campo de batalha enlameado que tinham deixado para trás. Entretanto, se eles tivessem fracassado em Nezkii ou Ulensk, tanques fjerdanos estariam rolando sobre aquelas avenidas compridas e parques verdes naquele exato momento.

Os portões do palácio, exibindo o brasão da águia dupla dourada, se abriram para eles, e só quando se fecharam com um estrondo Nikolai se permitiu dar um suspiro aliviado. Havia horas em que ele se ressentia daqueles gramados ajardinados e do bolo de casamento de muitas camadas formado por varandas douradas que era o Grande Palácio. Sentia-se envergonhado daqueles excessos e exausto por suas exigências. Mas, da última vez que saíra dali, não era garantido que retornaria. Estava grato por estar vivo, grato pelo fato de a maioria dos amigos em que mais confiava estar a salvo, grato pelo ar frio de inverno e o triturar do cascalho sob os cascos do cavalo.

Quando chegaram à escadaria do palácio, um grupo de criados se aproximou para tomar os cavalos.

— Rostik — ele cumprimentou o cavalariço. — Como estão os meus membros preferidos do palácio real?

O cavalariço sorriu.

— Avetoy estava poupando uma das pernas traseiras na semana passada, mas já cuidamos dele. Piada fez o seu melhor por Vossa Alteza?

Nikolai deu uma batidinha afetuosa no cavalo.

— Acho que ele fica muito majestoso nesta luz.

Ele ouviu um estouro alto, como uma rolha sendo tirada de uma garrafa, e então mais um. Um grito soou em algum lugar dentro do palácio.

— Tiros! — exclamou Tamar.

Nikolai empurrou o cavalariço atrás de si e sacou um dos revólveres.

— Abaixe-se! — ele ordenou a Rostik.

Tolya e Tamar se moveram para flanqueá-lo, e os braços de Zoya já estavam erguidos em uma postura de batalha. Os guardas reais se postaram na base das escadas.

— Nikolai — disse Tolya —, precisamos tirar você daqui. Há naves atracadas no lago.

Mas Nikolai não tinha a intenção de fugir.

— Tem alguém na minha casa, Tolya. Eles estão atirando no meu povo.

— Alteza…

— Por todos os santos — disse Zoya ofegante.

A Tavgharad desceu as escadas, espalhando-se em formação de combate.

Havia onze delas, todas mulheres, usando uniformes pretos marcados com falcões cor de cornalina. Duas tinham tirado rifles dos guardas do palácio, mas mesmo desarmadas elas estavam entre as soldadas mais mortais do mundo.

— Ehri, o que está fazendo? — perguntou Nikolai, com cuidado.

A princesa Ehri Kir-Taban estava parada no centro da formação usando um vestido de veludo e um casaco verdes – roupas de viagem. Não era outra tentativa de assassinato. Era algo completamente diferente.

O queixo pontudo de Ehri se empinou alto.

— Nikolai Lantsov, não seremos mais suas prisioneiras.

— Então a sedução está indo bem? — murmurou Zoya.

— Entendo — disse Nikolai, devagar. — Para onde exatamente planeja ir?

— Para casa — ela declarou.

— E como suas amigas se libertaram?

— Eu… — A voz dela falhou. — Eu bati num guarda. Não acho que o matei. O resto foi fácil.

Aquilo era culpa de Nikolai. Ele tinha mantido a Tavgharad trancafiada nas masmorras do palácio, mas deixara Ehri se mover livremente nos andares superiores e nos jardins. Não queria que ela se sentisse uma prisioneira. Agora, suspeitava que pelo menos dois guardas estivessem mortos e não queria ver mais violência cometida naquele dia.

Nikolai baixou a arma e deu um passo à frente com as mãos erguidas.

— Por favor — ele disse. — Seja sensata, princesa. Não há qualquer chance de fugir. Há quilômetros demais entre você e os Sikurzoi.

— Você vai nos fornecer um transporte. Não pode nos ferir sem causar a ira da minha irmã e de todo o Shu Han. O casamento que deseja é uma farsa e um disparate.

— Isso eu não posso negar — admitiu Nikolai. — Mas eu fui cruel com você? Tratei-a injustamente?

— Eu… não.

Um olhar passou entre duas guardas da Tavgharad. Dentro de Nikolai, o demônio rosnou. Algo estava errado. Ele não estava vendo algo bem em sua frente.

A guarda da Tavgharad com o rifle baixou a arma, mas não era um gesto de paz. A expressão dela parecia entalhada em pedra.

— Que cheiro é esse? — perguntou Zoya.

— Não sinto nada — respondeu Tolya.

Zoya agitou os dedos e uma brisa leve flutuou até eles a partir dos degraus.

— Acelerador — disse Tamar, aproximando-se das escadas. — As roupas delas estão encharcadas.

O entendimento e o terror atingiram Nikolai. Elas não poderiam querer...

— Liberte-nos! — exigiu Ehri. — A rainha Makhi não vai tolerar...

— Ehri, afaste-se delas — ele exigiu, observando uma das guardas enfiar a mão no bolso. — Isso não é uma fuga, isso é um...

— Eu nunca...

— Ehri!

Mas era tarde demais. A guarda da Tavgharad que tinha baixado o rifle gritou algo em shu. Nikolai viu o fósforo em sua mão.

Uma a uma, as guardas da Tavgharad irromperam em chamas, cada uma tornando-se uma tocha envolta em fogo dourado. Tudo aconteceu rápido demais, um deslizar de teclas num piano, um desabrochar súbito e mortal.

— Não! — gritou Nikolai, correndo para a frente. Viu o rosto chocado de Ehri e as chamas subirem por sua saia enquanto ela gritava.

Zoya agiu num instante, e um jato de vento frio apagou o fogo em uma única rajada gélida. Não foi o bastante. O que quer que a Tavgharad tivesse usado para se cobrir tinha funcionado bem demais. Ehri caiu ao chão gritando. As outras eram pilhas silenciosas de carne carbonizada e cinzas. Os criados gritavam de terror e os guardas do palácio estavam congelados, sem acreditar no que viam.

As mãos e os antebraços de Nikolai tinham queimaduras feias nos lugares onde ele tentara agarrar Ehri, suas roupas se agarrando à pele chamuscada. Mas não era nada comparado ao que acontecera com a princesa. A pele dela estava preta nos pontos em que a camada superior de pele tinha sido queimada, e seus membros estavam vermelhos e úmidos. Nikolai conseguia sentir o calor irradiando de seu corpo. Ela tremia, e seus gritos saíam entre soluços enquanto ela convulsionava, o corpo entrando em choque.

— Tamar, reduza a pulsação e a coloque em coma — ordenou Nikolai. — Tolya, encontre um Curandeiro.

Os gritos de Ehri silenciaram quando Tamar se ajoelhou e obedeceu.

— Por que elas fariam isso? — perguntou Zoya, parecendo perplexa enquanto absorvia o massacre repentino, as pilhas queimadas de sangue e ossos que momentos antes eram mulheres.

As mãos de Tamar tremiam enquanto ela monitorava a pulsação de Ehri.

— Demos liberdade demais para ela. Devíamos tê-la mantido nas masmorras e enviado a Tavgharad à prisão em Poliznaya.

— Ela não sabia — disse Nikolai, olhando para a pele arruinada de Ehri, o subir e descer instável de seu peito. Eles tinham que levá-la para a enfermaria. — Ela não sabia. Eu vi no rosto dela. O acelerador só estava na bainha da sua saia.

— Onde elas arranjaram aquilo? — perguntou Zoya.

Nikolai sacudiu a cabeça.

— Das cozinhas por onde escaparam? É possível que elas mesmas tenham produzido.

Tamar se ergueu enquanto Tolya voltava com uma maca carregada por dois Corporalki de *kefta* vermelho. O rosto deles demonstrava seu choque, mas, se alguém podia curar Ehri, eram os Grishas.

Nikolai se ergueu nos degraus, cercado por morte, e observou Ehri e seus guardiões desaparecerem na direção do Pequeno Palácio.

— Por quê? — perguntou Zoya de novo.

— Porque elas são Tavgharad — respondeu Tamar. — Porque servem a sua rainha até a morte. E Ehri não é uma rainha.

9
ZOYA

ZOYA ESPERAVA PERTO DA JANELA no quarto de Nikolai, assistindo ao vento invernal brincar sobre os gramados do palácio, fazendo os galhos nus se agitarem e suspirarem como se resignados aos dias sombrios por vir. Os jardins eram desanimadores nessa época do ano, antes que a neve os suavizasse. Ehri tinha sido levada para o Pequeno Palácio, onde seria atendida pelos mesmos Curandeiros Grishas que salvaram sua sósia, Mayu Kir-Kaat, que estivera à beira da morte apenas algumas semanas antes.

Atrás dela, Nikolai inspirou bruscamente. Ele estava deitado sobre as cobertas enquanto um Curandeiro cuidava de suas queimaduras. Esse homem havia sarado as mãos dele primeiro, que tinha sofrido os piores danos, mas o resto levaria muito mais tempo.

Zoya foi até ele.

— Não pode dar mais alguma coisa para a dor?

— Eu dei a poção mais forte que tinha — explicou o Curandeiro. — Mais que isso e ele não vai acordar. Eu poderia colocá-lo em coma, mas...

— Não — recusou Nikolai, abrindo os olhos com dificuldade. — Odeio a sensação.

Zoya sabia por quê. Enquanto eles combatiam o demônio, ela empregara um tônico de sono potente para derrubá-lo toda noite por meses. Ele tinha dito que era como morrer.

O Curandeiro encheu uma tigela com alguma solução de aroma pungente.

— Seria mais fácil apagá-lo. Ele não pode ficar se movendo enquanto eu trabalho.

Zoya se sentou ao lado de Nikolai na cama, tentando não esbarrar nele.

— Você tem que ficar parado — ela murmurou.

— Não vá embora.

Ele fechou os olhos e tomou a mão dela. Zoya sabia que o Curandeiro tinha reparado e que provavelmente começaria a fofocar depois. Mas ela conseguiria suportar as fofocas. Os santos sabiam que havia aguentado coisa pior. E talvez ela precisasse sentir a mão dele na sua depois do choque que eles haviam presenciado. Ela não conseguia parar de ver aquelas mulheres queimarem.

— Você não devia ficar aqui para ver isso — disse o Curandeiro. — É um processo feio.

— Não vou a lugar nenhum.

O Curandeiro se encolheu e Zoya se perguntou se o dragão tinha emergido, cintilando prateado em seus olhos. Que ele fofocasse sobre isso também.

Nikolai aferrou-se à mão dela enquanto o Curandeiro arrancava a pele arruinada de seu braço. Só então poderia ser substituída por pele saudável. O processo pareceu levar horas – primeiro um braço, depois o outro. Sempre que Zoya deixava o lado do rei – para pegar um pano fresco para a testa dele, para girar as lanternas para o Curandeiro enxergar melhor –, Nikolai abria os olhos e murmurava:

— Onde está minha general?

— Estou aqui — ela repetia, toda vez.

Depois que o Curandeiro cuidou da pele chamuscada dos braços, não sobrou neles um único pelo, mas as cicatrizes em suas mãos – as veias de sombra que o Darkling tinha deixado – ainda estavam visíveis.

— Ele precisa de repouso — avisou o Curandeiro, erguendo-se e se alongando quando o trabalho estava concluído. — Mas os danos foram bastante superficiais.

— E a princesa Ehri? — perguntou Zoya.

— Não sei. As queimaduras dela eram muito mais graves.

Quando o Curandeiro partiu, Zoya esperou que a respiração de Nikolai se tornasse regular e profunda. O crepúsculo caíra. Lá fora, as lanternas do jardim estavam sendo acesas, uma fileira de estrelas espalhadas pelos gramados. Ela sentira falta daquele quarto, de quem Nikolai se tornava naquele quarto, do homem que por um momento deixava cair o manto de rei, que confiava nela o bastante para fechar os olhos e mergulhar em sonhos enquanto ela mantinha vigília. Ela precisava voltar ao Pequeno Palácio, conferir o estado da princesa Ehri, falar com Tamar, forjar um plano. Mas aquela talvez fosse a última vez que o veria daquele jeito.

Por fim, ela se ergueu e desligou as luzes.

— Não vá — ele pediu, ainda meio adormecido.

— Tenho que tomar banho. Estou cheirando a um incêndio florestal.

— Você cheira a flores silvestres. Como sempre. O que posso dizer para fazer você ficar? — As palavras dele se tornaram um murmúrio sonolento enquanto ele adormecia outra vez.

Diga-me que é mais do que guerra e preocupação que o faz falar essas palavras. Diga-me o que elas significariam se você não fosse um rei e eu não fosse uma soldada. Mas ela não queria ouvir nada disso, não de verdade. Palavras doces e declarações grandiosas eram para outras pessoas, outras vidas.

Ela afastou o cabelo do rosto dele e deu um beijo em sua testa.

— Eu ficaria para sempre, se pudesse — sussurrou. Ele não se lembraria mesmo.

Horas depois, a sala de estar de Zoya estava abarrotada. Ela não tinha convidado ninguém; os outros haviam simplesmente se reunido ali, acomodando-se na frente da lareira com xícaras de chá adocicado. Santos, como ela estava feliz por isso. Geralmente valorizava sua privacidade, mas naquela noite precisava de companhia.

Apesar do banho que tomara, ainda podia sentir o cheiro da morte agarrando-se a seu corpo, seu cabelo e suas roupas, e se enrodilhou ao lado de Genya no sofá perto do fogo. As almofadas eram bordadas com seda cinza-prateada, e normalmente ela reclamava quando as pessoas apoiavam os pés ali, mas no momento não podia se importar menos. Tomou um longo gole da xícara de vinho quente. O chá não seria suficiente naquela noite.

David e Nadia estavam sentados à mesa redonda no centro da sala. Ele tinha disposto pequenos maços de papel no que certamente era uma ordem importante e estava enterrado em uma longa fileira de cálculos. De vez em quando estendia um papel para Nadia, que trabalhava com outros números, os pés apoiados no colo de Tamar. Tolya estava sentado no tapete ao lado da grade da lareira, encarando o fogo. Poderia ter sido uma cena aconchegante, mas o horror do que tinha acontecido mais cedo pairava pesado no ar.

Genya estudou seus rascunhos para o vestido de casamento, na cor dourada tradicional e combinando com um *kokoshnik* cravejado de joias. Ela ergueu um desenho.

— Exagerado?

Zoya tocou a bainha delicadamente desenhada da peça.

— Pena que não podemos realizar a cerimônia nos jardins.

— No meio do inverno? — perguntou Nikolai, entrando casualmente na sala e dirigindo-se diretamente ao vinho no aparador. Era como se ele nunca tivesse se ferido ou parecido indefeso. Ele tinha tomado um banho e trocado de roupa. O homem parecia reluzir com confiança. — Quer que nossos convidados morram congelados?

— *Seria* um modo de vencer a guerra — refletiu Genya.

— Você não devia beber vinho — censurou-o Zoya. — A poção do Curandeiro ainda não saiu do seu organismo.

Nikolai torceu o nariz.

— Então acho que beberei chá, como uma velha.

— Não há nada de errado com chá — objetou Tolya.

— Longe de mim discutir com um homem do tamanho de um penhasco. — Nikolai se serviu de uma xícara e deu uma olhada nos papéis espalhados na mesa. — Esses são os novos cálculos para nosso sistema de lançamento? — David assentiu sem erguer os olhos. — E como estão indo?

— Não estão.

— Não?

— As pessoas ficam me interrompendo — disse David, enfaticamente.

— Maravilha. Bom saber que fiz a minha parte.

Nikolai afundou numa poltrona grande junto ao fogo. Zoya podia ver que ele estava tentando encontrar ânimo para provocar David ou mesmo celebrar a vantagem que os novos mísseis poderiam conceder a eles contra os fjerdanos. Mas até o otimismo incansável de Nikolai não era páreo para a cena que eles tinham visto na escada do palácio.

Por fim, ele baixou a xícara no joelho e pediu:

— Me ajudem a entender o que aconteceu esta manhã.

Tamar e Tolya se entreolharam.

— Chegou uma mensagem da rainha Makhi — relatou Tamar.

— Então ela *não* aprova o casamento? Poderia simplesmente ter recusado o convite.

— Ela jogou os dados — ponderou Tamar. — E quase ganhou. Se tivesse matado Ehri, teria uma causa para declarar guerra e enterraria as pontas soltas da sua trama de assassinato.

— Já vamos ter dificuldade para explicar o que aconteceu aqui — apontou Zoya. — Como vamos explicar a morte de onze prisioneiras de alto escalão sob os nossos cuidados?

— Ehri viu o que aconteceu — disse Tolya em voz baixa. — Caberá a ela contar a verdade. Toda a verdade.

— Toda a verdade — repetiu Tamar.

Nadia apoiou a caneta na mesa e tomou a mão da esposa.

— Vocês acham que a rainha Makhi realmente virá ao casamento?

— Ela virá — garantiu Tamar. — Mas eu não ficaria surpresa se aproveitasse a ocasião para arquitetar algum tipo de ataque. É uma estrategista ardilosa.

— Uma boa rainha — disse Zoya.

— Sim — admitiu Tamar. — Ou uma rainha eficaz. A mãe criou uma lei que proibia experimentos em Grishas e tinha começado a conceder a eles certos direitos em troca de serviço militar ou governamental.

— Como em Ravka — observou Nikolai.

Tolya assentiu.

— Os Grishas ainda não podiam possuir propriedades ou exercer qualquer tipo de cargo político, mas eram reformas válidas.

— Nunca fomos vistos como antinaturais lá — ponderou Tamar. — Só perigosos. Mas nem todo mundo aprovava. Alguns shu não gostavam da ideia de que os Grishas fossem considerados pessoas comuns.

— E Makhi não gostava das leis da mãe? — perguntou Nikolai.

Tamar franziu o cenho, então pegou a xícara de Nadia e a própria e foi até o aparador para enchê-las novamente.

— Mesmo antes de ser coroada, Makhi tinha suas próprias ideias sobre como fortalecer Shu Han. Quando o *jurda parem* foi descoberto, ela teve uma escolha: podia ter tentado manter o segredo, destruindo o trabalho de Bo Yul-Bayur, mas em vez disso escolheu reabrir os velhos laboratórios e fazer uso do *parem* como uma arma.

— Foi isso que levou aos *kherguds* — disse Tolya, em tom desolado, como um homem contemplando destroços e apontando para um enorme buraco negro no casco do navio. *Foi aqui que tudo deu errado.*

Os *kherguds* eram os soldados mais mortais de Shu Han, embora o governo nunca os tivesse reconhecido oficialmente. Eles eram esculpidos por Grishas sob a influência do *parem* e tinham seus sentidos aguçados, e seus ossos reforçados e alterados. Alguns até podiam voar. Zoya estremeceu, lembrando-se de ter sido erguida ao céu, dos braços do soldado *khergud* apertados ao redor dela como cintas de aço.

Tamar deixou as xícaras cheias em cima da mesa, mas não se sentou. Ela comandava as redes de espiões de Nikolai. Sabia, melhor que todos, o que estava acontecendo com os Grishas sob o governo de Makhi.

— A criação dos *kherguds*... — Ela hesitou. — É um processo de tentativa e erro. Os Grishas que eles levam aos laboratórios são chamados de voluntários, mas...

— Nós sabemos a verdade — grunhiu Tolya.

— Sim — confirmou Tamar. — As escolhas que os Grishas têm são impossíveis. O poder que o governo Taban empunha é absoluto demais.

— Então nem é uma escolha — apontou Genya.

Tolya deu de ombros.

— É o mesmo modo como o Darkling construiu o Segundo Exército.

Zoya se irritou.

— O Segundo Exército era um refúgio.

— Talvez para alguns — disse Tolya. — O Darkling tirava Grishas dos pais quando eram apenas crianças. Elas eram ensinadas a esquecer os lugares de onde tinham vindo, as pessoas que conheciam. Serviam à coroa ou suas famílias sofriam. Que tipo de escolha é essa?

— Mas ninguém fez experimentos em nós — objetou Zoya. *E alguns de nós estavam perfeitamente contentes em esquecer os pais.*

— Não — retrucou Tolya, apoiando as mãos enormes nos joelhos. — Eles só transformavam vocês em soldados e os mandavam lutar em suas guerras.

— Ele não está errado — declarou Genya, baixando os olhos para o vinho. — Você nunca pensa sobre a vida que poderia ter levado se não tivesse vindo ao Pequeno Palácio?

Zoya recostou a cabeça contra o sofá de seda. Sim, ela já havia pensado. Quando era menina, a ideia tinha assombrado seus sonhos e a perseguido até acordar. Ela fechava os olhos e se via percorrendo a nave da igreja. Via a tia sangrando no chão. E a mãe sempre estava lá, incentivando Zoya a seguir em frente, lembrando-a de não tropeçar na bainha de seu vestidinho de casamento dourado enquanto o pai a aguardava em silêncio nos bancos. Ele tinha abaixado a cabeça, Zoya se lembrava, mas não dissera uma palavra para salvá-la. Somente Liliyana havia ousado falar. E Liliyana morrera fazia muito tempo, assassinada pela Dobra e pela ambição do Darkling.

— Sim — respondeu Zoya. — Eu penso.

Tamar correu a mão pelo cabelo curto.

— Nosso pai prometeu à nossa mãe que teríamos uma escolha. Então, quando ela morreu, ele nos levou a Novyi Zem.

Será que isso teria sido melhor? Será que Liliyana deveria ter colocado Zoya em um navio e cruzado o Mar Real, em vez de trazê-la aos portões do palácio para juntar-se aos Grishas? Nikolai tinha abolido a prática de separar os Grishas de seus pais. Não havia um recrutamento obrigatório que tirasse as crianças do lar. Mas, para Grishas que não tinham lar, que nunca se sentiram seguros nos lugares em que deveriam estar seguros, o Pequeno Palácio sempre seria um refúgio, um lugar para onde fugir. Zoya precisava preservar aquele santuário, não importava o que os fjerdanos ou os shu ou os kerches jogassem contra eles. E quem sabe, em algum lugar do outro lado daquela longa batalha, houvesse um futuro em que os Grishas não teriam que temer ou ser temidos, em que "soldado" seria apenas um entre milhares de caminhos possíveis.

Ela se levantou e sacudiu as pulseiras. Queria sentar-se junto ao fogo, discutir com Tolya, olhar os rascunhos de Genya, ver Nikolai franzir o cenho para seu chá. E era exatamente por isso que tinha que ir embora. Não haveria descanso – não até que seu país e seu povo estivessem a salvo.

— Majestade? — ela chamou. — Já protelamos o suficiente.

Nikolai se levantou.

— Pelo menos não tenho que beber mais chá.

— Vocês querem companhia? — perguntou Genya.

Zoya queria. Ela queria um exército inteiro às suas costas. Mas viu como Genya apertava os papéis nas mãos e como o olhar de David voou para a esposa, o desejo de protegê-la a única coisa capaz de distraí-lo de seu trabalho.

— Quando estiver pronta — respondeu Zoya em voz baixa. — Não antes disso. — Ela estalou os dedos. — Além disso — acrescentou, enquanto saía com calma da sala —, esse vestido precisa de uma cauda decente. Não vamos deixar a rainha shu pensar que somos camponeses.

— Isso foi gentil da sua parte — disse Nikolai quando eles cruzaram os gramados do palácio até o antigo zoológico. Uma lua cheia se erguia no céu.

Zoya ignorou o elogio.

— Por que não podia ser tão simples quanto a guerra? Um inimigo enfrentando o outro em combate honesto? Não, agora temos algum tipo de flagelo monstruoso para enfrentar.

— Ravka gosta de manter as coisas interessantes — comentou Nikolai. — Você não aprecia um desafio?

— Aprecio tirar uma soneca — rebateu Zoya. — Não lembro a última vez que pude dormir até mais tarde.

— Nada disso. Uma boa noite de sono pode deixá-la de bom humor, e preciso de você o mais insatisfeita possível.

— Continue falando besteira e talvez me veja no meu pior.

— Por todos os santos, está dizendo que ainda *não* a vi no seu pior?

Zoya jogou o cabelo para trás.

— Se tivesse visto, estaria sob as cobertas, balbuciando preces.

— Um jeito singular de me levar para a cama, mas quem sou eu para questionar seus métodos?

Zoya revirou os olhos, mas estava grata pela distração da conversa. Era segura, simples, nada como o quarto silencioso dele, com a mão dele apertando a dela. E o que ela faria quando ele estivesse casado e a necessidade de decoro se erguesse entre eles como um muro?

Ela endireitou a coluna e apertou o laço no cabelo. Seguiria em frente perfeitamente bem, como sempre tinha feito. Era uma comandante militar, não uma garotinha chorona que murchava se não recebesse atenção.

O velho zoológico ficava na área florestada na ponta leste da propriedade. Fora abandonado gerações antes, mas de alguma forma ainda tinha o cheiro dos animais que ficaram presos ali. Zoya vira as ilustrações desbotadas: um leopardo com uma coleira incrustada de joias, um lêmure usando um colete de veludo e realizando truques, um urso-branco importado de Tsibeya que tinha estraçalhado três treinadores antes de escapar. Ele nunca fora capturado, e Zoya esperava que tivesse dado um jeito de encontrar o caminho para casa.

O zoológico fora construído na forma de um grande círculo, as velhas jaulas voltadas para fora e cobertas de plantas espinhosas. No centro havia uma torre alta que já abrigara um aviário no topo. Agora era o lar de um animal diferente.

Quando Zoya subiu as escadas atrás de Nikolai, sentiu a antiga inteligência dentro dela despertar – pensando, calculando. Sempre parecia se agitar com a raiva ou o medo dela.

A Dobra está se expandindo. Nikolai tinha falado as palavras com tanta calma, como se comentasse sobre o tempo. *Ouvi que vai chover amanhã.*

Os copos-de-leite estão florescendo de novo.

O mundo está sendo devorado por um vácuo e temos que encontrar um jeito de impedi-lo. Mais chá?

Mas era sempre assim. O mundo poderia desmoronar, mas Nikolai Lantsov estaria segurando o teto com uma mão e limpando uma sujeirinha da lapela com a outra enquanto tudo ruía.

Ele e Zoya haviam construído a prisão cuidadosamente, deixando só o esqueleto do aviário. As paredes agora eram feitas inteiramente de vidro, deixando a luz entrar durante o dia. À noite, Soldados do Sol, herdeiros do poder de Alina Starkov, muitos dos quais lutaram contra o Darkling na Dobra, mantinham a luz viva. Todos haviam jurado sigilo, e Zoya esperava que sustentassem a promessa. O Darkling tinha emergido nessa nova vida sem seus poderes – pelo menos era o que parecia. Eles não podiam arriscar.

Quando a porta se abriu, o prisioneiro se ergueu de onde estava sentado no chão, movendo-se com uma elegância que Yuri Vedenen nunca possuíra. Yuri, um jovem monge que tinha pregado o evangelho do Santo Sem Estrelas, tinha liderado o culto dedicado à veneração do Darkling. Eles acreditavam que o Sem Estrelas havia sido martirizado na Dobra e que retornaria. E, para grande surpresa de Zoya, Yuri e o resto dos fanáticos desatinados vestidos de preto que entoavam cânticos para um ditador morto estavam certos: o Darkling tinha ressuscitado. Seu poder jorrara para o corpo do próprio Yuri e agora... agora Zoya não sabia bem quem ou o que era aquele homem. Seu rosto era estreito, sua pele macia e pálida, os olhos cinza sob as sobrancelhas escuras. O cabelo preto comprido quase alcançava a clavícula. Ele usava calças escuras e nada mais, o peito e os pés nus. Vaidoso como sempre.

— Uma visita da realeza. — O Darkling esboçou uma mesura breve. — Estou honrado.

— Vista uma camisa — ordenou Zoya.

— Perdoe-me. Faz muito calor por aqui com a luz do Sol incessante. — Ele enfiou a camisa de tecido grosseiro que Yuri usava por baixo das vestes de monge. — Eu os convidaria para sentar, mas... — Ele gesticulou para a sala vazia.

Não havia mobília. Ele não tinha livros para se ocupar. Tinha permissão para se lavar e se aliviar na cela vizinha. Outras duas portas, com cadeados pesados, ficavam entre aquela cela e as escadas.

A nova residência do Darkling era despojada, mas a vista era espetacular. Através das paredes de vidro, Zoya podia ver os gramados do palácio, os telhados e jardins da cidade alta, as luzes dos barcos flutuando no rio ao redor dela, e a cidade baixa. Os Alta. Aquele era o lar dela desde os nove anos, mas ela raramente tinha a chance de vê-lo por aquele ângulo. Sentiu um acesso de vertigem, e então se lembrou. É claro. Ela conhecia a cidade e os campos que a cercavam. Já a sobrevoara.

Não – ela, não. O dragão. Ele tinha um nome, conhecido apenas por ele mesmo e muito tempo antes pelos outros de sua espécie, mas ela não conseguia recordar exatamente qual era. Estava na ponta da língua. Era enlouquecedor.

— Estava ansiando por companhia — declarou o Darkling.

Zoya sentiu uma fisgada súbita do ressentimento dele, de sua fúria por estar preso – a fúria do Darkling. A presença do dragão em sua cabeça a deixara vulnerável. Ela inspirou fundo, firmando-se naquele lugar, naquela estranha cela de vidro, com o chão de pedra sob as botas. *O que você poderia aprender* – era a voz de Juris ou a dela mesma? –, *o que poderia descobrir, se simplesmente abrisse a porta?*

Outra respiração. *Eu sou Zoya Nazyalensky e estou ficando realmente enjoada dessa festa na minha cabeça, seu lagarto velho.* Ela podia jurar que Juris riu baixinho em resposta.

Nikolai se inclinou contra a parede.

— Sinto muito por não o visitarmos mais vezes. É que estamos em guerra e, bem, ninguém gosta de você.

O Darkling levou uma mão ao peito.

— Assim você me machuca.

— Tudo no devido tempo — disse Zoya.

O Darkling arqueou uma sobrancelha. Um leve sorriso tocou seus lábios. – Ali, naquela expressão, ela viu o homem de que se lembrava.

— Ela tem medo de mim, sabe?

— Não tenho.

— Ela não sabe o que eu sou capaz de tentar. Ou o que sou capaz de fazer.

Nikolai gesticulou aos Soldados do Sol para que trouxessem cadeiras e acrescentou:

— Talvez ela tenha medo de que falem dela como se não estivesse bem na sua frente.

Todos se sentaram. De alguma forma o Darkling conseguiu fazer sua cadeira velha e bamba parecer um trono.

— Eu sabia que vocês viriam.

— Odeio ser previsível. — Nikolai se virou para Zoya. — Talvez seja melhor ir embora? Mantê-lo na expectativa?

— Ele sabe que não vamos. Sabe que precisamos de algo.

— Eu o senti — disse o Darkling. — O flagelo. A Dobra está se expandindo. E você o sente também, não é, Lantsov? É o poder que reside em meus ossos, o poder que ainda corre negro em seu sangue.

Uma sombra cruzou o rosto de Nikolai.

— O poder que criou a Dobra, para começo de conversa.

— Ouvi dizer que algumas pessoas o consideram um milagre.

Zoya comprimiu os lábios.

— Não o deixe subir à cabeça. Há milagres por todo canto hoje em dia.

O Darkling inclinou a cabeça para um lado, observando os dois. O peso de seu olhar fazia Zoya querer saltar através de uma das janelas de vidro, mas ela se recusava a demonstrar desconforto.

— Tive muito tempo para pensar neste lugar, para recordar uma longa vida. Cometi incontáveis erros, mas sempre encontrei um novo caminho, uma nova chance de trabalhar em direção à minha meta.

Nikolai assentiu.

— Até aquele pequeno tropeço, quando você morreu.

A expressão do Darkling ficou azeda.

— Quando penso nas coisas que deram errado, quando todos os meus planos começaram a se desfazer, posso rastrear o momento do desastre até a confiança que depositei num pirata chamado Sturmhond.

— Corsário — corrigiu Nikolai. — E eu não saberia, mas, se o corsário que você contratou era inteiramente confiável, provavelmente não era bem um corsário.

Zoya não podia deixar que o comentário passasse só com uma piada.

— *Esse* foi o momento? Não quando manipulou uma garota e tentou roubar o poder dela, ou quando destruiu meia cidade de pessoas inocentes, ou dizimou os Grishas, ou cegou sua própria mãe? Nenhum desses momentos pareceu uma oportunidade para uma autorreflexão?

O Darkling simplesmente deu de ombros, estendendo as mãos como se indicasse que não tinha mais truques na manga.

— Você lista atrocidades como se eu devesse me envergonhar delas. E talvez eu me envergonhasse, se não houvesse uma centena que precedeu esses crimes, e mais uma centena antes deles. Vale a pena preservar a vida humana. Mas as vidas humanas? Elas vêm e vão como o joio, nunca pesando na balança.

— Que cálculo incrível — ironizou Nikolai. — E conveniente para um assassino em massa.

— Zoya compreende. O dragão sabe como as vidas humanas são pequenas, cansativas. São vaga-lumes. Centelhas que se apagam na noite, enquanto nós continuamos ardendo.

Não havia respirações fundas o bastante no mundo para manter a raiva de Zoya sob controle. Como Nikolai mantinha aquele ar de serenidade casual? E por que eles estavam se dando o trabalho de tentar provocar a consciência do Darkling? A tia dela, os amigos dela, as pessoas que ele jurara proteger não significavam nada diante da longa extensão de sua vida.

Ela se inclinou para a frente.

— Você é fogo roubado e tempo roubado. Não busque apoio em mim. — Ela se virou para Nikolai. — Por que estamos aqui? Ficar perto dele me faz querer quebrar coisas. Vamos levá-lo à Dobra e matá-lo. Talvez isso conserte as coisas.

— Não vai funcionar — assegurou o Darkling. — O demônio vive no seu rei. Você teria que o matar também.

— Não ponha ideias na cabeça dela — disse Nikolai.

— O único modo de curar a ruptura na Dobra é terminar o que vocês começaram e realizar o *obisbaya*.

Tolya tinha dado a mesma sugestão. O Ritual do Espinho Ardente. Eles foram convencidos a executá-lo por Elizaveta, que só desejara uma oportunidade de matar Nikolai e ressuscitar o Darkling. Se quisessem tentar de novo, o momento seria agora, quando o Darkling ainda estava sem poderes e os fjerdanos lambiam suas feridas. Mas o risco era simplesmente grande demais. E, mesmo se eles estivessem dispostos a tentar, não tinham os meios para fazê-lo.

— Não temos nenhum bosque de espinheiro — observou Zoya. — Ele virou cinzas quando os santos morreram e as fronteiras da Dobra ruíram.

— Mas poderíamos adquirir um — disse o Darkling.

— Entendo. De quem?

— Monges.

Ela jogou as mãos para o alto.

— Por que são sempre monges?

— Frutas foram tiradas do bosque de espinheiros quando ele ainda era jovem. Suas sementes foram preservadas pela Ordem de Sankt Feliks.

— E onde eles estão?

Agora o Darkling pareceu menos confiante.

— Não sei exatamente. Nunca precisei deles. Mas posso dizer a vocês como encontrá-los.

— Sinto cheiro de barganha. — Nikolai esfregou as mãos. — O que essa informação vai nos custar?

Os olhos do Darkling reluziram, quartzo cinza sob um falso sol.

— Tragam-me Alina Starkov e eu direi a vocês tudo que precisam saber.

Todo o bom humor evaporou do rosto de Nikolai.

— O que você quer com Alina?

— Uma chance de me desculpar. Uma chance de ver o que se tornou a garota que cravou uma faca no meu coração.

Zoya balançou a cabeça.

— Eu não acredito em uma palavra que sai da sua boca.

O Darkling deu de ombros.

— Talvez eu também não acreditasse. Mas esses são os meus termos.

— E se não concordarmos com eles? — ela perguntou.

— Então a Dobra vai continuar se expandindo e engolindo o mundo. O jovem rei vai cair e eu vou cantar até dormir toda noite na minha cela.

Zoya se ergueu.

— Não gosto de nada disso. Ele está armando alguma coisa. E, mesmo se encontrarmos o mosteiro e as sementes, o que faríamos com elas? Precisaríamos de um Fabricador extraordinariamente poderoso para fazer brotar o bosque de espinheiros do modo como Elizaveta fez.

O Darkling sorriu.

— Isso significa que você não aprendeu tudo que Juris tentou lhe ensinar?

Zoya sentiu a barragem que continha sua fúria ceder e saltou em direção ao Darkling enquanto Nikolai agarrava seus braços para contê-la.

— Não fale o nome dele. Repita-o e vou cortar a língua da sua boca e usá-la como um broche.

— Não faça isso — disse Nikolai, seu aperto forte e sua voz baixa. — Ele não merece a sua raiva.

O Darkling a observou como a observava quando ela era sua pupila, como se ainda houvesse alguma coisa que só ele podia ver dentro dela. Como se isso o divertisse.

— Todos eles morrem, Zoya. Todos eles vão morrer. Todos que você ama.

— É mesmo? — perguntou Nikolai. — Que trágico. Consegue não o atacar, Zoya?

Ela se desvencilhou de Nikolai.

— Por enquanto.

— Como ela se debate — disse o Darkling, a voz transbordando de divertimento. — Um inseto preso pelo seu próprio poder.

— Poético — replicou Nikolai. — Você tem algo na sua barba.

Para confusão de Zoya, o Darkling ergueu a mão para o queixo liso e então a deixou cair como se tivesse sido queimado. Seus olhos se iluminaram com algo muito parecido com ódio.

Agora era Nikolai quem sorria.

— Foi o que pensei — disse o rei. — Yuri Vedenen ainda está aí, em algum lugar dentro de você. É por isso que seus poderes não voltaram?

O Darkling fitou o rei com os olhos estreitados.

— Que sujeito esperto.

— É por isso que você quer que ergamos o bosque de espinheiros e realizemos o *obisbaya*. Não poderia se importar menos com os danos que a Dobra está causando. Quer se purgar de Yuri e se tornar o receptáculo do meu demônio. Quer um jeito de recuperar o seu poder.

— Eu disse a vocês o que quero. Tragam-me Alina Starkov. O acordo é esse.

— Não — respondeu Zoya.

O Darkling deu as costas para eles e olhou para as luzes cintilando na cidade que se esparramava abaixo.

— Então eu posso viver como um fracote e vocês podem assistir ao mundo morrer.

10
NINA

NINA ESTAVA AO LADO de Hanne em segundos. Os olhos do príncipe projetavam-se das órbitas e seu corpo inteiro convulsionava enquanto o peito fino arquejava. A pior parte era o som que saía dele, um chiado profundo e doloroso. Nina viu Hanne estender a mão ao mesmo tempo que afundava de joelhos ao lado deles. Apoiou-a no peito de Rasmus – como se não conseguisse evitar – e quase imediatamente a tosse do príncipe se suavizou.

— Segure minha mão — sussurrou Nina com urgência. — Reze. *Alto*.

Ela agarrou os dedos esqueléticos do príncipe para formarem um círculo de três pessoas e entoou com Hanne, em um fjerdano agitado, uma prece a Djel, à Nascente.

— *Como as águas lavam o leito do rio, que também me purifiquem. Como as águas lavam o leito do rio, que também me purifiquem.*

O príncipe Rasmus as encarou. Sua tosse cessou e suas respirações começaram a vir em grandes arquejos à medida que o dom de cura de Hanne aliviava seus pulmões inflamados e abria suas vias respiratórias.

Meros segundos depois, os guardas reais os cercavam e puxavam Hanne e Nina para longe enquanto o rei e a rainha corriam até eles.

— Não! — ofegou Rasmus. Sua voz estava fraca e fina. Ele começava a tossir de novo. — Tragam-na de volta. Tragam as duas.

Mas as pessoas já as cercavam e Rasmus foi levado às pressas através de um par de portas atrás do tablado da família real, deixando o salão de baile tomado por sussurros chocados e perplexos.

Brum subitamente apareceu ao lado de Hanne e Nina para levá-las embora, e Ylva e Redvin ajudaram a conter a multidão curiosa. Flanqueados por *drüskelle,* elas foram conduzidas por um corredor e então pelas passagens sinuosas que levavam até seus aposentos.

— O príncipe Rasmus... — começou Hanne, mas Brum a silenciou com um olhar.

— Os criados — ele disse em voz baixa enquanto seguiam até a sala que Brum usava como escritório. Era toda feita de madeira escura e pedra branca, e, através das janelas enregeladas, Nina viu que começara a nevar.

Ylva sumiu e reapareceu com uma tigela de água quente e dois panos macios que estendeu para Nina e Hanne. Nina não tinha percebido, mas o sangue do príncipe também a cobria. Ela limpou o rosto e as mãos.

Forçou os olhos a se arregalarem e o lábio a tremer, mas o corpo inteiro estava vigilante, alerta, pronto para entrar em modo de luta se Hanne precisasse ser protegida. Havia um cemitério na Ilha Branca, corpos que ela podia convocar a seu serviço como soldados. O que Brum tinha visto? O que ele sabia?

Hanne parecia aterrorizada. Ela usara seu poder na frente de toda a corte fjerdana, curando o príncipe sem nem pensar. A mente de Nina girava só de pensar no risco, no descuido. No entanto, mesmo em meio ao medo e à raiva, ela sabia que Hanne não conseguia evitar. Não podia ver alguém sofrendo e não agir. Estava em sua natureza tentar consertar as coisas, enquanto tudo que Nina fazia era destruir. Será que algum dos observadores tinha percebido o que ela fizera? Será que Brum percebera? Ele era um caçador de bruxas treinado. Ali, longe da pompa e do drama da corte, a farsa de rezar de Nina não parecia nada convincente.

— O que aconteceu? — perguntou Ylva, em um tom desesperado e apavorado.

O rosto de Brum estava sombrio.

— O príncipe está muito doente.

— Mas não assim! — exclamou Ylva. — Ele desabou!

— Por que acha que eles o mantêm longe do público?

— Ele... ele nunca compareceu a muitos eventos, mas...

— Porque o rei e a rainha o mimaram. Eles o deixam aparecer em público apenas por curtos períodos e em situações altamente controladas, como o início do Cerne hoje.

— O que acha que provocou o ataque? — perguntou Redvin, tomando um gole de algo em um frasco.

Brum deu de ombros.

— Barulho demais. Calor demais. Quem sabe?

— A fraqueza dele é chocante — disse Redvin.

— Ele é uma criança — protestou Ylva.

Brum desdenhou.

— Ele tem dezoito anos. Você só esquece porque ele está longe do que um homem deveria ser.

Com isso, o olhar de Hanne endureceu.

— Ele não pode evitar o que é, como nasceu.

— Talvez não — considerou Brum. — Mas se esforçou? Desafiou-se? Eu fiz o melhor que pude para ajudá-lo, para ser um mentor e um guia. Ele é o herdeiro do trono, mas, se o grau de sua enfermidade se tornar de conhecimento geral, acha mesmo que Fjerda o aceitará como rei?

Novamente, Nina se perguntou qual era o jogo de Brum. Ela não tinha dúvidas de que ele acreditava em toda aquela bobagem sobre masculinidade e força fjerdana. Também estava claro que não nutria respeito algum pelo príncipe. Mas haveria mais?

Na semana desde a derrota de Fjerda em Nezkii e Ulensk, Brum fizera o máximo para esconder seu desapontamento. A invasão frustrada significava que Fjerda tinha ao menos que contemplar a possibilidade de diplomacia em vez da guerra. No entanto, se o príncipe morresse ou estivesse incapacitado, Fjerda só teria o rei idoso e o príncipe mais jovem para governar. Poderia ser uma oportunidade perfeita para alguém intervir e tomar as rédeas das mãos de uma família real agradecida. E, quando isso ocorresse, quem convenceria Brum a entregá-las de novo? Ele tinha o respeito e o apoio do Exército. Conhecia o funcionamento da corte nos mínimos detalhes. Nina sentiu o pavor como um jugo ao redor do pescoço. As leis de Fjerda só haviam ficado mais brutais sob a influência de Brum. O que significaria para o país e o povo dela se o poder dele não tivesse freios?

Ylva balançou a cabeça.

— Por que nunca me contou que a situação do príncipe era tão drástica?

— Nossa posição na corte e a minha posição com o Exército estão estreitamente conectadas ao favor da família real. Depois da fuga da prisão e da destruição do tesouro... eu tive que lutar para manter nosso lugar aqui, e não podia arriscar nenhuma indiscrição. Os Grimjer farão tudo que puderem para minimizar esse incidente e desacreditar aqueles que o presenciaram mais de perto.

— O sangue dele espirrou em mim — lembrou Hanne. — Ele está morrendo.

Nina queria chutá-la. Elas precisavam ficar quietas até saber o que Brum tinha visto ou pensava ter visto. No entanto, ela estava começando a pensar que haviam se safado do deslize de Hanne. Talvez Brum estivesse focado demais na demonstração pública de fraqueza do príncipe para entender o que realmente acontecera.

— Provavelmente — disse Brum. — Mas ele está fazendo ao trono a descortesia de morrer devagar. A família real vai querer silenciar Hanne. Garotas fazem fofoca.

— Hanne não é fofoqueira! — exclamou Ylva.

— Mas como eles vão saber disso? Ela não tem uma reputação na corte. Está longe há tanto tempo que poucos podem atestar o seu caráter.

— Mas você pode protegê-la?

— Não sei.

Ylva gemeu.

— Diga-me que eles não vão feri-la.

— Não vão, mas podem enviá-la para longe.

— Exílio? — Ylva jogou os braços ao redor da filha. — Não vou permitir. Esperamos demais para tê-la de volta. Não vou deixar que seja tirada de mim outra vez.

Nina viu a mãe de Hanne agarrar-se à filha apavorada e não sabia o que fazer. Ela podia sentir o perigo disparando em direção a elas. Era boa em antecipar ameaças – tinha que ser –, mas essa parecia ter vindo de lugar nenhum, do corpo frágil de um rapaz.

Uma batida soou na porta. Era um jovem usando um uniforme de *drüskelle*. Nina o reconheceu como parte do séquito do príncipe no salão de baile.

— Joran. — Brum acenou para que ele entrasse. — Joran é o guarda-costas do príncipe.

— Ele está bem? — perguntou Hanne.

Joran assentiu. O treinamento dele era bom demais para que retorcesse as mãos ou se encolhesse, mas Nina podia ver que estava nervoso.

— Senhor — ele começou, então hesitou. — Comandante Brum, a família real convocou a presença de sua filha e da criada dela.

Um soluço suave escapou de Ylva, mas Brum apenas assentiu.

— Entendo. Então devemos ir.

Joran limpou a garganta.

— Eles foram específicos no convite. Só as garotas foram chamadas.

— Djel, o que é isso? — perguntou Ylva, lágrimas escorrendo pelas bochechas agora. — Não podemos deixar isso acontecer. Hanne não pode enfrentá-los sozinha.

— Não estou sozinha — declarou Hanne. Ela tremia de leve, mas se levantou. — Eu tenho Mila.

— Troque de roupa — ordenou Brum.

Ela olhou para as manchas de sangue.

— É claro. Vou precisar de um momento.

Ylva agarrou o braço de Hanne.

— Não. *Não.* Jarl, você não pode fazer isso.

— Ela tem que ir. — Ele apoiou a mão no ombro da filha. — Você é minha filha e não vai abaixar a cabeça.

Hanne empinou o queixo.

— Nunca.

O olhar de Brum poderia ter sido de orgulho.

Hanne e Nina se apressaram aos seus aposentos para trocar de roupa. Assim que fecharam a porta, Hanne balbuciou:

— Eu não queria…

— Eu sei, eu sei — disse Nina, já escolhendo um novo vestido para Hanne, de lã marfim casta, sem nada do glamour do âmbar cintilante que ela tinha usado por um tempo tão curto. Ela selecionou um vestido marrom igualmente simples para si mesma.

— Acha que o príncipe sabe?

— Não. Talvez. Não sei. Ele não estava em condições de pensar direito.

— Meu pai… eu achei que tinha visto.

— Eu sei.

Nina não conseguia acreditar que Hanne tivesse curado o príncipe diante dos olhos de Brum sem que ele percebesse. Mas as pessoas viam o que queriam ver. Brum nunca acreditaria que a filha era uma abominação.

Hanne se vestiu, ainda tremendo.

— Nina, se eles me testarem...

Havia amplificadores Grishas mantidos como prisioneiros na Corte de Gelo, pessoas com o dom de fazer emergir o poder de outro Grisha.

— Há modos de contornar o teste — garantiu Nina. Ela os aprendera com os Dregs. Jesper Fahey tinha coberto os braços com parafina para poder participar de jogos de baralho de alto risco, em que os Grishas – capazes de manipular tudo, desde as cartas até o humor dos oponentes – não eram bem-vindos. Mas talvez não houvesse tempo para empregar essas técnicas. Nina não sabia se conseguiria proteger Hanne. Elas estavam presas na Ilha Branca, bem no meio da Corte de Gelo, e, se Hanne fosse exposta como Grisha, não haveria um caminho de fuga disponível. — Se eles descobrirem, vão colocar você na prisão até enfrentar um julgamento. Isso vai me dar tempo.

— Tempo para quê?

— Para bolar um plano. Para tirar você de lá.

— Como?

— Aprendi com os melhores de Ketterdam. Vamos achar um jeito. — Ela sustentou o olhar de Hanne. — Nunca duvide disso.

Joran esperava quando elas saíram. Ele as conduziu dos aposentos e de volta ao palácio por meio de uma série de passagens confusas. Nina achava que não conseguiria refazer seus passos. Talvez esse fosse o objetivo.

— O príncipe está bem? — perguntou Nina.

Joran não disse nada. Seus ombros estavam rígidos. Nina sabia que os *drüskelle,* especialmente os que ainda estavam em treinamento, faziam questão de seguir o protocolo, mas esse parecia ainda mais tenso que a maioria. Era alto, até pelos padrões fjerdanos, mas não podia ter mais que dezesseis ou dezessete anos – só um garoto, que parecia ainda mais jovem pelo fato de não ter permissão para deixar crescer a barba.

— Há quanto tempo você é o guarda-costas do príncipe? — ela perguntou.

— Quase dois anos — ele respondeu rispidamente.

Nina e Hanne se entreolharam. Não conseguiriam tirar muito dele. Nina tomou a mão de Hanne; os dedos dela estavam frios.

Elas chegaram a uma porta ladeada por guardas reais e foram escoltadas até uma sala de espera forrada de almofadas creme e douradas. Suas janelas vastas se abriam para a expansão cintilante da Ponte de Gelo, que conectava a Ilha Branca ao anel externo da Corte de Gelo, e pancadas de neve sopravam através do vidro na luz cinzenta da tarde. Nina tinha imaginado que seriam levadas até algum tipo de tribunal, mas, exceto pelos criados de libré real, a única pessoa na sala era o príncipe Rasmus, apoiado em um sofá com bordado dourado.

— Não é uma visão muito bonita, é? — perguntou o príncipe. Estava pálido e frágil como uma casca de ovo, quase do mesmo tom que a pilha de almofadas brancas na qual estava acomodado. Havia um cobertor sobre suas pernas e uma xícara de chá em suas mãos.

Quando Hanne ficou em silêncio, Nina murmurou:

— Eu estava pensando que era muito grandiosa.

— Só se você nunca quis ver mais do mundo. Sentem-se.

Elas se sentaram em duas cadeiras acolchoadas que haviam sido construídas para garantir que ninguém jamais ficaria mais alto que o príncipe herdeiro.

— Deixem-nos — instruiu o príncipe aos criados com um gesto. Joran fechou a porta e permaneceu em posição de sentido, seu olhar não focado em nada. — Eu confio a minha vida a Joran. Tenho que confiar. Nós não temos segredos um para o outro. — Nina reparou que a mandíbula de Joran se cerrou de leve. *Interessante.* Talvez houvesse alguns segredos, afinal. — Joran é dois anos mais novo que eu, mal tem dezesseis, mas já é mais alto e mais forte do que eu jamais serei. Consegue me carregar por um lance de escadas como se eu não pesasse mais do que um graveto. E, para minha grande vergonha, teve que fazer isso mais de uma vez. — O rosto de Joran permaneceu inescrutável. — Ele nunca demonstra emoção. É bem reconfortante. Eu já recebi mais que minha cota de pena. — Ele examinou Hanne. — Você não se parece nada com seu pai.

— Não — disse Hanne, com um leve tremor na voz. — Eu puxei ao povo da minha mãe.

— Eu não puxei a ninguém — comentou o príncipe. — A não ser que haja um goblin em algum ponto da linhagem Grimjer. — Ele se inclinou e deu um tapinha na mão de Hanne, depois na de Nina. — Está tudo bem. Não vou deixá-los exilar vocês. Podem se servir de chá.

Hanne ainda parecia aterrorizada e Nina sentia-se apenas desconfiada enquanto servia primeiro Hanne, depois a si mesma. Era difícil entregar-se ao alívio depois de tudo que Brum dissera.

— Não vai acontecer nada com vocês! — insistiu o príncipe. — Eu proibi. — Ele se inclinou para perto e baixou a voz. — Fiz um belo escândalo. Há vantagens em conseguir ficar azul.

— Mas… por quê, Alteza? — perguntou Hanne.

Era uma pergunta razoável, mas perigosa. Será que ele sabia que Hanne era Grisha? Estaria brincando com elas?

O príncipe se recostou nas almofadas e seu ar travesso desapareceu.

— Passei a vida toda doente. Desde que era criança. Não consigo me lembrar de uma época em que não tenha sido alvo de desdém ou preocupação. Muitas vezes, não sei o que é pior. As outras pessoas recuam diante da minha fraqueza. Você… você se aproximou.

— Doença é doença — disse Hanne. — Não é algo a temer.

— Você teve meu sangue em suas mãos. Em sua saia. Eles a mandaram trocar de roupa? — Hanne assentiu. — Não teve medo?

— É artemísia na sua xícara, não é?

O príncipe olhou para o chá, que agora esfriava na mesa ao lado dele.

— É.

— Eu fui educada em um convento em Gäfvalle, mas estava mais interessada em aprender sobre ervas e curas.

— As Donzelas da Nascente instruíram você? Não parece um assunto que a Madre Superiora encorajaria.

— Bem — respondeu Hanne com cuidado —, eu talvez tenha me dedicado a aprender por conta própria.

O príncipe riu e começou a tossir. Nina viu os dedos de Hanne se flexionarem e balançou a cabeça. *Não, não é uma boa ideia.*

Mas Hanne não conseguia presenciar sofrimento e não reagir.

O príncipe parou de tossir e inspirou funda e tremulamente.

— O convento em Gäfvalle — ele continuou, como se nada tivesse acontecido. — Achei que fosse para onde mandavam garotas difíceis para destruir o seu espírito e transformá-las em boas esposas.

— É mesmo.

— Mas o seu espírito ainda está intacto? — perguntou o príncipe, estudando Hanne de perto.

— Espero que sim.

— E você não tem marido.

— Não.

— Foi por isso que veio à Corte de Gelo? Que colocou aquele vestido elegante?

— Sim.

— E em vez disso ganhou um príncipe ofegando no seu colo.

Nina quase engasgou com o chá.

— Pode rir — disse o príncipe. — Não vou decapitar você por isso. — Ele inclinou a cabeça de lado. — Seu cabelo está raspado. É um sinal de devoção a Djel, não é?

— É.

— E vocês duas rezaram sobre mim. — Ele fitou Nina. — Você tomou a minha mão. Pessoas já foram executadas por ousar tocar a mão de um príncipe.

— Não fui eu — corrigiu-o Nina, devotamente. — Foi o espírito de Djel que se moveu através de mim.

— Então vocês são fiéis de verdade?

— Vossa Alteza não é? — perguntou Nina.

— É difícil acreditar num deus que me negaria o ar.

Hanne e Nina ficaram em silêncio. Era blasfêmia, pura e simples, e nenhuma delas poderia comentá-la com liberdade. Quem governava naquela sala – Djel ou o príncipe?

Por fim, Rasmus disse:

— Curas e ervas não são a província da maioria das nobres.

Hanne deu de ombros.

— Eu não sou como a maioria das nobres.

O príncipe examinou os ombros firmes de Hanne, a linha teimosa da mandíbula dela.

— Posso ver. Se a devoção a Djel me tornar tão robusto quanto vocês duas, talvez eu faça uma prece, no fim das contas. — Ele alisou as cobertas sobre a cintura. — Vocês virão me visitar de novo em breve. Acho sua presença... reconfortante.

Porque Hanne está curando você agora mesmo.

— Podem ir — ele franqueou, com um aceno. — Joran vai levá-las de volta a seus aposentos. Cumprimente seu pai por mim.

Não havia como não ouvir o azedume em sua voz. Então o desdém de Brum não tinha passado despercebido.

Hanne e Nina se ergueram, fizeram uma mesura e saíram da sala.

— Você estava curando ele — sussurrou Nina, acusatória.

— O espírito de Djel moveu você? — perguntou Hanne baixinho. — Você não tem vergonha.

Joran as levou para fora, mas, antes que dessem alguns passos no corredor, foram paradas por dois guardas reais.

— Mila Jandersdat — disse um deles. — Você vem conosco.

— Por quê? — exclamou Hanne.

Nina sabia que não receberiam resposta. Não cabia a plebeias questionar a guarda real.

Ela deu um abraço rápido em Hanne.

— Estarei de volta antes que você perceba.

Enquanto eles a levavam de volta pelo corredor, ela espiou por cima do ombro e viu Hanne olhando com medo. *Eu voltarei para você*, ela prometeu. Só podia esperar que fosse verdade.

O corredor mudou à medida que Nina seguiu os guardas, e ela percebeu que estava em uma parte do palácio que nunca tinha visto. As pedras ali pareciam mais antigas, a cor mais próxima do marfim que do branco, e, quando ela ergueu os olhos, viu que sulcos haviam sido entalhados nas paredes, dando a impressão de que estavam atravessando a caixa torácica de alguma grande besta, um túnel de ossos.

O lugar fora construído para intimidar, mas os antigos arquitetos da Corte de Gelo tinham escolhido a inspiração errada. *A morte é meu dom*, pensou Nina, *e eu não temo os que se foram*. Ela sempre se certificava de manter duas lascas finas de osso escondidas nas mangas para usar como dardos se precisasse. Seus botões também eram de osso. E havia, é claro, os mortos. Reis e rainhas e cortesãos favoritos eram enterrados na Ilha Branca desde antes de a Corte de Gelo ser construída ao redor dela, e Nina conseguia ouvi-los sussurrar. Um exército à espera de suas ordens.

Os guardas pararam na frente de duas portas altas e estreitas que quase alcançavam o teto. Estavam gravadas com o brasão do lobo Grimjer galopante, com um globo sob sua pata e uma coroa pairando acima das orelhas pontudas. As portas se abriram e Nina se viu em um longo salão ladeado por colunas entalhadas na forma de bétulas. O lugar inteiro emanava um brilho azul, como se tivesse sido mesmo entalhado no gelo, e Nina sentiu que estava entrando em uma floresta congelada.

A antiga sala de audiências, ela percebeu enquanto seguiam em direção a um trono de alabastro de espaldar alto e tão elaboradamente entalhado que parecia feito de renda. A rainha Agathe estava sentada nele, usando o mesmo vestido branco que portara no desfile mais cedo. Suas costas estavam eretas, seu cabelo liso era da cor de pérolas, e ela usava um diadema de opalas na cabeça.

Nina sabia que não deveria falar primeiro. Fez uma reverência baixa e manteve os olhos no chão, esperando, enquanto a mente girava. Por que ela fora trazida ali? O que a rainha Grimjer poderia querer com ela?

Um momento depois, ela ouviu as portas se fechando com um baque ecoante e percebeu que fora deixada a sós com a rainha Agathe.

— Você rezou pelo meu filho hoje.

Nina assentiu, mantendo os olhos fixos no chão.

— Rezei, majestade.

— Eu conheço Hanne Brum, é claro. Mas não conhecia a garota que se ajoelhou ao lado do meu filho e ousou tomar a mão dele. Que falou as palavras de Djel para aliviar o seu sofrimento. Então perguntei a meus conselheiros quem você é. — A rainha fez uma pausa. — E ninguém parece saber.

— Porque eu não sou ninguém, majestade.

— Mila Jandersdat. Viúva de um comerciante morto que vendia peixes e produtos congelados. — Ela falou as palavras como se achasse que o desprezo poderia anular seu significado. — Uma jovem de origem humilde que se insinuou no lar de Jarl Brum.

— Eu fui muito afortunada, majestade.

O disfarce de Nina fora preparado para resistir ao escrutínio. Mila Jandersdat realmente existia e vinha de uma cidadezinha na costa norte. Seu marido realmente tinha morrido no mar. Mas, quando Mila fugira para Novyi Zem para começar uma nova vida com um fazendeiro bonitão, sua identidade fora roubada pela Hringsa e dada a Nina.

— Mandei meus homens investigarem essa tal Mila Jandersdat, perguntarem sobre a aparência dela e descobrirem se temos uma espiã entre nós.

Nina ergueu a cabeça bruscamente, com uma expressão chocada.

— Uma espiã, majestade?

Os lábios da rainha se comprimiram.

— Uma atriz talentosa.

— Seus homens vão descobrir que eu sou quem disse que sou. Não tenho motivos para mentir. — Nina tinha sido esculpida para se parecer com Mila. O disfarce se sustentaria diante de uma descrição, mas, se os investigadores da rainha trouxessem algum dos amigos ou vizinhos de Mila para confirmar a identidade dela, seria outra história.

A rainha examinou Nina por um longo momento.

— Diziam que meu filho mais velho não sobreviveria à infância. Sabia disso, Mila Jandersdat? Eu tive três abortos espontâneos antes dele. Foi um milagre quando ele respirou pela primeira vez, quando sobreviveu à primeira noite, ao seu primeiro ano. Eu rezei por ele toda manhã e toda noite, e faço isso desde então. — A rainha tamborilou os dedos no braço do trono. — Talvez eu não espere meus inquisidores retornarem. Meu filho está vulnerável. Você viu isso claramente hoje, e não encaro nenhuma ameaça a ele ou a minha família levianamente. Talvez seja mais fácil mandá-la para o exílio.

Então por que não fez isso? Nina esperou.

— Mas acho que isso poderia aborrecê-lo e... e eu quero saber o que aconteceu hoje.

E então Nina entendeu. Nem Brum nem o príncipe haviam questionado a recuperação veloz de Rasmus. Mas a rainha tinha os cuidados de uma mãe, os temores de uma mãe – as esperanças de uma mãe.

Ela escolhera interrogar Mila Jandersdat, não Hanne Brum, porque sabia que Mila era indefesa, uma vez que não possuía nome nem status. Se Mila queria o favor da rainha, se queria ficar na Corte de Gelo, se sabia alguma coisa sobre Hanne ou o que tinha acontecido, era mais provável que ela falasse.

E Nina pretendia fazer exatamente isso.

Quando ouvira as vozes das mortas pela primeira vez, tinha se encolhido e tentado ignorá-las. Estivera profundamente enlutada, desesperada demais para agarrar-se a seu vínculo com Matthias. A morte ainda era o inimigo, o monstro que podia atacar sem aviso e roubar tudo que ela amava. Ela não queria fazer as pazes com ela. Não conseguia. Até que enterrara Matthias. Mesmo agora seu coração se rebelava contra a ideia de que não existia nenhuma brecha, nenhum feitiço secreto que o devolveria a ela, que trouxesse de volta o amor que ela tinha perdido. Não, ela não fizera as pazes com a morte, mas as duas haviam chegado a um entendimento.

Falem. Nina estendeu o seu poder, sentindo o rio gélido de mortalidade que corria através de tudo e de todos, deixando-o que a carregasse ao cemitério sagrado que jazia na sombra do Elderclock a apenas alguns metros dali. *Quem vai falar em nome de Agathe Grimjer, rainha de Fjerda?*

A voz que respondeu foi alta e clara, uma alma forte, recém-partida. Tinha muito a dizer.

— Seis abortos — disse Nina.

— *O quê?* — A voz caiu como uma pedra no antigo salão do trono.

— Vossa Majestade sofreu seis abortos espontâneos antes de dar à luz Rasmus. Não três.

— Quem lhe contou isso? — A voz da rainha saiu ríspida; sua compostura tinha sido abalada.

Linor Rundholm, a melhor amiga e dama de companhia da rainha, morta e enterrada na Ilha Branca.

— Vossa Majestade tinha desistido de rezar — disse Nina, deixando os olhos se fecharem, balançando-se como se estivesse em um transe. — Então ordenou que um Curandeiro Grisha fosse trazido das masmorras para acompanhar a sua gravidez.

— Isso é mentira.

Mas não era. Linor tinha sussurrado tudo a ela. A rainha recorrera ao que era considerado feitiçaria.

— Vossa Majestade pensa que seu filho é amaldiçoado. — Ela abriu os olhos e encarou a rainha diretamente. — Mas ele não é.

Os dedos magros da rainha Agathe agarraram os braços do trono como garras brancas.

— Se o que você estivesse falando fosse verdade, eu teria cometido uma heresia. Meu filho teria nascido com a marca do demônio sobre ele e seria abandonado por Djel. Não haveria esperança para ele, por mais preces que eu dissesse.

Nina quase sentia pena daquela mulher, uma mãe impotente que só queria dar à luz uma criança saudável. Mas, depois que Rasmus nasceu e foi desmamado, ela mandou executar o Curandeiro Grisha que a ajudara. Não podia arriscar que alguém descobrisse o que fizera. A única que sabia era Linor, uma amiga querida, tão amada que a rainha havia se recusado a deixá-la viajar com o marido até o front. *Preciso de você comigo*, Agathe tinha dito, e as necessidades de uma rainha eram o mesmo que uma ordem. O marido de Linor morrera no campo de batalha e Linor permaneceu ano após ano na Ilha Branca, seu luto tornando-se amargura enquanto ela cuidava de uma rainha egoísta e seu filho enfermo.

— Quando era menina — contou Nina —, eu caí num rio. Era o auge do inverno. Eu devia ter congelado. Devia ter me afogado. Porém, quando meus pais me encontraram jogada nas margens a quase três quilômetros de onde eu tinha caído, eu estava quente e a salvo, minhas bochechas coradas e minha pulsação regular. Eu fui abençoada por Djel. Fui tocada pela visão previdente dele. Desde então, sei coisas que não tenho nenhum direito de saber. E sei disto: o seu filho não é amaldiçoado.

— Então por que ele sofre? — A voz da rainha soou suplicante, toda a dignidade perdida ao desespero.

Era uma boa pergunta, mas Nina estava pronta. Como Grisha, ela tinha aprendido a usar os mortos como seus informantes e suas armas. Como espiã, aprendera a fazer a mesma coisa com os vivos. Às vezes eles só precisavam de um empurrãozinho. Ela falou as palavras que sabia que a rainha queria ouvir, não porque os mortos as tinham sussurrado, mas por que eram o que ela precisara ouvir quando Matthias morrera, o desejo terrível de acreditar que havia um motivo para a sua dor.

— Há um propósito para tudo isso — ela disse, como uma promessa, uma previsão. — E para o seu sofrimento também. Djel falou através das águas hoje. Seu filho será curado, ficará forte e se tornará um grande homem.

A rainha inspirou fundo, trêmula. Nina sabia que estava se esforçando para conter as lágrimas.

— Saia — ela ordenou, a voz falhando.

Nina fez uma mesura e recuou pelo salão. Antes que as portas se fechassem, ela ouviu um som como um choro alto quando a rainha caiu de joelhos, com a cabeça nas mãos.

11
ZOYA

Nikolai e Zoya mantiveram silêncio enquanto desciam as escadas, a escuridão pesada após a iluminação artificial da prisão do Darkling.

Do lado de fora, uma lua cheia pendia baixa no horizonte, sua luz manchando o azul do céu noturno. O cascalho branco do caminho que levava de volta ao Grande Palácio brilhava forte como estrelas derramadas. Eles não falaram nada até estarem na sala de estar de Nikolai, com a porta seguramente fechada.

— Ele é divertido — disse Nikolai, servindo-se de uma taça de conhaque. — Tinha esquecido quanto.

Ela pegou a taça que ele ofereceu.

— Tem que ser escolha de Alina.

— Você sabe o que ela vai decidir quando entender o que está em jogo.

Zoya deu um longo gole e cruzou a sala até a lareira, onde apoiou a taça na cornija. O calor do fogo era reconfortante, e a fera dentro dela pareceu suspirar de prazer.

— Ela não devia ter que ser a heroína de novo.

— Ele quer uma conversa, não uma revanche.

— Tem certeza?

— Você está usando o relógio que eu lhe dei.

Zoya olhou para o pequeno dragão prateado.

— Você devia ter me dado um aumento em vez disso.

— Não podemos nos permitir gastos agora.

— Ou então uma medalha brilhante. Ou uma propriedade bonita.

— Quando a guerra acabar, você pode escolher a que preferir.

Zoya tomou outro gole de conhaque.

— Quero a dacha em Udova.

— Esse é meu lar ancestral!

— Está suspendendo a oferta?

— De forma alguma, é quente demais no verão e um inferno para aquecer no inverno. Por que a quer?

— Gosto da vista.

— Não há nada para ver dessa dacha exceto um moinho quebrado e uma cidadezinha enlameada.

— Eu sei — ela disse. Podia ter parado por aí. Talvez devesse. Em vez disso, continuou: — Eu cresci lá.

Nikolai fez o máximo para esconder a surpresa, mas Zoya o conhecia bem demais. Ela nunca falava de sua infância.

— Ah, é? — ele perguntou, casualmente. — Você tem família lá?

— Não sei — ela admitiu. — Não falo com meus pais desde que eles tentaram me vender para um nobre rico quando eu tinha nove anos. — Ela nunca contara a ninguém sobre o que acontecera naquele dia. Deixava sua vida, sua família e suas perdas ficarem no passado. Mas ultimamente parecia difícil não ter ninguém que a conhecesse, como se manter o controle de si fosse ainda mais difícil sem alguém que a visse como verdadeiramente era.

Nikolai baixou a taça.

— Isso não é… não é… as leis proíbem…

— Quem faz cumprir as leis? — perguntou Zoya suavemente. — Homens ricos. Homens ricos que fazem o que querem. O poder não torna ninguém sábio.

— Eu sou prova disso.

— Ocasionalmente você é um tolo inútil. Mas é um homem bom, Nikolai. E um bom rei. Não servirei a nenhum outro.

— Não gosto dessa palavra.

— Servir? É uma palavra honesta. Você é o rei que eu escolhi. — Ela tomou outro gole e virou-se para o fogo. Era mais fácil expressar suas preocupações às chamas. — Da última vez que tentamos o *obisbaya,* você quase morreu. Não pode ficar indefeso daquele jeito de novo. Pelo bem de Ravka.

— O Darkling também estará vulnerável, e essa é a hora de tentar. Não sabemos quando ou se os poderes dele podem retornar, e eu não tenho nenhuma intenção de deixá-lo expulsar Yuri.

— Você quer expulsar o Darkling dele.

— Ele é o invasor. O monge ainda está lá dentro. Você viu.

Zoya observou as chamas crepitarem e soltarem faíscas.

— Você não deve subestimá-lo. — Assim como tantos fizeram. Como ela fizera.

— Zoya.

— O quê?

— Zoya, olhe para mim.

Zoya se virou e arquejou. Ela ergueu as mãos em posição de luta, a taça deslizando de seus dedos e estilhaçando-se no chão.

Nikolai estava ao lado da mesa.

E o demônio estava ao lado dele. Parecia pairar ali, uma mancha de escuridão na forma do rei, as asas pretas curvando-se nas bordas como fumaça.

— Isso... como?

— O monstro sou eu e eu sou o monstro. Se o Darkling tiver razão e tudo que ele disse não for alguma artimanha, o *obisbaya* pode ser o segredo para destruir a Dobra de uma vez por todas. O demônio pode sair de mim e entrar na escuridão para sempre.

O demônio sibilou e Zoya se encolheu, quase enfiando o pé na lareira.

— Mas ele é o *meu* demônio, não do Darkling — continuou Nikolai. Ergueu uma mão para ela, as cicatrizes ocultas sob as luvas. — Não tenha medo.

Ela sentiu a necessidade dele, tão palpável quanto se tivesse falado. *Não se afaste de mim. Qualquer um menos você.* Seria o olho do dragão que se abria dentro dela? Ou ela só reconhecia o próprio desejo? Não havia mais ninguém em quem confiaria para vê-la em seu estado mais fraco, mais temeroso. Mais monstruoso.

Zoya encontrou o olhar de Nikolai.

— Você consegue controlá-lo?

— Consigo.

Ela deu um passo à frente, depois outro, obrigando-se a cruzar a sala até estar diante deles. Sua mente gritava para que fugisse daquela visão *errada*, daquela criatura feita de nada ao lado do seu rei.

— Talvez o *obisbaya* funcione — ponderou Nikolai, com os olhos castanhos firmes. — Mas e se não funcionar? E se eu dissesse que o demônio vai sempre estar comigo? Que sempre haverá uma parte de mim ligada ao Darkling, a esse poder de sombras? Eu ainda serei o seu rei? Ou você teria medo de mim? Passaria a me desprezar como o despreza?

Ela não sabia como responder. Tinha sempre imaginado que de alguma forma, uma hora, eles encontrariam um modo de livrar Nikolai daquela criatura. Talvez ela *quisesse* tentar o *obisbaya* de novo, apesar do risco terrível à vida dele. Não para destruir a Dobra, mas porque ela odiava o fato de que qualquer parte do Darkling residia dentro do rei.

A criatura de sombras ergueu a mão e Zoya apertou os punhos, determinada a manter-se firme. As margens de sua forma eram borradas, como uma névoa densa. Seus longos dedos terminavam em garras.

A criatura estendeu a mão para ela e Zoya se obrigou a não se encolher. Roçou os nós dos dedos sobre a bochecha de Zoya e ela inspirou bruscamente. Seu toque era frio. Sólido. Tinha forma.

Poder. A coisa antiga dentro dela reconhecia aquela escuridão, a própria substância de que o universo era feito. Era e não era Nikolai.

— Você ainda seria meu rei — ela disse, enquanto o demônio acariciava sua bochecha até o pescoço. — Eu sei quem você é.

Era o monstro que a tocava ou era o seu rei? Ainda havia uma diferença? O fogo crepitava no silêncio da sala, no silêncio do palácio que os cercava, sob a cobertura pesada da noite.

O demônio fechou as garras sobre a fita no cabelo dela e puxou. O laço se desfez e a fita caiu ao chão. Lentamente, ele puxou a mão de volta. Ela estaria imaginando sua tristeza?

A coisa se fundiu de volta ao corpo de Nikolai, como se sua sombra tivesse ido encontrá-lo.

Zoya soltou um fôlego trêmulo.

— Acho que preciso de outra bebida. — Nikolai estendeu-lhe a taça dele e ela virou o conhaque remanescente. Ele a observava com atenção, e ela o viu flexionar os dedos como se realmente tivesse sido ele quem a tocara. — Há quanto tempo você consegue fazer... isso?

— Desde a Dobra.

— Mais um — pediu Zoya, estendendo a taça. Ele serviu. Ela virou a bebida. — E acha mesmo que vale a pena tentar encontrar esses monges para erguermos o bosque de espinheiros?

— Acho.

— Não sei — disse Zoya. — Esse esquema para ver Alina... parece que ele está protelando. Ou tem algum outro plano.

— Tenho certeza de que sim. Mas precisamos de um jeito de interromper o avanço do flagelo. Se os fjerdanos não estivessem atrás de nós, se o casamento não estivesse logo ali, poderíamos tentar dominar esse fenômeno sem ele. Deixaríamos David e todos os nossos estudiosos se dedicarem ao problema. Mas a mente de David deve permanecer focada em vencer a guerra. Agora nós precisamos do Darkling, como eu sabia que precisaríamos.

— Alina abdicou do seu poder para derrotá-lo. Ela provavelmente vai querer matar nós dois por termos conseguido trazê-lo de volta.

Nikolai deu uma risada encabulada.

— A pior parte é que não acho que ela teria caído na armadilha dele. Teria posto os olhos em Elizaveta e dado meia-volta. Órfãos, sabe? São muito astutos.

Zoya cogitou beber mais uma taça, mas não queria passar mal.

— Não podemos trazê-la aqui, com todos os convidados a caminho. E de jeito nenhum vou deixá-lo chegar perto de Keramzin.

— Precisaremos de uma localização segura. Isolada. E com muitos Soldados do Sol à disposição.

— Não vai ser suficiente. Se Alina concordar, eu o levarei para vê-la pessoalmente. Encontrarei o que quer que precisemos para erguer o bosque de espinheiros.

Nikolai parou com a mão na garrafa.

— O casamento é em menos de duas semanas. Eu... eu preciso de você aqui.

Zoya estudou a taça vazia, girando-a no sentido horário e depois no anti-horário.

— Seria melhor se eu não estivesse aqui. Os boatos sobre nós... sem dúvida a rainha Makhi os ouviu. Minha presença só complicaria as coisas. — Isso era verdade, em parte. — Além disso, você confia em mais alguém para viajar com ele? Para contê-lo se as coisas derem errado?

— Eu podia ir com vocês. Pelo menos por parte do caminho.

— Não. Precisamos de um rei, não de um aventureiro. Seu trabalho é aqui, com a princesa Ehri. Fale com ela. Crie laços. Precisamos da confiança dela.

— Você fala como se ganhar a confiança dela fosse fácil.

— Os ferimentos dela podem ser uma vantagem. Sente-se ao lado dela sempre que puder. Leia histórias para ela, ou peça a Tolya para selecionar umas poesias.

Nikolai balançou a cabeça.

— Por todos os santos, você é insensível. Ela quase foi queimada viva.

— Eu sei. Mas também tenho razão. O Darkling sabia como usar as pessoas ao redor dele.

— E nós devemos nos comportar como ele?

A risada de Zoya soou amarga aos seus ouvidos.

— Um rei com um demônio dentro dele. Um monge com o Darkling dentro dele. Uma general com um dragão dentro dela. Somos todos monstros agora, Nikolai. — Ela deixou a taça de lado; era hora de se despedir. Virou-se para a porta.

— Zoya — disse Nikolai. — A guerra pode tornar difícil para nós lembrarmos quem somos. Não vamos esquecer as nossas partes humanas.

Será que ela queria esquecer? Que dádiva isso seria. Nunca sentir como os humanos sentiam, nunca lamentar as perdas. Assim não seria tão difícil sair daquela sala. Fechar a porta para o que poderia ter sido.

Dizer adeus.

Cedo na manhã seguinte, Zoya sentou-se com Tamar para planejar quais Soldados do Sol viajariam com ela e encontrar o local certo para aquela reunião imprudente. Elas consideraram uma base militar desativada e um vinhedo atingido pelo flagelo. Mas a base ficava ao lado de uma cidade, e Zoya não gostava da ideia de pôr o Darkling perto de qualquer coisa parecida com a Dobra. Poderia ser um medo irracional, mas ela não queria arriscar que aquelas areias mortas de alguma forma despertassem os poderes dele. Por fim, elas se decidiram por um sanatório abandonado entre Kribirsk e Balakirev. Ficava a apenas um dia de viagem de Keramzin – presumindo que Alina estivesse disposta a ajudá-los.

Enquanto Zoya enrolava o mapa, Tamar pôs a mão em seu ombro.

— É a coisa certa a fazer.

— Parece um erro.

— Ele pode ser derrotado, Zoya.

Se era verdade, Zoya ainda não vira provas disso. Nem a morte tinha derrotado o Darkling.

— Talvez.

— Temos que fazer uma jogada. Ontem à noite fiquei sabendo que o flagelo atingiu perto de Shura. Cobriu vinte e cinco quilômetros quadrados.

— *Vinte e cinco?* — Então estava piorando.

— Estamos ficando sem tempo — alertou Tamar.

Zoya esfregou o rosto. Exatamente quantas guerras eles teriam que lutar ao mesmo tempo?

— Você não vai estar aqui para o casamento — apontou Tamar, os lábios curvados em um meio sorriso triste. — Tudo vai estar diferente quando voltar.

Zoya não queria pensar nisso.

— Prometa-me que vai tomar cuidado — ela exigiu, com urgência. — Não há como prever o que Makhi pode fazer. Nem a princesa Ehri, aliás.

— É uma aposta — admitiu Tamar, mas sorriu e correu os dedões sobre o cabo dos machados. — Mas estou pronta para uma boa briga.

— Espero que não chegue a esse ponto.

Tamar deu de ombros.

— Posso manter a esperança no coração e uma lâmina nas mãos.

Zoya queria dizer outras coisas, mas no fim tudo se resumia à mesma recomendação impossível: *Fiquem a salvo.*

Ela enviou batedores para patrulhar a área ao redor do sanatório e certificar-se de que teriam uma área livre para a aeronave pousar. Os outros preparativos teriam que esperar. Ela precisava falar com Genya e David.

Encontrou-os nas oficinas dos Materialki. Quando o Triunvirato reconstruíra o Pequeno Palácio após o ataque do Darkling, haviam expandido aquelas câmaras para refletir o importante papel dos Fabricadores no esforço de guerra. David tinha sua própria oficina e três assistentes que o ajudavam a interpretar e executar seus planos. Dividia seu tempo entre aquele lugar e o laboratório secreto na propriedade de Kirigin, e Genya frequentemente compartilhava o espaço, esculpindo espiões, ajudando pessoas a remover cicatrizes e preparando venenos e tônicos quando necessário.

Agora Zoya a encontrou encolhida num divã ao lado da mesa de David.

A luz da lâmpada dele criava um círculo ao redor dos dois. Ela tirara as botas e amarrara o cabelo castanho lustroso em um nó. Segurava metade de uma maçã em uma das mãos e um livro no colo, e o sol gravado em seu tapa-olho reluzia. Parecia uma bela pirata audaciosa que tinha saído das páginas de um livro de histórias, um ponto de caos cintilante no mundo cuidadosamente ordenado de David.

— O que está lendo? — perguntou Zoya, sentando-se ao lado dos pés calçados com meias de Genya.

— É um livro kerch sobre a detecção de venenos. Eu tive que encomendar uma tradução para o ravkano.

— É útil?

— Veremos. Os estudos de caso são maravilhosamente sanguinolentos. O resto são só sermões moralizantes sobre a perfídia das mulheres e os perigos da idade moderna, mas está me dando algumas ideias.

— Para venenos?

— E medicamentos. São a mesma coisa. A única diferença é a dose. — Genya franziu o cenho. — Tem algo errado, não tem?

— O Darkling quer ver Alina.

Genya baixou a maçã.

— E vamos atender às exigências dele agora?

— Ele diz que sabe como impedir a Dobra de se expandir mais.

— E nós acreditamos nele?

— Não sei. Ele diz que precisamos reencenar o *obisbaya*.

O olhar de preocupação de Genya fazia todo sentido para Zoya.

— O ritual que quase matou Nikolai.

— Esse mesmo. Mas, para fazer isso, precisamos reerguer o antigo bosque de espinheiros. Pelo menos é o que ele diz. O que acha, David?

— Hmm?

Genya fechou o livro bruscamente.

— Zoya gostaria de saber se nosso maior inimigo deveria ganhar uma chance para tentar matar o rei novamente, a fim de talvez devolver a estabilidade à Dobra. Vai funcionar?

David baixou sua caneta, depois a pegou de novo. Seus dedos estavam manchados de tinta.

— Possivelmente. — Ele pensou por um momento. — A Dobra foi criada por meio de experimentos fracassados com ressurreição, tentativas de trazer animais de volta dos mortos como Morozova fez e transformá-los em amplificadores. Ele conseguiu, com o cervo e o açoite do mar.

E com a própria filha. Alina contara a história para eles, a verdade por trás da antiga lenda. Ilya Morozova, o Artesão de Ossos, pretendia que o terceiro amplificador fosse o pássaro de fogo. Em vez disso, tinha sido sua filha, uma garota que ele trouxera de volta dos mortos e imbuíra com seu poder. Aquele poder havia sido passado por intermédio dos descendentes dela até um rastreador – o rastreador de Alina, Malyen Oretsev –, que por sua vez tinha morrido e sido ressuscitado nas areias da Dobra.

— Lembram-se de Yuri? — ela perguntou. — O Darkling quer usar o ritual para expurgar o que quer que permaneça do monge no seu corpo e absorver o demônio do rei. Ele acha que isso vai lhe permitir recuperar o seu poder. — Um tipo de truque de ilusionismo de sombras. Zoya odiava até mesmo pensar nisso.

Genya cerrou os punhos, amassando o tecido do *kefta*.

— E vamos deixá-lo fazer isso?

Zoya hesitou. Queria estender a mão até Genya, jogar um braço reconfortante ao redor dela. Em vez disso, ela disse:

— Você sabe que eu nunca deixaria isso acontecer. Nikolai acredita que consegue impedi-lo.

— É um risco grande demais. E isso vai mesmo impedir a Dobra de se expandir?

David estava encarando o nada, tamborilando os dedos nos lábios. Sua boca estava manchada de tinta azul.

— Seria uma espécie de retorno à ordem das coisas, *mas…*

— Mas? — pressionou Genya.

— É difícil saber. Estive lendo a pesquisa que Tolya e Yuri fizeram. A maior parte é religião, contos fantasiosos sobre santos e muito pouca ciência. Mas há um padrão lá, algo que não consegui ainda decifrar.

— Que tipo de padrão? — indagou Zoya.

— A Pequena Ciência sempre se dedicou a manter o poder sob controle e proteger o elo dos Grishas com a criação no coração do mundo. A Dobra foi uma violação disso, um rasgo no tecido do universo. Essa ruptura ainda não foi sanada, e não sei se o *obisbaya* será suficiente. Mas aquelas velhas histórias sobre os santos e as origens do poder Grisha estão todas entrelaçadas.

Zoya cruzou os braços.

— Então o que estou ouvindo da melhor cabeça do Segundo Exército é: "Acho que vale a tentativa"?

David considerou.

— Isso.

Zoya não sabia por que se dava o trabalho de buscar quaisquer certezas àquela altura.

— Se o que o Darkling diz é verdade, precisaremos de um Fabricador poderoso para nos ajudar a erguer o bosque de espinheiros quando tivermos as sementes.

— Eu posso tentar — ele declarou —, mas não é meu maior talento. Deveríamos considerar Leoni Hilli.

Zoya sabia que David não usava falsa modéstia. Se ele dizia que Leoni era a melhor escolha, estava sendo sincero. Era estranho perceber que, fora o rei, ela não confiava em ninguém no mundo tanto quanto nas pessoas naquela sala. Tinha sido Alina quem os juntara à força, escolhendo cada um deles para representar suas Ordens Grishas – Materialki, Etherealki e Corporalki. Ela os encarregara de reconstruir o Segundo Exército, reformar os destroços que o Darkling deixara em seu encalço e forjar algo forte e duradouro com o que restara. E de alguma forma, juntos, eles tinham conseguido.

Na época, ela havia amaldiçoado o nome de Alina. Não queria trabalhar com Genya ou David. Mas sua ambição – e sua certeza de que era a melhor pessoa para o serviço – não lhe permitira recusar a oportunidade. Ela acreditava que merecia a posição e que, com o tempo, faria Genya e David se curvarem à sua vontade ou os forçaria a renunciar à sua influência. Em vez disso, passara a valorizar as opiniões deles e a confiar em seu julgamento. Vez após vez, sentia-se grata por não estar sozinha naquilo.

— Para quem está fazendo essa careta, Zoya? — perguntou Genya, um sorrisinho curvando sua boca.

— Estava? — Era para si mesma, provavelmente. Era constrangedor perceber como ela tinha estado errada.

Genya tirou um lenço do bolso, inclinou-se contra as costas do divã e limpou os lábios de David.

— Amor, tem tinta no seu rosto.

— Isso importa?

— A resposta certa é: "Minha bela esposa, não quer tirá-la com um beijo?".

— Espontaneidade. — David assentiu, pensativo, e tirou um caderno para anotar essa última instrução. — Estarei pronto da próxima vez.

— Tecnicamente, já passou um tempo. Vamos tentar de novo.

Como eles se sentiam à vontade juntos. Como era fácil. Zoya ignorou uma pontada de inveja. Algumas pessoas nasciam para o amor, outras para a guerra. E as duas coisas não costumavam andar juntas.

— Vou mandar uma mensagem a Alina — disse Genya. — A notícia deve vir de mim. Mas... isso significa que você não vai estar aqui para o casamento?

— Sinto muito — disse Zoya, embora não fosse inteiramente verdade. Ela queria estar lá para apoiar Genya, mas tinha passado a vida esperando do lado de fora dos acontecimentos, sem saber onde pertencia. Ficava mais à vontade com uma missão a ser realizada, não em uma capela decorada com rosas e ecoando com declarações de amor.

— Eu a perdoo — respondeu Genya. — Mais ou menos. E as pessoas deveriam olhar para a noiva, não para a linda general Nazyalensky. Só cuide da nossa garota. Odeio pensar no Darkling perto de Alina de novo.

— Também não gosto.

— Eu esperava que não tivéssemos que contar a ela que ele voltou.

— Achou que poderíamos enterrá-lo e ela não teria que descobrir?

Genya bufou.

— Eu nunca enterraria aquele homem. Quem sabe o que poderia nascer do solo?

— Ele não tem que sobreviver a essa viagem — refletiu Zoya. — Acidentes acontecem.

— Você o mataria por si mesma ou por mim?

— Sinceramente, não sei mais.

Genya estremeceu de leve.

— Fico feliz que ele vá ser levado deste lugar, mesmo por um curto período. Odeio tê-lo aqui em casa.

Casa. Era isso que aquele lugar era? Era nisso que eles o tinham transformado?

— Ele deveria enfrentar um julgamento — considerou David.

Genya torceu o nariz.

— Ou talvez devesse ser queimado na fogueira como os fjerdanos fazem e ter suas cinzas jogadas no mar. Sou um monstro por falar assim?

— Não — disse Zoya. — Como o rei gosta de me lembrar, somos humanos. Vocês... Eu penso no passado e odeio saber como foi fácil me manipular.

— Ávida por amor e cheia de orgulho?

Zoya se remexeu.

— Era tão óbvio assim?

Genya tomou o braço de Zoya e encostou a cabeça no ombro dela. Zoya tentou não se encolher. Não era boa com aquele tipo de proximidade, mas alguma parte infantil nela ansiava por aquilo, lembrando como era fácil rir com sua tia, como ela ficara feliz quando Lada subira em seu colo exigindo uma história. Tinha fingido se ressentir, mas sentira que seu lugar era com elas.

— Nós *todos* éramos assim. Ele nos tirou de nossas famílias quando éramos tão novos.

— Disso eu não me arrependo — garantiu Zoya. — Odeio-o por muitas coisas, mas não por me ensinar a lutar.

Genya ergueu os olhos para ela.

— Só se lembre, Zoya, que ele não a ensinou a lutar por sua causa, mas para servi-lo. Ele só tinha punições para aqueles que ousavam falar contra ele.

Ele era o motivo das cicatrizes de Genya – de toda a dor que ela suportara.

Mas não, isso não era verdade. Zoya sempre soubera o que Genya fora obrigada a sofrer quando elas eram só garotas. Todos sabiam. Mas os outros Grishas não a tinham reconfortado nem cuidado dela. Tinham debochado, desdenhado e a excluído de suas refeições e seus círculos de amizade. Eles a deixaram imperdoavelmente sozinha. Zoya havia sido a pior entre eles. O Darkling não era o único que merecia penitência.

Mas eu posso mudar isso agora, jurou Zoya. *Posso me certificar de que ele nunca volte para cá.*

Ela se permitiu descansar o rosto contra o topo sedoso da cabeça de Genya e fez uma promessa para ambas: aonde quer que aquela aventura levasse, o Darkling não retornaria dela.

12
NIKOLAI

ZOYA NÃO QUISERA SE DESPEDIR. Alina fora contatada e – graças à sua generosidade ou a um gosto nocivo pelo martírio – tinha concordado com o encontro. Zoya havia organizado a missão com eficiência implacável e previsível e partira uma semana depois, antes do alvorecer, sem pompa nem palavras de despedida. Nikolai ficara amargo e grato ao mesmo tempo. Ela tinha razão. As fofocas sobre eles haviam se tornado um perigo, e eles já enfrentavam perigos suficientes. Zoya era sua general e ele era o rei dela – seria melhor se todos se lembrassem disso. E agora ele podia visitar o Pequeno Palácio sem ter que se preocupar em esbarrar em sua general e suportar sua língua mordaz.

Excelente, ele disse a si mesmo enquanto saía do Grande Palácio. *Então por que sinto como se minhas entranhas estivessem sendo lentamente roídas por um volcra?*

Ele atravessou o túnel feito de madeira que agora reconhecia como marmeleiro e ultrapassou o lago, onde pôde ver dois de seus voadores novos oscilando gentilmente na água, a luz da manhã refletindo em seus cascos. Eram máquinas extraordinárias, mas Ravka simplesmente não tinha o dinheiro para produzi-las em uma quantidade significativa. Ainda. Talvez uma infusão de ouro shu resolvesse o problema.

Os espiões de Tamar haviam trazido notícias do colapso público do príncipe fjerdano, o que não era um bom presságio para Ravka. As negociações diplomáticas haviam sido retomadas, mas Nikolai sabia que os fjerdanos estavam fazendo negociações paralelas com Ravka Oeste e tentando incentivá-la a se separar do resto do país. Jarl Brum vinha conduzindo as escolhas estratégicas de Fjerda fazia anos, e um príncipe Rasmus enfraquecido só o deixaria mais ousado.

A enfermaria ficava na ala Corporalki do Pequeno Palácio, atrás de portas de laca vermelha imponentes. Eram salas privadas para pacientes que precisavam de cuidados extensos e tranquilidade, e uma delas tinha sido reservada para a princesa Ehri Kir-Taban. O corredor era fortemente vigiado por Grishas e guardas do palácio.

Ehri jazia em uma cama estreita. Usava um vestido de seda verde bordado com flores amarelo-claras. Sua pele estava rosada, reluzente e retesada. O fogo havia queimado seu cabelo, e sua cabeça estava envolta em linho branco macio. Ela não tinha mais sobrancelhas nem cílios. Genya explicara que levaria vários dias para recuperar inteiramente a pele e o cabelo, mas eles tinham revertido a maior parte dos danos. Era um milagre ela ter sobrevivido – um milagre executado por Curandeiros Grishas, que haviam restaurado seu corpo e mantido sua dor sob controle enquanto o faziam.

Nikolai sentou-se ao lado da cama. Ehri não disse nada. Virou a cabeça para o lado, olhando para os jardins e não para ele. Uma única lágrima escorreu por sua face rosada. Nikolai pegou um lenço do bolso e a enxugou.

— Eu preferiria que você fosse embora — ela observou.

Isso era tudo que ela dissera toda vez que ele tinha reunido coragem para falar com ela desde que sua identidade verdadeira fora descoberta. Mas ele não podia mais postergar aquilo.

— Precisamos conversar — ele apontou. — Eu trouxe livros e cerejas de verão como suborno.

— Cerejas de verão. No auge do inverno.

— Nunca é inverno nas estufas Grishas.

Ela fechou os olhos.

— Estou grotesca.

— Está cor-de-rosa e sem cabelo. Como um bebê, e as pessoas amam bebês. — Na verdade, ela se parecia mais com o gato sem pelos que a tia Ludmilla tinha amado mais que aos próprios filhos, mas parecia rude falar algo assim a uma dama.

Ehri não queria ser conquistada.

— Você precisa transformar tudo em piada?

— Sim. Por mandato real e pela maldição da minha própria personalidade. Acho a vida insuportável sem risadas.

Ela voltou a estudar os jardins.

— Gosta da vista? — ele perguntou.

— Este palácio não é nada comparado à grandeza de Ahmrat Jen.

— Posso imaginar. Ravka nunca conseguiu se equiparar a Shu Han em termos de monumentos ou paisagens. Ouvi dizer que o arquiteto Toh Yul-Gham olhou uma vez para o Grande Palácio e o declarou uma afronta aos olhos de deus.

Os cantos dos lábios de Ehri se ergueram num sorrisinho mínimo.

— Você é um estudante de arquitetura?

— Não, só gosto de construir coisas. Dispositivos, engenhocas, máquinas voadoras.

— Armas de guerra.

— Essas foram por necessidade, não por vocação.

Ehri balançou a cabeça e outra lágrima escapou. Nikolai ofereceu-lhe o lenço.

— Fique com ele — ele disse. — Tem o brasão Lantsov bordado. Você pode assoar o nariz e se vingar dos seus captores.

Ehri o pressionou contra os olhos.

— Por quê? Por que a Tavgharad faria algo assim? Shenye vigiou meu berço enquanto eu dormia quando bebê. Tahyen me ensinou a escalar árvores. Eu não entendo.

— O que aconteceu naquela tarde, antes de chegarmos?

— Nada! Seus guardas trouxeram uma carta da minha irmã. Uma resposta ao convite de casamento que você insistiu em mandar. Ela pediu que eu informasse a Tavgharad do casamento e eu a levei para elas. Elas... elas disseram que a mensagem era um código. Que era hora de fugir.

— Mas havia outra ordem na carta da sua irmã.

— Eu mesma a li! — exclamou Ehri. — Não havia nenhuma ordem!

— O que mais poderia ter levado a Tavgharad a fazer algo assim?

Ehri virou a cabeça de novo.

Nikolai não esperava realmente que ela acreditasse nele. A princesa nunca estivera disposta a aceitar que não deveria sobreviver à sua viagem para Os Alta, que a irmã mais velha estivera planejando sua morte esse tempo todo. Mesmo depois do que tinha sofrido, talvez *por causa* do que tinha sofrido, ela não suportava a ideia. A dor física já era o bastante, mas uma traição da irmã era demais para aceitar.

O certo seria dar-lhe espaço, uma chance para se curar. Mas ele tinha desperdiçado o tempo necessário para ser um pretendente sensível – e agora precisava que outra pessoa argumentasse por ele.

— Um momento, por favor — ele disse, saindo no corredor.

Voltou empurrando uma cadeira de rodas.

— Mayu! — exclamou Ehri.

Nikolai as tinha deliberadamente mantido separadas nas semanas desde a tentativa de assassinato de Mayu Kir-Kaat. Até a noite anterior, não houvera conversinhas com Mayu nem tentativas de trazê-la para o lado dele. Ele achara impossível sentir compaixão pela jovem que matara Isaak. Sua própria culpa era arrebatadora. Comandar exércitos significava enviar homens para a morte. Ser um rei significava saber que haveria mais. Mas Isaak tinha morrido fingindo ser Nikolai, usando o rosto de Nikolai, protegendo a coroa de Nikolai.

— Disseram que você estava à beira da morte! — exclamou a princesa.

— Não — sussurrou Mayu. Ela tinha sido mantida sob vigilância e os Curandeiros Grishas não permitiam que retornasse à saúde total. Ela era simplesmente uma ameaça grande demais. Mayu Kir-Kaat tentara matar o rei, e as mulheres da Tavgharad eram algumas das soldadas mais bem treinadas do mundo.

— Ontem à noite eu mostrei a Mayu a carta que sua irmã enviou — contou Nikolai.

— Era só uma carta! Uma resposta a um convite!

Nikolai se reclinou na cadeira e gesticulou para que Mayu falasse.

— Eu reconheci o poema que ela citou.

— "Deixe-os ser como cervos livres da caçada" — disse Ehri. — Eu me lembro que um dos meus professores me ensinou.

— É da "Canção do cervo", de Ni Yul-Mahn — afirmou Mayu. — Lembra como termina?

— Não. Nunca gostei dos poetas modernos.

Um sorriso triste tocou os lábios de Mayu, e Nikolai se perguntou se ela estaria pensando em Isaak, que consumia poesia como outros homens bebiam vinho.

— Conta a história de uma caçada real — ela explicou. — Um rebanho de cervos é perseguido por bosques e campos por uma matilha incansável de cães de caça. Em vez de se deixarem ser massacrados pela matilha, os cervos se lançam de um penhasco.

Ehri franziu o cenho.

— A Tavgharad se matou… por causa de um poema?

— Por causa da ordem de uma rainha.

— E elas tentaram matar você também — lembrou Nikolai.

— Por quê? — perguntou Ehri. Ela abriu e fechou a boca, tentando encontrar algum argumento, alguma lógica. No fim, a mesma palavra escapou. — Por quê?

Nikolai suspirou. Ele podia dizer que a rainha Makhi era implacável, mas ela não era mais implacável do que tivera de ser.

— Porque, quando mandei aquele convite, eu a deixei sem escolha. A rainha Makhi não quer que nos casemos. Ela não quer uma aliança shu-ravkana. Pense nisto: se Mayu foi enviada para se passar por você, me assassinar e depois se matar, por que colocaram você em perigo? Por que não a deixaram confortavelmente descansando em casa enquanto Mayu Kir-Kaat fazia o trabalho sujo?

— Eu precisava estar aqui para ajudar Mayu, responder a perguntas, instruí-la sobre questões que só a realeza poderia entender. Quando estivesse… feito, eu retornaria para casa.

— Os ministros de sua irmã sabiam sobre a trama para me assassinar? — Como ele falava friamente sobre a própria morte. Estava realmente ficando bom nisso. *Seria o demônio?*, ele se perguntou. A proximidade constante com a escuridão do vazio? Ou ele só estava ficando inconsequente?

Ehri dobrou nervosamente os lençóis com a ponta dos dedos rosados.

— Eu… eu imagino que sim.

Ele olhou para Mayu, que deu de ombros e retrucou:

— Não cabia a mim perguntar.

— Minha irmã me pediu para manter segredo — relatou Ehri devagar, alisando as dobras que fizera. — Ela disse… ela disse que as pessoas não aprovariam a trama dela… a nossa trama.

Nikolai tinha que respeitar o fato de ela não tentar atribuir à irmã toda a culpa pela tentativa de assassinato.

— Imagino que não — ele concordou. — O povo ama você. Não iam querer vê-la em perigo. — Ele se inclinou para a frente e apertou as mãos. — Ela estava *contando* com o amor deles por você. Se você morresse com a Tavgharad no outro dia, eu não teria um modo de provar que elas tinham morrido pelas próprias mãos ou que você fora uma vítima delas. Quando a notícia de sua morte se espalhasse, o povo shu teria se rebelado e exigido uma resposta, e a rainha Makhi teria o que desejava: uma desculpa para declarar a guerra.

— A rainha não sabe que estou viva, não é? — perguntou Mayu, de repente se dando conta disso.

— Não, não sabe.

Mayu olhou para Ehri.

— Nós éramos as últimas testemunhas. Somente nós sabíamos da trama que ela armou contra o rei. Fomos ambas peões dela.

Nikolai se ergueu e começou a puxar a cadeira de Mayu de volta para o corredor. Mas, antes que chegassem à porta, Ehri disse:

— Mayu Kir-Kaat. — Ela se sentou na cama, uma silhueta contra o vidro, com as costas eretas e a postura de uma princesa. — Sinto muito pelo que minha irmã exigiu de você... e pelo que eu pedi a você.

Mayu ergueu os olhos em choque. Por um momento, elas se encararam – princesa e plebeia. Mayu assentiu com a cabeça. Nikolai não sabia se era um agradecimento ou só um reconhecimento de que ouvira.

— Por que nos deixou conversar? — perguntou Mayu enquanto ele a empurrava pelo corredor ladeado por guardas.

— Gosto de manter todos os meus assassinos em potencial no mesmo cômodo. — Não era uma boa resposta. Ele sabia que estava assumindo um risco ao permitir que aquelas mulheres conversassem e encontrassem pontos em comum. Ambas fizeram parte do plano para assassiná-lo. Ambas eram responsáveis pela morte de Isaak. Ambas mantinham elos de tradição e sangue com o trono shu. Mas a voz de Mayu significava mais que a de Nikolai jamais poderia. Ele decidiu optar pela verdade. — Não sei bem por quê, meu instinto me disse que era a coisa certa. Suponho que eu esteja esperando que você ajude a manter minha coroa e a evitar que nossos países entrem em guerra.

Eles entraram no quarto de Mayu. Não tinha janelas, nem vista para os jardins. Era mais como uma cela.

— Se a rainha Makhi quer guerra, então é isso que a Tavgharad quer.

— Você ainda tem tanta certeza de que é da Tavgharad? — ele perguntou.

A flecha atingiu seu alvo. Mayu olhou para o colo e comentou:

— Você não é nada como Isaak. Se alguma de nós o tivesse visto uma vez, mesmo de relance, nunca teríamos sido enganadas por um sósia.

— E, se fosse eu que a tivesse conhecido, sua trama teria acabado antes de começar. Eu nunca teria sido enganado por uma guarda-costas em vestidos caros.

— Tem tanta certeza?

— Sim — ele disse simplesmente. — Mas Isaak foi treinado para ser um soldado, não um rei.

Quando Mayu ergueu o rosto, seus olhos dourados estavam cheios de raiva.

— Você é um tolo vaidoso e superficial. Tudo que Isaak não era.

Nikolai sustentou o olhar dela.

— Eu diria que somos ambos tolos.

— Ele era um homem melhor do que você jamais será.

— Sobre isso, estamos de acordo. — Nikolai sentou-se na beirada da cama dela. — Você se apaixonou por ele.

Mayu desviou o olhar. Ela era uma soldada. Não iria chorar, mas sua voz saiu rouca.

— Eu achei que amava um rei. Achei que não havia esperança.

— Uma dessas coisas era verdade. — Será que ajudava saber como ela lamentava a perda de Isaak? Como ambos lamentavam o sacrifício que ele fizera? Mesmo que fosse o caso, ele não podia poupá-la agora. — Mayu, meus espiões descobriram o paradeiro do seu irmão.

Mayu escondeu o rosto nas mãos. Nikolai lembrou-se do que Tolya e Tamar tinham contado a ele sobre os *kebben* e o vínculo entre gêmeos. Ele entendia o que essa informação significaria para ela.

— Ele está vivo — disse Nikolai.

— Eu sei. Eu saberia se estivesse morto. Eu sentiria. Ele está ferido?

— Ele é parte do programa *khergud*.

— A rainha Makhi jurou que o libertaria. — Mayu soltou uma risada amarga. — Mas por que ela manteria sua palavra? Eu fracassei. O rei está vivo.

— Obrigado por isso. — Nikolai a observou com cuidado. — Você está pensando em tirar a própria vida.

A expressão dela revelou a verdade da suposição.

— Eu sou uma prisioneira em um país estrangeiro. Seus Grishas mantêm meu corpo fraco. Meu irmão está sendo torturado até perder a alma e eu não posso fazer nada para impedi-los. — Ela ergueu os olhos para o teto. — E eu assassinei um homem inocente, um homem bom, a troco de nada. Não sou Tavgharad. Não sou uma princesa. Não sou ninguém.

— Você é a irmã de Reyem Yul-Kaat, e ele ainda vive.

— Mas como o quê? Os *kherguds*... Com as coisas que ele suportam, perdem sua humanidade.

Nikolai pensou no demônio espreitando dentro dele, em seu poder.

— Talvez a dádiva de ser humano esteja no fato de não desistirmos. Mesmo quando não há mais esperança.

— Então talvez seja eu que não sou mais humana. — Era uma ideia sombria, mas o olhar dela ficou curioso quando perguntou: — Vai forçar a princesa Ehri a casar-se com você?

— Não acho que terei que a forçar.

Mayu balançou a cabeça, sem acreditar. E talvez em luto pelo rapaz humilde que conheceu usando as roupas de um rei.

— É tão charmoso assim?

— Eu tenho o dom da persuasão. Uma vez convenci uma árvore a ceder suas folhas.

— Quanta bobagem.

— Bem, era outono. Não posso aceitar todo o crédito.

— Mais bobagens. Você acha que consegue convencer Ehri e eu a ficarmos contra a rainha Makhi.

— Acho que a rainha já fez isso por mim. Ela quase tirou a vida de vocês duas.

— Diga-me que teria poupado a minha vida, ou mesmo a de Isaak, se o futuro da sua nação estivesse em risco.

Não havia espaço para mentiras agora.

— Não posso.

— Diga-me que não sacrificaria minha vida e a da princesa Ehri para salvar sua coroa.

Nikolai se levantou.

— Também não posso. Mas, antes que eu comece a executar pessoas e nós todos passemos alegremente para o próximo mundo, eu pediria que você ficasse viva e tentasse nutrir um pouco de esperança.

— Esperança de quê?

— De que nunca há apenas uma resposta para uma pergunta. Você está viva hoje, Mayu Kir-Kaat, e eu preferiria que continuasse assim. E Isaak, aquele mártir corajoso e apaixonado, também iria querer isso.

Ela fechou os olhos.

— Mesmo depois que cravei uma faca no coração dele?

— Acho que sim. O amor não é conhecido por tornar os homens sensatos. Acho que essa é uma das poucas coisas que Isaak e eu tínhamos em comum: uma inabilidade de parar de amar quem não deveríamos. Me dê uma chance de mostrar a você o que o futuro pode reservar.

Ele tinha dito quase as mesmas palavras a Zoya. *Me dê uma chance. Me dê tempo.* Todo dia rezava para encontrar um modo de proteger seu país da destruição, de tornar a paz uma possibilidade. Mas não podia fazer isso sozinho.

Ele foi até a porta.

— Vou dizer a meus Curandeiros para restaurar sua saúde.

— V… vai mesmo? — Ela não acreditava.

— Amiga ou inimiga, Ravka vai querer você em seu melhor estado, Mayu Kir-Kaat. Eu nunca fui de fugir de um desafio.

Nikolai tinha planejado ir a Lazlayon a cavalo para se encontrar com David e os outros Fabricadores, mas precisava limpar a mente, e o céu era o melhor lugar para fazer isso. Em vez de voltar ao Grande Palácio, ele seguiu até o lago. Soltou as amarras que atavam seu voador favorito ao cais e entrou na cabine do *Gavião,* onde engatou as hélices. Vestiu os óculos de proteção e em momentos o voador estava quicando sobre a água do lago como uma pedrinha, depois se ergueu no ar.

O demônio gostava de voar. Nikolai conseguia senti-lo voltando-se para o vento, ansiando por estar livre para disparar entre as nuvens. Ele subiu mais alto que os muros de Os Alta e foi para o nordeste, velejando sobre quilômetros de terra arável. Lá em cima, o mundo parecia vasto e ele se sentia menos um rei e mais o corsário que já fora. *Precisamos de um rei, não de um aventureiro.* Uma pena.

Ele tivera de ser um rei para falar com Ehri e Mayu. Tivera que parecer confiante e seguro de si, e apenas humano o suficiente. Mas estar junto com elas, falando sobre Isaak, isso tudo o havia abalado. Fora Nikolai quem trouxera Isaak ao palácio e o tornara um de seus guardas. Eles tinham a mesma idade, mas quanto do mundo Isaak tivera a chance de ver? Ele nunca estaria em casa com as irmãs ou a mãe de novo. Nunca traduziria outro poema ou veria outro dia nascer. Nikolai sabia que a culpa só anuviaria seu juízo, atrapalhando-o e impedindo-o de fazer as escolhas difíceis que ele precisaria fazer nos dias por vir. Não era útil, mas ele não podia se livrar dela como um mau humor. Isaak tinha confiado nele e essa confiança o levara à morte.

Rápido demais, ele viu os tetos reluzentes do Pântano Dourado, a propriedade e os jardins de lazer do conde Kirigin, a base secreta de desenvolvimento de armas de Ravka. Desligou os motores e deixou o *Gavião* deslizar gentilmente entre as nuvens, o ronco da nave substituído pelas correntes de ar, o silêncio pesado do céu. Pensou ter ouvido um assovio de algum lugar abaixo. Sua mente entendeu o que era um mero segundo após ser tarde demais.

Boom.

Alguma coisa atingiu a asa direita do *Gavião*. Ela pegou fogo imediatamente e fumaça foi expelida da pequena embarcação.

Por todos os santos. Estavam atirando nele.

Não, não era bem isso. David e sua equipe achavam que ele chegaria a cavalo e estavam no meio de um teste de armamentos. Nikolai tinha essencialmente levado seu voador de encontro a um míssil. Realmente era um tolo. *Que bom que pude ver os mísseis funcionando antes de morrer em chamas.*

Acionou o motor novamente, tentando endireitar a pequena embarcação, mas já estava começando a rodopiar e a disparar em direção ao chão a uma velocidade assustadora.

O demônio arranhava sua mente, debatendo-se com selvageria dentro dele, berrando por liberdade.

Mas Nikolai não cederia o controle. *Se é o fim, então você morre comigo.* Talvez fosse assim que ele liberaria seu país da Dobra. Zoya ficaria livre para matar o Darkling, no fim das contas.

Pense.

Nikolai tinha perdido a noção de que lado ficava o chão. O barulho do motor chacoalhava seu crânio. Os controles em suas mãos eram inúteis. *É isso*, ele pensou, desesperadamente tentando puxar a alavanca de aceleração.

O demônio guinchou, mas Nikolai não o libertaria. *Vou morrer como um rei.*

Ele foi puxado para as costas do assento. Seu estômago revirou. Foi como se uma enorme mão tivesse agarrado e endireitado o voador.

Um momento depois, a embarcação foi gentilmente colocada nas águas cobertas de névoa do Pântano Dourado. Nikolai ouviu gritos, e no momento seguinte estava sendo puxado da cabine.

— Estou bem — ele garantiu, embora tivesse batido a cabeça contra o assento em algum momento. Tocou a parte de trás da cabeça. Estava sangrando e havia uma boa chance de que fosse vomitar. — Estou bem.

— David — bradou Genya. — Você quase matou o rei.

— Ele não devia estar aqui!

— Foi culpa minha — protestou Nikolai. Ele deu um passo atordoado no cais, depois outro, tentando recuperar o equilíbrio. — Estou bem — repetiu. Nadia e Adrik deviam ter conjurado vento para amortecer sua queda. David, Genya e Leoni o estavam encarando, junto com um grupo de engenheiros do Primeiro Exército. Era um teste de armas, como ele pensara. Só queria ter chegado antes a essa conclusão. — Foi um bom treino — ele disse, tentando ignorar o latejar no crânio. — Para o caso de me derrubarem do ar um dia.

— Se derrubarem você do ar, não haverá Aeros para salvá-lo — apontou Adrik. — Por que não se ejetou?

— Ele não estava usando paraquedas — retrucou Genya, com um olhar furioso.

— Não achei que precisaria de um — protestou Nikolai. — Isso não devia virar uma batalha aérea. Mais importante: isso significa que os mísseis funcionam?

— De jeito nenhum — garantiu David.

— Mais ou menos — disse Leoni.

— Mostrem-me — exigiu Nikolai.

Genya plantou as mãos nos quadris.

— Você vai se sentar e eu vou ver se não tem uma concussão. Depois vai beber uma xícara de chá. E depois, se eu estiver num humor generoso, deixo você conversar com David sobre coisas que explodem.

— Você sabe que eu sou o rei, certo?

— *Você* sabe disso?

Nikolai olhou para David em busca de apoio, mas ele só deu de ombros.

— Não discuto com a minha esposa quando ela tem razão.

— Ah, tudo bem — rendeu-se Nikolai. — Mas quero um biscoito com meu chá.

Eles desceram aos laboratórios no elevador de bronze sacolejante. Os cômodos escuros e os corredores estreitos não criavam a melhor atmosfera para se recuperar, mas garantiam privacidade. Nikolai ficou grato por alguns momentos para organizar seus pensamentos. Já havia sido atacado muitas vezes, levara mais de um tiro, transformara-se numa criatura das sombras e fora apunhalado com um abridor de cartas por uma jovem geralmente adorável que ficara ofendida com sua tentativa de compor um soneto amoroso. Mas, sério, quantas coisas rimavam com "trêmulos ninhos"? Ele também tinha quase certeza de que seu irmão mais velho tentara assassiná-lo quando tinha doze anos. Mesmo assim, nunca chegara tão perto de morrer. O demônio ainda se contorcia dentro dele. Também sentira a proximidade da morte e estivera aprisionado e impotente enquanto eles mergulhavam em direção a terra.

O que teria acontecido se Nikolai tivesse deixado o demônio se libertar? Isso o teria ajudado? Ele o teria controlado? Era uma aposta arriscada demais.

Eles se acomodaram a uma mesa em uma das salas de projetos enquanto Genya cuidava da cabeça de Nikolai e David preparava o chá.

— Por que meu principal cientista está dedicando toda a sua atenção a uma chaleira? — perguntou Nikolai.

— Porque ele não gosta de como mais ninguém prepara o chá — explicou Adrik, pegando uma lata de biscoitos de chocolate de uma gaveta e a depositando na mesa.

— Eu deixei instruções — defendeu-se David, afastando o cabelo castanho desgrenhado dos olhos. Parecia ainda mais pálido sob a luz do laboratório. Por mais que Nikolai apreciasse a ética de trabalho do Fabricador, ele precisava de umas férias.

— Meu amor — disse Genya, com gentileza. — Ninguém segue dezessete passos para fazer chá.

— Segue, se você fizer direito.

— Falem sobre meus mísseis — pediu Nikolai.

Nadia dispôs uma bandeja com xícaras e pires desparelhados. A maioria estava lascada, embora o padrão de beija-flores dourados fosse refinado. Nikolai suspeitava que fossem restos da coleção do conde Kirigin, vítimas de seus convidados tumultuosos.

David e Nadia olharam para Genya, que assentiu graciosamente.

— Prossigam.

— Bem — disse David —, um míssil pode ser muito simples.

— Como uma xícara de chá? — perguntou Leoni, inocentemente.

— Um pouco — respondeu David, sem notar a centelha nos olhos dela. — Qualquer criança consegue construir um com um pouco de açúcar e nitrato de potássio.

Genya deu um olhar desconfiado a Nikolai.

— Por que eu imagino que você fez exatamente isso?

— Claro que fiz. Se você pode fazer algo, deve tentar. Sabe a claraboia no salão de baile oeste?

— Sim.

— Nem sempre esteve lá.

— Você abriu um buraco no teto?

— Um buraquinho.

— Aqueles afrescos têm centenas de anos! — ela exclamou.

— Às vezes é preciso romper com a tradição. Literalmente. Agora, alguém pode por favor distrair Genya?

Nadia se endireitou na cadeira.

— Um míssil apresenta três desafios. Lançá-lo sem que exploda. Armá-lo sem que exploda. E mirá-lo sem que exploda.

Nikolai assentiu.

— Estou identificando um tema.

— Conseguimos dois dos três, mas nunca os três ao mesmo tempo — informou Leoni, seu sorriso radiante contra a pele marrom. De alguma forma, ela conseguia falar como se fossem boas notícias.

Se eles conseguissem dominar a tecnologia dos mísseis, Nikolai sabia que isso mudaria tudo. Ravka e Fjerda eram páreo uma para a outra no ar, mas Fjerda tinha uma vantagem em terra que podia ser decisiva. Os mísseis permitiriam que Nikolai mantivesse as tropas de Ravka bem longe da linha de frente, e eles teriam uma resposta de verdade ao poderio dos tanques de Fjerda. Seria um jogo de alcance.

— Qual é o tamanho máximo desses mísseis? — perguntou Nikolai.

— Grandes o bastante para arrasar uma fábrica inteira — respondeu David. — Ou meia quadra de uma cidade.

A sala ficou subitamente muito quieta, a realidade do que estavam discutindo acomodando-se ao redor deles e tornando o ar espesso com as consequências do que decidiriam ali. *Me dê uma chance para mostrar o que pode acontecer,* Nikolai dissera a Zoya. Ele estava falando de paz. Estava falando de concessões. Não disso.

— A qual distância? — perguntou.

— Não sei, para ser sincero — disse David. — O problema é o peso. O aço é pesado demais. O alumínio talvez seja também. Eles servem para testes, mas, se estamos falando sério sobre usar esses mísseis, precisamos de um metal mais leve.

— Como o quê?

— Titânio é mais leve, porém mais durável — apontou Leoni. — E não degrada.

— Também é mais raro — apontou Nadia, enfiando uma mecha solta do cabelo loiro de volta no lugar. — Não temos um grande estoque.

— Estamos *mesmo* cogitando isso? — perguntou Genya suavemente.

— Vou dar a você os mísseis em que estivemos trabalhando — disse David. — Mas, mesmo se conseguirmos obter mais titânio, não vou construir uma versão maior.

— Posso perguntar por quê? — quis saber Nikolai, mas já tinha um bom palpite.

— Não vou construir um destruidor de cidades.

— E se for a ameaça de que precisamos?

— Se construirmos algo assim — conjecturou David —, a coisa não vai parar em nós. Nunca para.

David era um dos Fabricadores e pensadores mais talentosos de seu tempo, talvez de qualquer tempo, mas seus talentos sempre foram dedicados à guerra. Essa era a natureza de ser ravkano. Era assim havia centenas de anos.

E ele tinha razão. Pouco tempo antes, todos lutavam com sabres e mosquetes, depois o rifle de repetição fora inventado e tornara as espadas praticamente inúteis. O que estavam discutindo agora seria uma escalada assustadora, e, uma vez que Ravka dominasse a construção de mísseis dirigidos, Fjerda a seguiria.

— Temos que decidir que tipo de guerra queremos lutar — disse David.

— Não sei se é possível fazer essa escolha — respondeu Nikolai. — Não podemos ignorar o que vai acontecer se Fjerda dominar essa tecnologia primeiro. E, mesmo que não dominem, os fjerdanos estarão prontos da próxima vez que nos encontrarmos.

David ficou em silêncio por um longo momento.

— As coisas que o Darkling me pediu para fazer... eu as fiz sem hesitar, sem pensar. Ajudei a pôr o colar no pescoço de Alina. Criei o *lumiya* que permitiu a ele entrar na Dobra sem o poder dela. Sem a minha ajuda, ele nunca teria... Eu não serei responsável por isso também.

Nikolai se virou para Genya.

— E você concorda com isso?

— Não — disse Genya, tomando a mão de David. — Mas eu também fui uma arma do Darkling. Sei como é, e a escolha é de David.

— Não temos titânio suficiente para um destruidor de cidades — observou Leoni, ansiosa para tranquilizar os ânimos. — Talvez não importe.

— Importa — rebateu Adrik. — Não há por que lutar uma guerra se você não pretende vencê-la.

— Tem mais — disse Nikolai. — Há boatos de que o príncipe herdeiro de Fjerda pode não sobreviver ao inverno.

Genya sacudiu a cabeça.

— Não sabia que o estado dele era tão grave.

— Ninguém sabia. Suspeito que a família tenha se esforçado muito para manter segredo, algo com que eu certamente posso simpatizar. É possível que nossa aliança com os shu os faça hesitar... presumindo que tenhamos sucesso em forjá-la. Mas precisamos aceitar que o príncipe pode morrer e os Grimjer não terão escolha exceto entrar em guerra.

Leoni esfregou o dedão sobre a lasca no pires, usando seu poder para lentamente repará-la.

— Eu não entendo. Se Rasmus morrer, o pai ainda vai governar. O irmão mais novo vai se tornar herdeiro.

— Herdeiro de nada — replicou Adrik. — Os fjerdanos não pensam na família real como os shu pensam, ou mesmo os ravkanos. Eles seguem a vontade de Djel, e *força* é o modo como Djel demonstra seu favor. As dinastias fjerdanas que reinaram sempre conquistaram seu lugar pela força. Os Grimjer precisarão provar que ainda merecem o trono.

— Talvez eu devesse tomar a coroa *deles* — sugeriu Nikolai.

Adrik bufou.

— Você ao menos fala fjerdano?

— Falo. Tão mal que um homem chamado Knut uma vez me ofereceu um rubi de tamanho considerável para ficar quieto.

— Então agora os Grimjer têm um príncipe jovem, fraco e enfermo prestes a suceder um rei idoso? — perguntou Nadia.

— Exato — disse Nikolai. — A família real está vulnerável e eles sabem disso. Se optarem pela paz, arriscam parecer fracos. Se optarem pela guerra, estarão determinados a vencer a qualquer custo, e Jarl Brum estará lá para incentivá-los.

— Nós temos os zemeni — apontou Leoni, otimista como sempre.

— E os kerches não vão se aliar a Fjerda logo de cara — acrescentou Genya. — Não vão querer arriscar sua preciosa neutralidade.

— Mas talvez fiquem furiosos o bastante para ajudar Fjerda em segredo — ponderou Adrik.

— E o Apparat? — indagou Genya, virando a xícara no pires.

Nikolai balançou a cabeça.

— O homem trocou de lados tantas vezes que me pergunto se sabe a quem é leal.

— Ele sempre pende para o lado que acredita que vai vencer — disse David. — Foi o que fez na guerra civil.

— Isso explica por que está em Fjerda — comentou Adrik, com um tom sombrio.

— Infelizmente — admitiu Nikolai —, Adrik tem razão. Fjerda tem a vantagem, e, se marcharem, isso vai significar o fim de uma Ravka livre.

— Demidov tomaria o trono. Grishas seriam reunidos para enfrentar o julgamento. O povo dele ficaria sujeito a um rei fantoche comprometido em servir aos interesses de Ravka. E o país dele se tornaria um palco de guerra para o conflito inevitável entre Fjerda e Shu Han. — Meu desejo de ser amado entra em um sério conflito com a nossa necessidade de vencer essa guerra. Eu me tornei um contador, listando vidas a serem tomadas e vidas a serem poupadas.

— Estamos fazendo escolhas terríveis — considerou Genya.

— Mas precisamos fazê-las. Espero que a diplomacia ainda possa vencer essa luta. Espero poder oferecer a Fjerda uma paz que eles aceitem. Espero que nunca tenhamos que libertar os terrores que estamos tentando construir.

— E o que acontece quando acabar a esperança? — perguntou David.

— Terminaremos onde sempre terminamos — disse Nikolai. — Com a guerra.

13

NINA

Os guardas reais escoltaram Nina de volta aos aposentos de Brum. A cada passo, ela se perguntava se uma ordem ecoaria pelos corredores para que ela fosse presa em grilhões, jogada numa cela e depois queimada como bruxa, só para garantir. Seu corpo inteiro estava pegajoso com suor frio e seu coração martelava.

Mas não veio nenhum alarme. Quando Nina entendera o desejo da rainha Grimjer e o medo dela pelo filho, não tinha hesitado em tirar vantagem. Era cruel, mas, se ela pudesse guiar a fé da rainha em Djel, poderia abrir a porta para os santos, possivelmente até os Grishas. A vida de Nina e o futuro de seu país estavam em jogo, e ela usaria qualquer arma que conseguisse criar para vencer essa luta.

Todos os Brum a esperavam em sua grande sala de visitas, onde o fogo crepitava na lareira. Uma bandeja com uma ceia fria de carnes defumadas e vegetais em conserva tinha sido disposta, junto com água de cevada e uma garrafa de *brännvin*, mas parecia que ninguém havia feito mais do que beliscar a comida. Nina foi direto até Hanne e praticamente caiu nos braços dela.

Dessa vez ela não teve que fingir fraqueza nem preocupação. Tinha dado um salto enorme com a rainha, feito outra jogada imprudente. Mas talvez – talvez – o resultado valesse a pena.

— O que aconteceu? — perguntou Hanne. — O que ela disse?

— Muito pouco. — Nina tentou se recobrar enquanto Ylva a acomodava no sofá e lhe servia um copo de água. Estivera ocupada demais recuperando-se da audiência com a rainha Agathe para pensar numa mentira apropriada para contar. — Eu mal sei o que pensar.

Pelo menos isso era verdade.

— O que ela perguntou a você? — indagou Brum. Ele observava Nina com muita atenção, e tudo em sua postura indicava cautela. Tinha convidado uma mulher praticamente desconhecida a entrar em sua casa e naquele dia tanto sua filha como aquela estranha haviam colocado sua carreira política em risco.

— Ela está preocupada com o filho — explicou Nina. — Nunca fui abençoada com crianças, mas entendo. Ela vai mandar investigadores ao meu antigo vilarejo para confirmar que eu sou quem eu digo que sou.

Hanne inspirou fundo e seu rosto ficou pálido.

— E o que eles vão descobrir? — perguntou Brum.

— Jarl! — exclamou Ylva. — Como pode perguntar isso?

— É melhor sabermos agora para podermos nos proteger melhor.

Nina tomou a mão de Ylva.

— Por favor — ela disse, forçando admiração a entrar na voz. — Não briguem. É claro que seu marido quer proteger a família. É o dever e a honra dele fazê-lo. Não posso dizer quantas vezes já desejei que meu marido estivesse aqui para cuidar de mim. — Ela deixou a exaustão tomar sua voz, fazendo-a estremecer. — Comandante Brum, só posso garantir ao senhor que os homens da rainha não encontrarão motivos para duvidar de mim ou da minha triste história.

Brum pareceu abrandar um pouco.

— São tempos perigosos. Para todos nós.

— Mas talvez isso mude — sugeriu Ylva. — Por sua gentileza e piedade, Hanne e Mila ganharam a consideração genuína do príncipe Rasmus hoje. Ele deseja vê-las de novo. Essa preferência só pode ser uma coisa boa.

— Não tenho tanta certeza — murmurou Brum, servindo-se de uma pequena taça de *brännvin*. — O príncipe é caprichoso. Sua saúde o tornou imprevisível e cheio de segredos.

Hanne se irritou com isso.

— Ele sente dor, papai. Talvez por isso não esteja sempre bem-humorado.

— Talvez. — Brum sentou-se. Estava escolhendo as palavras com cuidado. — Ele não aprecia muito os meus conselhos. É possível que possa descontar em você.

— Se for o caso, não há nada que possamos fazer. — O tom de Hanne era prático. — Ele é o príncipe herdeiro. Se desejar me pendurar de ponta-cabeça, pode fazer isso. Se a mãe dele, a rainha, quiser mandar Mila sair na neve descalça, ela pode fazer isso também. Só que, por enquanto, tudo que ele fez foi nos ordenar que jantássemos com ele, e não vejo como poderíamos recusar.

Ylva estava sorrindo.

— Ela tem razão, sabe? Criamos uma filha muito sensata.

A expressão de Brum permaneceu inflexível.

— Só não baixe a guarda, Hanne. Você também não, Mila. A Corte de Gelo é um lugar cruel para corações fracos.

Niweh sesh, pensou Nina enquanto ela e Hanne diziam boa-noite.

Eu não tenho coração.

Dois dias depois, Hanne colocou um de seus novos vestidos de seda cor da espuma do mar e Nina vestiu um de lã rosa mais modesto. Elas estavam tão sobrecarregadas com convites desde o Desfile das Donzelas que não conseguiram fazer muito mais que tentar comparecer a todos os compromissos, mas agora Nina fechou um colar de topázio azul ao redor do pescoço de Hanne e disse:

— Seu pai tinha razão.

Hanne riu.

— Palavras que nunca esperei ouvir dos seus lábios.

— São tempos *perigosos.* Você estava curando o príncipe quando falamos com ele outro dia. Não pode continuar fazendo isso.

— Por que não? Se eu puder oferecer algum pequeno conforto, deveria tentar. — Ela hesitou. — Não podemos simplesmente abandoná-lo. Eu sei como é não estar à altura das idealizações dos fjerdanos. É uma dor que nunca vai embora. E ele tem milhares de pessoas encarando-o, julgando-o. E se pudermos ajudá-lo a se curar, ajudá-lo a se tornar um príncipe melhor e, um dia, um rei melhor?

Bem, isso seria interessante. Um tônico para a incitação à guerra de Brum, alguém que poderia guiar Fjerda na direção da paz. Todos os instintos de Nina diziam que valia o risco, que seria um complemento perfeito para sua aposta com a rainha Grimjer. Só que parecia diferente quando Hanne estava correndo risco também.

— Se ele descobrir o que você é…

Hanne apanhou seu xale.

— Como ele descobriria? Meu pai é o caçador de bruxas mais notório de Fjerda. Estudei no convento de Gäfvalle sob o olhar atento da Madre Superiora…

— Que ela descanse em tormento.

— Como Djel comanda — entoou Hanne, com afetação teatral. — Eu tratei do príncipe herdeiro diante da corte real inteira e ninguém descobriu o que sou. Além disso, não era o que você queria? Uma chance de se aproximar de pessoas que possam saber algo sobre Vadik Demidov?

— Não *tanto*. Um conde já seria bom. Talvez um duque. Não um *príncipe*.

Hanne deu um sorriso travesso.

— Por que se contentar com pouco?

Seus olhos brilhavam, suas faces estavam coradas. Fazia semanas que ela não parecia tão feliz.

Por todos os santos, é porque está ajudando alguém. Os Grishas sempre pareciam e se sentiam mais saudáveis quando usavam seu poder, mas aquilo era algo diferente.

— Você é boa demais, Hanne. Tem a chance de ajudar um principezinho mimado e se ilumina como se tivesse visto uma pilha de waffles de um metro.

— Na verdade, nunca vi um waffle.

Nina sentiu o coração apertar.

— Mais uma coisa pela qual esse país amaldiçoado tem que responder. — Ela parou, então ajeitou um pouquinho de renda verde-clara que tinha ficado presa no decote de Hanne. — Só… tome cuidado. E não se deixe levar.

— Não vou — prometeu Hanne, erguendo-se em uma nuvem de seda farfalhante. Ela olhou por cima do ombro. — De toda forma, esse é o *seu* trabalho.

Dessa vez elas foram conduzidas a uma sala de recepção maior e circular, cercada por colunas, com uma fonte no centro onde três silfos de pedra seguravam uma jarra no alto com os braços esguios. Algum tipo de festa ou evento estava ocorrendo, e as conversas murmuradas preenchiam o espaço ecoante.

— O que exatamente devemos fazer aqui? — sussurrou Hanne.

— Acho que encontrar algo para beber e tentar parecer que pertencemos a este lugar?

— Eu já mencionei que odeio festas?

Nina entrelaçou o braço no de Hanne.

— Eu já mencionei que as adoro?

Elas abriram caminho entre a aglomeração de pessoas até uma mesa coberta com taças de algo rosa e borbulhante. Poderia ser...

— A sua cara — disse Hanne, com uma risada. — É limonada, não champanhe.

Nina tentou esconder a decepção. Àquela altura, ela já devia saber. Se Fjerda pudesse, já teria transformado a diversão em um crime punível. De repente ela avistou uma faixa azul-clara e uma cabeça loiro-escura movendo-se pela multidão.

Ela não deixou seu olhar se demorar nele, mas aquele era definitivamente Vadik Demidov, cercado por um aglomerado de nobres – e seguido pelo Apparat.

— Vamos tentar chegar mais perto.

Antes que elas pudessem dar um passo na direção de Demidov, Joran tinha surgido na frente delas. Ele parecia um dente podre em seu uniforme preto, completamente deslocado em meio àquela confeitaria de seda e chifon pastel.

— O príncipe Rasmus requisita a sua presença.

— É claro — disse Hanne. Não havia outra resposta para um príncipe. Elas foram levadas a uma alcova quase escondida do salão por vasos de árvores prateados e cortinas espessas cor de creme. Era o lugar perfeito para espiar sem se preocupar em ser espiado.

O príncipe Rasmus estava sentado numa cadeira acolchoada que era um meio-termo entre trono e divã. Não estava reclinado confortavelmente como da última vez, e o esforço de permanecer ereto e esconder a fadiga claramente lhe custava. Parecia pálido, e Nina conseguia ver o subir e descer rápido de seu peito. Era disso que Brum tinha falado. A família real sabia que o príncipe precisava aparecer em público – especialmente depois do fiasco no Desfile das Donzelas –, mas tentava posicioná-lo longe da agitação para que ele não se exaurisse demais.

Nina e Hanne fizeram mesuras.

— Entrem — disse o príncipe, com um aceno desinteressado. Ele estava muito mais indisposto do que tinha parecido no outro dia.

Elas entraram e se sentaram em escabelos baixos.

— Vocês duas precisam trabalhar em suas mesuras — ele observou com desprazer.

Mas Hanne se limitou a sorrir.

— Receio que a minha não vá melhorar com o treino. Nunca fui conhecida pela elegância.

Isso não era verdade – Hanne era elegante quando corria ou cavalgava. A questão era que os artifícios da corte não combinavam com ela. Já Nina sabia executar uma mesura impecável, mas Mila Jandersdat, a viúva de um comerciante de peixe congelado, certamente não saberia.

Os olhos de Rasmus percorreram Nina.

— Sua senhora usa seda, mas veste a criada em lã. Isso indica uma disposição mesquinha e invejosa.

Ele realmente estava num humor terrível. Nina viu os dentes de Hanne se flexionarem de leve e lançou um olhar de alerta – elas não podiam exagerar, não tão cedo.

— A lã combina comigo — contrapôs Nina. — Eu não saberia o que fazer com seda ou cetim. — Uma mentira enorme. Ela não conseguia pensar em nada melhor do que rolar nua sobre lençóis de seda. Matthias teria ficado escandalizado. E o que Hanne pensaria? O pensamento surgiu em sua mente sem aviso, seguido por uma onda de culpa.

— Descobri que a maioria das mulheres aprende a amar os luxos rapidamente — disse o príncipe. — Não vejo joias no pescoço nem nas orelhas de Mila. Seu pai deveria remediar isso, Hanne. Ele não vai querer parecer avaro.

Hanne inclinou a cabeça e olhou para o príncipe sob os cílios.

— Eu deveria dizer a Vossa Alteza que vou transmitir o conselho, mas não tenho qualquer intenção de fazê-lo.

Rasmus bufou baixinho.

— Você é atrevida o bastante para admitir que negaria o desejo de um príncipe. — Os dedos de Hanne se remexeram de novo e o príncipe deu um suspiro profundo que poderia ter sido de alívio. — Ao mesmo tempo, não posso culpá-la. Seu pai pode ser aterrorizante. — Ele olhou para Joran, que estava parado em posição de atenção ao lado dele. — É claro, Joran não tem medo dele, tem? Responda, Joran.

— Não tenho nada exceto respeito pelo comandante Brum.

Era difícil acreditar que o guarda tinha dezesseis anos, especialmente ao lado do príncipe.

— Joran é sempre correto. Cuidar de mim é uma grande honra. Pelo menos é o que dizem. Mas eu sei a verdade. Foi algum tipo de punição. Joran desagradou ao comandante Brum e agora tem que servir de babá para um príncipe fracote.

— Vossa Alteza não é tão fraco — disse Hanne.

O príncipe respirou fundo outra vez. Ele tinha perdido um pouco da rigidez nos ombros e o brilho do suor sumira de sua testa.

— Alguns dias eu me sinto bem — disse ele. — Alguns dias não me sinto nem um pouco fraco. — Ele deu uma risadinha. — E hoje, na verdade, até estou com um pouco de apetite. Joran, peça que tragam comida para nós.

Mas os criados já tinham ouvido e se apressaram para obedecer.

— Vimos que Vadik Demidov está aqui — arriscou dizer Nina.

— Ah, sim — respondeu Rasmus. — O Pequeno Lantsov nunca perde uma festa.

— Ele realmente tem sangue real?

— Esse é o assunto principal em todo banquete daqui até o Elbjen. Por que está tão interessada?

Hanne riu com naturalidade.

— Mila é obcecada por Vadik Demidov.

— Doce Djel, por quê? Ele é um caipira entediante.

— Mas é uma história tão maravilhosa — disse Nina. — Um garoto de sangue real tirado da obscuridade.

— Suponho que tenha um toque de conto de fadas. Mas não é como se ele tivesse sido encontrado pastoreando cabras em algum lugar.

— *Onde* ele foi encontrado?

— Não sei, na verdade. Tremendo em alguma dacha no meio do nada que ele não podia se dar ao luxo de aquecer. Pelo menos acho que é essa a história que estão contando.

— Não tem curiosidade em saber? — insistiu Nina.

Os criados retornaram e puseram uma bandeja de enguia e arenque defumados diante deles.

— Por que deveria ter?

Nina sentiu sua irritação crescer.

— Ele vai ser um rei, não vai?

— Eu também, imaginando que continue vivo.

Um silêncio desconfortável caiu.

— Eu... eu estou um pouco mal-humorado hoje — explicou Rasmus. Não era uma desculpa, mas era o mais próximo disso que um futuro rei poderia chegar. — Meus pais sentiram que era essencial que eu aparecesse em público o quanto antes depois do que aconteceu no início do Cerne.

— Eles deviam deixá-lo descansar — ponderou Hanne.

— Não, eu estava me sentindo bem depois. Mas eventos como este... é difícil para mim estar numa sala cheia de pessoas que eu sei que gostariam de me ver morto.

— Alteza! — exclamou Hanne, horrorizada.

Nina olhou de soslaio para Joran, mas o guarda permaneceu impassível.

— Isso não pode ser verdade — ela disse.

— Eu sei o que as pessoas dizem sobre mim. Sei que desejam que eu não tivesse nascido e que meu irmão mais novo fosse o herdeiro.

A expressão de Hanne era feroz.

— Bem, então Vossa Alteza precisa ficar vivo para frustrá-las.

O príncipe pareceu surpreso, mas satisfeito.

— Você tem um espírito vivaz, Hanne Brum.

— É preciso ter para sobreviver.

— Isso é verdade — ele concordou, pensativo. — É bem verdade.

— Vossa Alteza já esteve em Ravka? — perguntou Nina, esperando guinar a conversa de volta a Demidov.

— Nunca — ele disse. — Admito que me intriga. Ouvi que as mulheres ravkanas são muito bonitas.

— Ah, elas são — confirmou Hanne.

— Já esteve lá?

— Uma vez, perto da fronteira.

O príncipe se remexeu um pouco no lugar, como se testasse o novo conforto que sentia.

— Se está tão interessada em Demidov, posso apresentá-la.

— Ah, é mesmo? — exclamou Nina, sem fôlego. — Seria tão emocionante!

As sobrancelhas do príncipe estremeceram, e Nina podia ver que ele pensava que Mila Jandersdat era uma garotinha frívola. Melhor assim. *Ninguém toma cuidado com uma lâmina sem corte.*

Ele deu uma ordem breve a um criado, e um momento depois Demidov percorria o salão em direção a elas, com o Apparat em seu encalço. É claro que ela teria essa sorte. Nina queria ficar o mais longe possível do sacerdote.

— Com toda a calma do mundo — resmungou o príncipe Rasmus. — Mas suponho que, se o seu pai estalasse os dedos, o Pequeno Lantsov viria correndo.

Nina ficou pensando nisso. Quantas das políticas de Fjerda eram ditadas por Brum e quanto o príncipe se ressentia disso? Ela e Hanne se ergueram para cumprimentar Demidov, que fez um breve aceno ao príncipe.

— Príncipe Rasmus, como posso ser útil?

O príncipe arqueou as sobrancelhas.

— Pode começar com uma mesura, Demidov. Você ainda não é rei.

As faces de Demidov coraram. Sua semelhança com o rei exilado de Ravka era impressionante.

— Minhas desculpas mais sinceras, Alteza. — Ele fez uma reverência quase comicamente baixa. — Não desejo ofender, só oferecer gratidão por tudo que sua família fez por mim e pelo meu país.

Nina sentiu uma vontade intensa de chutar os seus dentes, mas sorriu alegremente, como se não conseguisse imaginar um júbilo maior do que conhecer aquele farsante.

Rasmus apoiou a cabeça na mão, exausto como um aluno prestes a suportar uma aula de várias horas.

— Posso apresentá-lo a Hanne Brum, filha de Jarl Brum?

Hanne fez uma mesura.

— É uma honra.

— Ah. — Demidov curvou-se sobre a mão de Hanne, dando um beijo nos nós de seus dedos. — A honra é minha. Seu pai é um grande homem.

— Transmitirei suas palavras a ele.

— Espero que não seja rude, mas… devo perguntar sobre seu corte de cabelo extraordinário. É a nova moda?

Hanne tocou os fios curtos.

— Não. Eu raspei a cabeça para demonstrar minha lealdade a Djel.

— Hanne e sua companheira são muito devotas — disse o príncipe Rasmus.

— *Eu devia saber que tinha algo a ver com a religião bárbara deles* — murmurou o Apparat em ravkano.

— *Ela parece mais uma soldada do que as tropas de cabelo sedoso do pai dela* — respondeu Demidov, com o sorriso ainda fixo.

Nina estreitou os olhos. O ravkano dele era impecável, mas isso não necessariamente significava algo.

— Se me permite — arriscou Hanne —, posso apresentar minha companheira, Mila Jandersdat?

Demidov sorriu, mas não havia calor em seus olhos.

— Encantado.

Ele claramente achava que conversar com uma mera criada era indigno dele, mas estava tentando esconder. Nina aproveitou a chance, ignorando o olhar penetrante do Apparat.

— É um grande prazer conhecê-lo, Majestade! — ela exclamou efusivamente, concedendo-lhe o honorífico que o príncipe Rasmus não tinha dado. Um pouco de adulação nunca fazia mal. — O príncipe Rasmus nos contou que cresceu no interior. Deve ter sido tão agradável.

— Sempre preferi o campo à cidade — disse Demidov de um jeito pouco convincente. — O ar fresco e... coisas assim. Mas ficarei feliz de estar de volta a Os Alta.

— Era uma casa muito bonita? — perguntou Hanne.

— Uma daquelas dachas adoráveis no distrito dos lagos que vi ilustradas? — acrescentou Nina. — Elas têm vistas extraordinárias.

— É como vocês dizem. Há uma elegância rústica nelas que não se pode encontrar nos salões de grandes palácios.

Os olhos de Demidov deslizaram para a esquerda, depois para a direita. Ele lambeu os lábios. Estava mentindo, mas não quanto a crescer numa dacha. Exibia aquele tipo de vergonha particular a um nobre que crescera na pobreza – exatamente como teria acontecido com um parente Lantsov pobre. O coração de Nina afundou.

— Mas Vossa Alteza vai se acostumar aos luxos de Os Alta — garantiu o Apparat, num fjerdano com forte sotaque. — Assim como se tornará um rei justo e devoto.

— E obediente — murmurou o príncipe Rasmus. Nina viu um músculo se contrair na mandíbula de Demidov. — Há algum vinho por aqui, Joran? Ou talvez você goste daquele *kvas* imundo que os ravkanos tanto amam?

Demidov abriu a boca, mas o Apparat falou primeiro.

— Nosso rei segue o caminho dos santos. Ele não consome bebidas alcoólicas.

O príncipe Rasmus gesticulou ao criado que tinha rapidamente se aproximado para que o servisse.

— Sankt Emerens não é o padroeiro dos cervejeiros?

— Vossa Alteza está familiarizado com os santos? — perguntou o Apparat, com certa surpresa.

— Tive amplas oportunidades para ler. Sempre gostei daquele livro maravilhosamente sangrento, aquele com as ilustrações dos mártires. Melhor que histórias de bruxas e do povo do mar.

— Elas têm o propósito de educar, não entreter — disse o Apparat severamente.

— Além disso, surge um novo santo toda semana — continuou Rasmus, claramente gostando de provocar o sacerdote. — Sankta Zoya, Sankta Alina, o Sem Estrelas.

— Heresia — rosnou o Apparat. — Os seguidores do chamado Santo Sem Estrelas não são nada além de um culto de tolos dedicados a desestabilizar Ravka.

— Ouvi que os números deles crescem diariamente.

Demidov apoiou uma mão reconfortante na manga do sacerdote.

— Meu primeiro ato quando retornarmos a Ravka será erradicar os membros desse culto Sem Estrelas e impedir que sua heresia infecte nosso país.

— Então rezemos todos a Djel para que você volte logo à sua terra natal — propôs o príncipe Rasmus.

Uma ruga contraiu a testa de Demidov. Ele sabia que tinha sido insultado, só não sabia como.

O Apparat se virou para Demidov.

— Vamos caminhar, Majestade — ele disse, indignado.

Mas Demidov sabia que não podiam simplesmente dar as costas a um príncipe.

— Com a sua permissão?

O príncipe Rasmus os dispensou com um gesto e Demidov partiu com o sacerdote.

— Acho que eles não gostam de Vossa Alteza — comentou Hanne.

— Eu deveria ficar preocupado? — perguntou o príncipe, alegremente.

Nina achava que sim. Demidov não tinha o charme de Nikolai, mas era simpático e diplomático. E, a não ser que fosse um ator extraordinário, ela não achava que estivesse mentindo sobre seu sangue Lantsov. Certamente era ravkano. Ela vira a reação dele quando Rasmus sugerira que Demidov governaria como um fantoche fjerdano. *Ele não gostou nem um pouco disso.* Tinha o orgulho de um nobre. Mas seria o orgulho Lantsov?

Nina virou-se para o príncipe Rasmus e mordeu o lábio.

— Vossa Alteza acredita mesmo que Ravka tem um bastardo no trono? — ela perguntou, em um tom escandalizado.

— Você viu Demidov. Dizem que ele é idêntico ao rei deposto. Se for verdade, não fico surpreso com o fato de a esposa ter desviado do bom caminho.

Nina decidiu tentar outra abordagem.

— Talvez tenha sido sábio da parte dela. Ouvi dizer que Nikolai Lantsov é um líder e tanto, amado por ricos e pobres.

— Ah, sim — confirmou Hanne, entendendo aonde ela queria chegar. — Ele lutou em guerras. Como soldado da infantaria, não oficial! E dizem que também é um engenheiro…

— Ele é um tolo vulgar sem um pingo de sangue Lantsov — disparou Rasmus.

— Mas é difícil provar isso — apontou Nina.

— Nós temos as cartas da vagabunda da mãe dele.

— Estão trancadas num cofre mágico? — perguntou Hanne.

— Ou talvez no setor da prisão — acrescentou Nina. Isso sim seria glorioso. Nina conhecia a planta da prisão intimamente.

O príncipe balançou a cabeça.

— A prisão sofreu uma quebra de segurança um tempo atrás, embora ninguém goste de falar sobre isso. Não, seu querido papai se incumbiu da tarefa de guardar as cartas da rainha Tatiana. É claro que não confiariam em mais ninguém.

Seria possível que elas estivessem sob o mesmo teto em que Nina dormia?

— Então...

— Elas foram guardadas com segurança no setor dos *drüskelle*. Não tive nem um vislumbre delas. Ouvi dizer que são muito picantes. Talvez Joran possa dar uma espiada e memorizar algumas passagens escandalosas para nós.

O setor dos *drüskelle*. A parte mais segura e inacessível da Corte de Gelo, cheia de caçadores de bruxas e lobos treinados para caçar Grishas.

Nina suspirou e pegou uma fatia de torrada de centeio. Já que parecia estar a caminho da calamidade completa, poderia muito bem aproveitar a comida.

Hanne nem esperou que elas estivessem atrás de portas fechadas para sussurrar com urgência:

— Eu sei o que você vai fazer. Não pode invadir o setor dos *drüskelle*.

Nina manteve um sorriso no rosto enquanto elas seguiam para o pequeno conservatório nos aposentos da família Brum.

— Posso, sim. E você vai me ajudar.

— Então me deixe ir com você.

— De jeito nenhum. Só preciso que me desenhe uma planta e me explique os protocolos de segurança. Seu pai deve ter levado você lá.

— As mulheres não são permitidas naquele setor da Corte de Gelo. Não dentro dos prédios.

— Hanne — disse Nina, sem acreditar. — Nem quando era criança?

— Se você for pega lá...

— Não serei. Essa é minha chance de impedir uma guerra. Se Fjerda não tiver aquelas cartas, o caso para depor o rei Nikolai vai desmoronar.

— Acha que isso é suficiente para impedir meu pai?

— Não — admitiu Nina. — Mas vai significar um apoio maior para Nikolai por parte da aristocracia de Ravka. Será um obstáculo a menos que ele terá que superar.

— Mesmo se eu desenhasse a planta, como você entraria lá? A única entrada ao setor dos *drüskelle* é pelo portão na muralha circular, e eles aumentaram a segurança após a fuga que ocorreu dois anos atrás.

Hanne tinha razão. Nina teria que sair da Corte de Gelo e entrar de novo através do portão altamente vigiado que levava aos canis e às salas de treinamento e alojamentos dos caçadores de bruxas.

— Está dizendo que seu pai sai da Corte de Gelo toda vez que quer ver suas tropas? Isso não faz sentido.

— Tem outra entrada, mas é preciso atravessar o fosso, e ela só é usada na iniciação do Hringkälla e durante emergências. Alguém do lado de dentro teria que deixar você entrar. Nem eu sei como é feito.

O caminho secreto. Matthias e Kaz o tinham usado durante a invasão da Corte de Gelo, mas ele deixava qualquer um que tentasse atravessar o fosso de gelo exposto. Nina olhou para os prédios da Ilha Branca, o mostrador brilhante do Elderclock.

— Então eu vou ter que sair antes de conseguir entrar de novo. No dia da caçada real. — Isso daria a ela dois dias para organizar tudo. Um plano já começara a tomar forma em sua mente. Ela precisaria contatar a Hringsa e pedir uma garrafa de fragrância ao jardineiro.

Hanne grunhiu.

— Eu estava esperando que poderíamos arranjar uma desculpa para não participar.

— Achei que você adoraria uma chance de cavalgar outra vez.

— Com a sela lateral? Correndo atrás de um pobre cervo que ninguém pretende comer, só para algum babaca pendurar sua galhada na parede?

— Podemos convencer o príncipe a dar a carne aos pobres. E pense na sela lateral como um... desafio?

Hanne lhe lançou um olhar gélido. As festas, os bailes e as interações sociais incessantes do Cerne a tinham exaurido, mas só faziam Nina se sentir mais viva. Ela gostava de se vestir em roupas bonitas com Hanne, gostava do turbilhão de pessoas, e finalmente sentia que estava posicionada para reunir as informações de que precisava.

A amizade do príncipe garantiria que elas seriam convidadas para as melhores festas, e ela conseguira entreouvir a conversa de Brum na noite anterior enquanto eles jantavam enguia defumada e alho-poró refogado e discutiam os planos para alguma arma nova. Ser Mila Jandersdat a tinha tornado quase invisível – uma jovem viúva sem importância, não muito inteligente nem bem-informada, contente em ficar na sombra da sua senhora – para todos exceto a rainha. A rainha Agathe observava Nina de cada canto de cada salão de baile. Ela já era religiosa e visitava a Capela da Nascente toda manhã e noite para rezar a Djel pela saúde do filho. Mas, desde que Rasmus começara a melhorar, tornara-se ainda mais devota. Um bom primeiro passo.

— Não temos que *participar* da caçada — enfatizou Nina. — Só precisamos sair e então convencer seu pai a nos levar ao setor dos *drüskelle*.

— Ele não vai fazer isso! As mulheres não têm permissão para entrar.

— Nem para ver os canis?

Hanne hesitou.

— Sei que ele levou minha mãe para ver os lobos.

— E você já entrou.

— Eu disse, isso foi há anos.

— Você gostou de ir com ele, não gostou? — Uma garotinha Grisha que nem sabia o que era, visitando o local de trabalho do pai caçador de bruxas.

— Eu gostava de toda chance de estar com ele. Ele era... era divertido.

— Jarl Brum?

— Quando eu era bem pequena. Depois... ele não mudou, exatamente. Sempre foi severo, mas... você já viu uma floresta congelada? As árvores ainda são árvores, mas não se curvam ao vento. Não têm folhas que farfalham. Ele era o poderoso comandante Brum, inflexível, o caçador de bruxas implacável, a foice de Fjerda. Quanto mais absorvia os elogios, menos se tornava meu pai.

É Fjerda, Nina pensou, e não pela primeira vez. Ela não tinha nenhuma compaixão por Jarl Brum, não importava como ele costumasse ser como um jovem pai. Mas entendia que tudo aquilo não começara com ele e não terminaria com ele também. Fjerda, com seus costumes rígidos e seus antigos ódios, enchia os homens de vergonha e raiva. Tornava os fracos mais fracos e os fortes cruéis.

— Você consegue desenhar uma planta dos prédios dos *drüskelle*?

Hanne bufou.

— Essa pode ser a pior ideia que você já teve.

— Talvez, mas consegue me desenhar uma planta?

— Sim, mas *você* terá que nos levar além do portão.

— Não se preocupe, Hanne Brum. Eu tenho talento para superar defesas fjerdanas.

14
ZOYA

— Onde ela está?

Eles tinham viajado de aeronave até um campo a poucos quilômetros do sanatório, com os Soldados do Sol curvando a luz ao redor da embarcação para mantê-los camuflados. Era um truque que David inventara e Alina empregara pela primeira vez para evadir as forças do Darkling durante a guerra civil. Zoya se lembrou daquele voo aterrorizante a partir do Zodíaco, conjurando o vento para mantê-los no ar hora após hora enquanto tentavam aumentar a distância entre eles e seus perseguidores. Foi o mesmo dia em que Adrik tinha perdido o braço para os soldados de sombra do Darkling.

Agora ela observava o Darkling, sentado à sua frente na carruagem. Suas mãos e pés estavam acorrentados e quatro Soldados do Sol os acompanhavam. O resto da unidade tinha ido na frente para preparar o sanatório e providenciar as medidas de segurança.

O Darkling tinha sido vendado na aeronave e as janelas da carruagem estavam fechadas com cortinas que bloqueavam a vista, mas deixavam entrar a luz da tarde. Quanto menos ele soubesse sobre o lugar aonde estavam indo, melhor. Apesar das correntes que o prendiam, era desconcertante estar com ele no veículo estreito, com as sombras se esgueirando ao redor dos dois.

Ele não tem poder, ela tinha que continuar se lembrando. E sabia que ele estava tão desconfortável quanto ela. A expressão em seu rosto quando a nave havia decolado a alegraria pelo resto da vida.

— Onde ela está? — ele repetiu, seus olhos cinza-quartzo brilhando na escuridão. — Já poderia me contar a esta altura.

— Como você não sabe? — perguntou Zoya. — Sua querida Sankta Elizaveta era quase onisciente.

O Darkling observou a cortina fechada como se pudesse ver a paisagem do outro lado.

— Ela não me contou.

Zoya não se deu o trabalho de mascarar seu prazer.

— Uma santa cheia de segredos. Quem poderia imaginar? Vou contar a você sobre o encontro depois que me contar sobre o bosque de espinheiros. Esse mosteiro de que falou é real?

— É.

— Mas tem alguma armadilha, não tem?

— É possível que esteja localizado nos Sikurzoi.

As montanhas que se estendiam pela fronteira ravkana com Shu Han. As colinas mais baixas estavam repletas de patrulhas de soldados shu, e o terreno rochoso além delas seria difícil de atravessar. Mas Tamar encontraria um jeito de levá-los aonde eles precisavam chegar.

— Um obstáculo inconveniente, mas de forma alguma intransponível.

— Também é possível que o caminho para esse mosteiro específico tenha sido bloqueado por um deslizamento de terra quase trezentos anos atrás e só os monges saibam como atravessá-lo.

— Podemos só contorná-lo.

— Também é possível que ninguém tenha falado ou ouvido falar desses monges há mais de trezentos anos antes disso.

— Sangue dos santos — ela xingou. — Você não faz ideia se esses monges têm as sementes de espinheiro.

— Eu sei que eles as *tinham*.

— Você nem sabe se eles existem mesmo!

— Talvez seja uma questão de fé. Está pensando em me matar, Zoya?

— Sim.

— Seu rei não ficaria feliz.

— Eu não vou fazer isso — ela mentiu. — Só gosto de imaginar. É reconfortante, como cantarolar uma melodia para mim mesma. Além disso, morrer é bom demais para você.

— É mesmo? — Ele soava quase curioso. — O que tornaria minha expiação completa? Uma eternidade de tortura?

— Seria um começo. Embora deixá-lo viver uma vida longa sem seu poder não seja um mal começo também.

O rosto dele ficou frio.

— Não se engane, Zoya Nazyalensky. Eu não tive cem vidas, morri e retornei a esta terra para viver como um homem comum. Vou encontrar um caminho para recuperar o meu poder. De uma forma ou de outra, vou purgar os resquícios da alma de Yuri. Mas o *obisbaya* é a única chance para o seu rei se libertar do demônio e para o mundo se libertar da Dobra. — Ele se recostou no assento. — Ouvi dizer que tentaram matar você.

Diabos. Qual dos guardas tinha aberto a boca? O que ele tinha entreouvido?

— Quanto mais poderosa você se torna, mais inimigos ganha — ele disse. — E o Apparat não é um bom inimigo para se ter.

— Como você sabe que o Apparat estava por trás do ataque? — Eles tinham obtido poucas informações com o assassino, mas definitivamente era um dos Guardas Sacerdotais. Zoya suspeitava que o Apparat se importava menos com o fato de que as pessoas a estavam chamando de santa – embora isso já fosse desconcertante o suficiente – e mais com eliminá-la para enfraquecer as forças de Ravka. Seus seguidores fanáticos haviam ficado felizes em tentar cumprir o serviço.

Um sorriso arrogante tocou a boca do Darkling.

— Depois de centenas de anos, você fica bom em arriscar palpites. O Apparat quer santos que possa controlar. Uma garota fraca ou, melhor ainda, morta. Esse assassinato deveria ter sido o seu martírio.

— Eu não sou nenhuma santa. Sou uma soldada.

Ele tentou abrir as mãos, fazendo as correntes em seus pulsos tilintarem.

— No entanto, nós não fazemos milagres?

— Yuri realmente ainda está tagarelando aí dentro, não está? — Aquela viagem já parecia interminável. — Meu trabalho não é fazer milagres. Eu pratico a Pequena Ciência.

— Você sabe tão bem quanto eu que o limite entre santo e Grisha já foi borrado no passado. Eram tempos de milagres. Talvez esses tempos tenham voltado.

Zoya não queria ter nada a ver com isso.

— E quando um dos assassinos do Apparat superar a minha guarda ou uma bala fjerdana se alojar no meu coração, eu vou ser ressuscitada como Grigori? Como Elizaveta? Como você?

— Tem tanta certeza de que pode morrer?

— Do que está falando?

— O poder que eu possuo, que Elizaveta e Grigori e Juris possuíam e que agora crepita pelas suas veias não é tão facilmente apagado do mundo. Você pode atirar num pássaro no céu; é mais difícil derrubar o próprio céu. Só o nosso próprio poder é capaz de nos destruir, e mesmo isso não é garantido.

— E a sua mãe?

O olhar do Darkling deslizou de volta para a janela coberta.

— Não vamos falar do passado.

Ela tinha sido professora de Zoya, amada, temida e extremamente poderosa.

— Eu a vi se lançar do topo de uma montanha. Ela se sacrificou para impedir você. Isso foi o martírio *dela*?

O Darkling não disse nada. Zoya não conseguiu se segurar.

— Grigori foi comido por um urso. Elizaveta foi esquartejada. Mesmo assim eles voltaram. Há histórias sussurradas nas montanhas Elbjen sobre a Mãe Sombria. Ela aparece quando as noites ficam longas. Rouba o calor das cozinhas.

— Mentirosa.

— Talvez. Todos temos histórias para contar.

Zoya ergueu a cortina e abriu sua janela, inalando o ar frio do inverno.

Os bosques estavam cobertos de neve e os galhos das bétulas cintilavam com a geada.

Ela sentiu algo em si se remexer, como se despertasse, como se o que quer que estivesse dentro dela também erguesse a cabeça para respirar livremente o aroma dos pinheiros. Aqueles bosques deveriam ter parecido estéreis, talvez até sinistros, com suas sombras compridas, entretanto...

— Consegue sentir? — perguntou o Darkling. — O mundo é mais vivo aqui.

— Quieto.

Ela não queria compartilhar isso com ele. Era inverno, mas ela ainda conseguia ouvir a canção dos pássaros, o farfalhar de pequenas criaturas na vegetação baixa. Viu os rastros de uma lebre através dos montes brancos de neve.

Ela se esticou e ergueu a cortina do lado do Darkling. Desse ponto, podiam ver uma colina baixa e o sanatório abandonado.

— Que lugar é esse? — perguntou o Darkling.

— Foi a dacha de um duque há muito tempo. A colina era coberta com os vinhedos dele. Então se tornou uma casa de quarentena durante um surto de tísica. Eles desenraizaram as vinhas para enterrar os corpos. Quando a quarentena acabou, o duque estava morto e ninguém queria a propriedade. Diziam que estava amaldiçoada. Pareceu o lugar perfeito para esse encontro miserável.

O sanatório ficava a quilômetros de qualquer vilarejo ou cidade real, e corriam boatos de que era assombrado. Eles não teriam que se preocupar com visitantes indesejados.

Enquanto observavam, uma carruagem se aproximou e três figuras emergiram – um homem, um garoto acompanhado por um gato laranja que correu para as árvores e uma mulher pequena e esguia, com o cabelo comprido e branco como a primeira neve do ano. Ela ergueu o rosto para o céu, como se deixasse a luz invernal atravessá-la. Alina Starkov, a Santa do Sol.

Ela está com medo?, perguntou-se Zoya. *Ansiosa? Furiosa?* Ela sentiu o dragão se agitar como se tivesse sido chamado. *Não.* Não queria sentir o que Alina estava sentindo. Suas próprias emoções já eram um fardo suficiente. Maly colocou um xale ao redor dos ombros de Alina e abraçou-a enquanto eles examinavam o antigo vinhedo.

— Que graça.

Zoya estudou o rosto do Darkling.

— Você pode desdenhar, mas eu vejo sua fome.

— Pela vida de um otkazat'sya?

— Por uma vida do tipo que você e eu nunca conhecemos e nunca conheceremos. Uma vida de tranquilidade, paz e a certeza do amor.

— Não há nada certo sobre o amor. Acha que o amor vai protegê-la quando os fjerdanos vierem capturar a Bruxa da Tempestade?

Não. Mas talvez ela quisesse acreditar que havia mais na vida do que temer e ser temida.

Ela desceu a cortina e bateu no teto. A carruagem seguiu em frente, subindo por estreitas trilhas para carroças em lentos zigue-zagues. Por fim, eles sacolejaram e pararam.

— Fique aqui — ela ordenou, prendendo as correntes dele no assento.

Ela desceu da carruagem e fechou a porta atrás de si. Maly e Alina estavam parados nas escadas do sanatório, mas, quando Alina viu Zoya, sorriu e correu escada abaixo com os braços abertos. Zoya piscou para se livrar do pinicar indesejado de lágrimas. Não sabia como Alina iria cumprimentá-la, considerando as circunstâncias. Deixou-se ser abraçada. Como sempre, a santa de Ravka cheirava a tinta e pinheiro.

— Ele está ali? — perguntou Alina.

— Está.

— Você sempre traz os piores presentes.

A gata malhada tinha voltado do seu passeio e estava se enrodilhando nas pernas de Misha. Ele veio até Zoya.

— Olá, Ongata — ela murmurou, segurando a gata e sentindo o ronco reconfortante de seu ronronado.

Misha não disse nada, só observou com o rosto jovem tenso. Tinha apenas onze anos, mas já vira tragédias suficientes para dez vidas.

— Preparada? — ela perguntou a Alina.

— Nem um pouco. Não poderíamos ter nos encontrado em um lugar menos... propício a pesadelos?

— Acredite, eu preferiria estar em um hotel luxuoso em Os Kervo bebendo uma taça de vinho.

— Não é tão ruim — ponderou Maly. — A gente não sai muito.

— Só para a ocasional caçada? — perguntou Zoya.

Os nobres amavam caçar nas terras ao redor de Keramzim e, na companhia de dois camponeses humildes, frequentemente bebiam, fofocavam e discutiam questões de Estado. Alina e Maly tinham transformado o orfanato em uma estação de paragem para reunir informações.

Os Soldados do Sol haviam se espalhado ao redor do sanatório em um perímetro. Um jovem soldado com tatuagens de sol em ambos os antebraços emergiu do prédio.

Ela fez uma mesura para Zoya, mas não prestou atenção à jovem com um xale ao redor da cabeça. Até onde esses soldados e todos em Ravka sabiam, Alina Starkov tinha morrido na Dobra das Sombras.

— Há vazamentos por todo o lugar, então colocamos cadeiras na entrada.

Zoya baixou Ongata.

— Temos chá?

O soldado assentiu. Alina lançou um olhar para Zoya e ela deu de ombros. Se teriam que aguentar o Darkling, pelo menos poderiam fazer aquilo de um jeito civilizado.

— Fiquem de olho na porta — ordenou Zoya. — Se ouvirem qualquer coisa incomum, *qualquer coisa*, não esperem pelas minhas ordens.

— Eu o vigiei na cela do sol — disse o soldado com tatuagem. — Ele parece inofensivo.

— Eu não pedi uma avaliação da ameaça — disparou Zoya. — Fique alerta e responda com força mortal. Se ele se libertar, não teremos uma segunda chance para matá-lo, entendeu?

O soldado assentiu e Zoya o dispensou com um gesto aborrecido.

— Ainda fazendo amigos? — perguntou Alina, com uma risada.

— Essas crianças vão causar a própria morte. E a nossa.

Maly sorriu.

— Está nervosa, Zoya?

— Não seja ridículo.

Ele virou-se para Alina.

— Ela está nervosa.

— Você não está? — perguntou Alina.

— Ah, aterrorizado, mas não esperava ver Zoya assim.

Alina puxou o xale mais para perto.

— Vamos acabar logo com isso.

Zoya foi até a carruagem e se inclinou para dentro. Desenganchou as correntes do Darkling do assento e puxou a venda de volta sobre os olhos dele.

— Isso é estritamente necessário?

— Provavelmente não — ela admitiu. — Comporte-se.

Flanqueada pelos Soldados do Sol, ela o levou através do pátio e pelas escadas.

— Limpe os pés — pediu Alina.

Ele parou ao som da voz dela, então obedeceu.

Zoya encontrou seus olhos e Alina deu uma piscadinha. Qualquer pequena vitória era válida.

Estava mais frio dentro do que fora, uma vez que os pisos de mármore gastos e as janelas quebradas do sanatório forneciam pouco isolamento. A entrada já fora uma grande sala de recepções, com escadarias duplas que levavam às alas leste e oeste. Mas uma dessas escadarias tinha apodrecido e desabado. Um lustre estilhaçado jazia caído num canto, ao lado de um monte de poeira e vidro que os Soldados do Sol tinham varrido. Antigos equipamentos médicos estavam encostados nas paredes – a moldura retorcida de uma maca, uma banheira de metal enferrujada e o que poderiam ter sido faixas de couro para conter pacientes.

Zoya reprimiu um calafrio. O hotel confortável estava parecendo cada vez melhor. Uma mesa tinha sido posta com um samovar e copos no centro da sala. Quatro cadeiras a cercavam. Zoya não sabia que Misha viria também.

Dois Soldados do Sol conduziram o Darkling a uma cadeira, fazendo seus grilhões chacoalharem. Eles não faziam ideia de que estavam na presença de Alina Starkov e que seu poder tinha vindo da perda do dela.

Zoya gesticulou para que eles assumissem posições na base dos degraus. Não queria que ninguém ouvisse a conversa. Já havia soldados postados fora de toda a saída e bem no alto, e ela ouviu o som distante e reconfortante de motores. Requisitara dois voadores armados de Nikolai para patrulhar os céus.

Quando estavam sozinhos, Alina sentou-se e pediu:

— Misha, pode servir o chá?

— Para ele também? — perguntou Misha.

— Sim.

O menino obedeceu, colocando os copos em seus pequenos apoios de metal na mesa com cuidado.

— Eu sirvo o meu — disse Zoya. Era meticulosa quanto à quantidade de açúcar e precisava de um momento para absorver aquela cena específica. Era estranho que, depois de tanta dor e sacrifício, todos eles se encontrassem de novo naquele lugar abandonado.

A sala caiu em silêncio. Ongata soltou um miado queixoso.

— Por onde começamos? — perguntou Maly.

— Faça você as honras — propôs Alina.

Maly cruzou a sala e arrancou a venda. O Darkling não piscou nem se reorientou – simplesmente olhou ao redor da sala como se avaliasse uma propriedade que poderia comprar.

— Vocês não me trouxeram para Keramzin — ele disse.

Alina ficou muito imóvel. Todos ficaram. Zoya entendia seu choque. O rosto do Darkling estava diferente – os ossos afiados estavam lá, os olhos cinza cintilantes, mas a forma estava levemente alterada e as cicatrizes que os volcras lhe deram tinham sumido. Mas sua voz – aquela voz vítrea e fria de comando – era a mesma.

— Não — respondeu Alina. — Eu não queria você na minha casa.

— Mas eu já estive lá.

O rosto de Alina enrijeceu.

— Eu me lembro.

— Lembra-se de mim? — perguntou Misha. Ele era jovem demais para esconder seu ódio com palavras polidas.

O Darkling ergueu uma sobrancelha.

— Deveria?

— Eu cuidei da sua mãe — disse Misha. — Mas minha mãe foi assassinada pelos seus monstros.

— A minha também. No fim.

— Dizem que você é um santo agora — cuspiu Misha.

— E o que você diz, garoto?

— Eu digo que deviam me deixar matar você pessoalmente.

— Muitos já tentaram. Acha que conseguiria?

Maly apoiou uma mão no ombro de Misha.

— Deixe-o, Misha. Ameaçá-lo só o faz se sentir importante.

— Como o chamamos agora? — perguntou Alina. — Como qualquer um o chama agora?

— Eu já tive mil nomes. Seria de pensar que eles importariam. Mas Yuri não combina nada comigo. — Ele a examinou. — Você está diferente.

— Estou feliz. Você nunca me viu assim de verdade.

— Vivendo na obscuridade.

— Em paz. Escolhemos a vida que queríamos.

— É a vida que teria escolhido se não tivesse sacrificado seu poder?

— Eu não *sacrifiquei* meu poder. Ele foi tirado de mim porque eu fui tentada pela mesma ganância que compelia você. Paguei o preço por brincar com o *merzost*. Assim como você.

— E isso diminui o seu luto?

— Não. Mas cada criança que eu ajudo cura algo dentro de mim, cada chance que tenho de cuidar de alguém abandonado após as suas guerras. E talvez, quando nosso país for livre, essa ferida se cure.

— Duvido. Você podia ter governado uma nação.

— É incrível — disse Maly, acomodando-se numa cadeira e esticando as pernas. — Você morreu. — Ele virou-se para Alina. — E você fingiu morrer. Mas vocês retomaram a conversa de onde tinham parado. A mesma discussão em outro dia.

Alina o cutucou na coxa.

— É muito rude fazer observações precisas.

Os olhos cinza do Darkling estudaram Maly com mais interesse do que ele já mostrara antes.

— Pelo que entendo, somos parentes.

Maly deu de ombros.

— Todos temos parentes de que não gostamos.

— Até você, órfão?

A risada de Maly foi genuína e surpreendentemente calorosa.

— Ele fala isso como se fosse um insulto. Você está enferrujado, velhote.

— A lâmina de Alina, envolta nas minhas sombras e no seu sangue. — A voz do Darkling estava pensativa, como se ele estivesse recordando uma receita favorita. — Foi assim que você quase me matou. Eram pouco mais que crianças e chegaram mais perto de me matar do que qualquer outra pessoa.

— Não perto o bastante — rosnou Misha.

— Você nos arrastou para este lugar miserável — apontou Alina. — O que quer agora?

— O que eu sempre quis: criar um lugar seguro para os Grishas.

— Acha que conseguiria? — ela perguntou, ecoando a provocação dele para Misha. — Não é como se já não tivesse tido uma chance justa de tentar. Centenas de chances.

— Se não eu, quem o fará?

— Nikolai Lantsov. Zoya Nazyalensky.

— Dois monstros, mais antinaturais do que qualquer coisa que Morozova ou eu já tenhamos criado.

Zoya arqueou as sobrancelhas. Ser chamada de monstro por um monstro de alguma forma parecia uma medalha de honra.

— Tenho quase certeza de que estou falando com um homem morto — disse Alina. — Então talvez não seja o momento de jogar pedras.

As correntes do Darkling tilintaram.

— Eles são crianças, mal conseguem entender a si mesmos ou a este mundo. Eu sou...

— Sim, a gente sabe, eterno. Mas agora você é um homem sem um pingo de poder sentado numa casa cheia de fantasmas. Zoya tem lutado há anos para manter os Grishas a salvo. Ela reconstruiu o Segundo Exército a partir dos farrapos que você deixou para trás. Nikolai unificou o Primeiro e o Segundo Exércitos de uma forma nunca feita na história de Ravka. E quanto às inovações de Genya Safin e David Kostyk?

Zoya mexeu seu chá, com medo de demonstrar o quanto as palavras de Alina significavam para ela. Depois da guerra, ela tinha começado sua jornada como membro do Triunvirato escolhido por Alina sem hesitação. Pensava que havia nascido para governar. Porém, com o tempo e tentativas e fracassos, as dúvidas começaram a surgir.

O Darkling parecia só estar se divertindo.

— Se Ravka é tão forte, por que Fjerda está atacando? Por que os lobos estão batendo à porta outra vez? Acredita mesmo que esses filhotes podem liderar uma nação?

— Segurança para os Grishas. Uma Ravka unificada. E se forem *eles* que vão dar esse sonho a nós? Por que tem que ser você? Por que *você* tem que ser o salvador?

— Eu sou o homem mais adequado para o serviço.

Mas havia algo na voz do Darkling que fez Zoya se perguntar se ele tinha tanta certeza quanto tinha antes de tomar chá com uma santa.

Os ombros do Darkling se ergueram.

— Sempre foi mais fácil me ver como o vilão, eu sei. Mas, por um momento, consegue imaginar que eu tentei fazer o que era o melhor pelo meu país e meu povo?

— Consigo — afirmou Alina. — Claro que consigo.

— Não diga isso! — exclamou Misha. — Ele nunca se importou com nenhum de nós.

— Diga-me que se arrepende de algumas partes — pediu Alina suavemente. — De qualquer parte. — Sua voz era gentil, persuasiva. Esperançosa. Zoya conhecia aquela esperança. Quando você seguia uma pessoa, acreditava nela, não queria pensar que havia sido tola. — Não é tarde demais para você.

— Não vim aqui para falar mentiras — disse o Darkling.

Alina exalou, enojada, mas Zoya se limitou a sacudir a cabeça.

— Você realmente acredita que essa é a vida a que estava destinada? — insistiu o Darkling. — Impotente e patética? Limpando o nariz de crianças que vão se esquecer de você? Contando histórias de ninar que nunca se tornarão realidade?

Mas dessa vez Alina sorriu. Ela tomou a mão de Maly.

— Não estou impotente. Aquelas histórias nos contam que as únicas pessoas que importam são reis e rainhas, mas estão erradas.

O Darkling se inclinou para a frente, mas de repente Zoya não estava olhando mais para ele. Era o rosto esquelético e desesperado de Yuri que a encarava, e foi a voz assustada de Yuri que gritou:

— Ele vai…!

O Darkling parecia estar caindo para a frente de joelhos. Ele se esticou e apertou as mãos unidas de Alina e Maly. O samovar caiu ao chão com um estrondo.

Zoya se ergueu, derrubando a cadeira para trás, mas já era tarde demais.

— Não! — gritou Alina. Ongata sibilou.

Sombras inundaram a sala. Zoya não conseguia enxergar, não conseguia lutar. Estava perdida no escuro.

15
NIKOLAI

NA MANHÃ DO CASAMENTO, Nikolai vestiu-se com cuidado. *Zoya deveria estar aqui,* ele pensou enquanto prendia um broto de jacinto azul na lapela. Era um dia momentoso, um ponto de virada para Ravka, a culminação de um planejamento cuidadoso e um desastre diplomático potencial. Mas para que ter Zoya com ele naquele dia? Para que o pudesse ver em suas roupas novas e elegantes?

Ainda assim, não parecia certo. Eles tinham viajado juntos por meses, suportado adversidades, testemunhado milagres. Ela se tornara sua confidente mais íntima e sua conselheira mais confiável. E ele a mandara embora. *Não só* embora, *seu babaca.* Ele a enviara em uma missão impossível com o inimigo mais mortal deles. Bem, um deles. Verdade fosse dita, era difícil decidir quem era o mais mortal ultimamente – os fjerdanos com suas máquinas de guerra e prisioneiros Grishas, os kerches com sua marinha incomparável e cofres sem fundo, o flagelo que lentamente devorava o mundo, os shu que estavam batendo à porta naquele exato momento.

As naves de Nikolai vinham acompanhando o progresso da aeronave da rainha Makhi a distância, e ele fora avisado quando a delegação chegou. Eles atracaram em Poliznaya, onde descarregaram cavalos, carruagens e um grande séquito de criados, incluindo doze guardas da Tavgharad usando uniformes pretos. O general Pensky os recebera de uniforme militar completo, e seus soldados os tinham escoltado até Os Alta. Nikolai se certificara de que as multidões reunidas nas ruas fossem vigiadas por soldados do Primeiro Exército e Sangradores Grishas, preparados para reduzir a pulsação de qualquer um que tentasse criar problemas. Embora eles não estivessem em guerra com os shu fazia vários anos, ainda havia muito sentimento anti-shu e ele não queria que esse dia fosse mais tenso do que tinha que ser.

Tolya bateu na porta do quarto de vestir de Nikolai e se inclinou para dentro.

— Eles estão nos portões. Você está fazendo barcos de novo. Está tão nervoso assim?

Nikolai baixou os olhos para o barquinho de arame em sua mão. Era um antigo hábito da infância, transformar qualquer coisa à mão em animais ou objetos.

— Você não está preocupado com essa empreitada insana? — perguntou Nikolai.

— Estou — respondeu Tolya sombriamente. — Mas é a escolha certa. Eu sei.

— Santos, você está usando um *kefta*?

Tolya e Tamar geralmente preferiam usar o uniforme verde-oliva básico dos soldados do Primeiro Exército. Tinham rejeitado os ornamentos do Segundo Exército desde seus primeiros dias no Pequeno Palácio. Mas lá estava Tolya, preenchendo a porta usando o vermelho dos Sangradores, com as mangas pesadamente bordadas de preto e o longo cabelo preso com firmeza na nuca.

— Hoje estamos ao lado dos Grishas de Ravka — disse Tolya.

Zoya ia se arrepender muito de ter perdido isso.

Nikolai deu uma última olhada no espelho, examinou as medalhas afixadas à faixa azul-clara que cruzava seu peito e tocou a fita de veludo azul guardada no bolso.

— Vamos — ele chamou. — Quanto antes esse dia começar, antes vai terminar.

— É quase como se você não gostasse de casamentos — disse Tolya enquanto eles saíam do palácio.

— Eu adoro casamentos, especialmente a parte em que posso começar a beber. Não acredito que eles tinham um *kefta* do seu tamanho.

— Os Fabricadores o fizeram para mim. Tiveram que combinar dois.

Eles desceram os degraus até onde a guarda real já havia se posicionado diante dos membros remanescentes do Triunvirato Grisha. As escadas de pedra branca tinham sido lavadas para remover qualquer sinal da violência que ocorrera ali pouco tempo antes, e cada balaustrada e varanda fora decorada com nuvens de hortênsia azuis e verde-claras de Ravka e de Shu Han. Pena que não era tão fácil unir dois países.

— Tolya! — exclamou Genya quando eles se juntaram a ela e David nos degraus. — O vermelho cai bem em você.

— Não se acostume — resmungou Tolya, mas não conseguiu evitar estufar o peito como um pavão extremamente musculoso.

Genya usava um *kefta* dourado, seu cabelo ruivo trançado com correntes de pérolas fluviais, e o cabelo de David tinha sido cortado direito pela primeira vez.

— Vocês dois estão esplêndidos — elogiou Nikolai.

David tomou a mão da esposa e deu um beijo nos nós de seus dedos. As faces de Genya coraram de prazer. Nikolai sabia que o gesto tinha sido aprendido – o Fabricador não era dado a demonstrações espontâneas de afeto, mas elas deixavam sua esposa feliz e ele adorava ver sua esposa feliz. David esticou a mão e esfregou uma mecha do cabelo ruivo sedoso dela entre os dedos. Genya corou ainda mais.

— O que você está fazendo? — ela sussurrou.

— Estudando algo lindo — ele disse, sem qualquer indício de adulação, como se realmente estivesse tentando encontrar a fórmula da mulher diante dele.

— Parem de ficar se olhando como dois bobos — protestou Nikolai, sem qualquer sinceridade. Eles mereciam ser felizes. Desgraçados sortudos.

Um cavaleiro apareceu na entrada principal para informar que os shu haviam alcançado os portões da águia dupla, e uma coluna de poeira na estrada anunciou a presença deles um momento depois.

As carruagens shu eram primorosamente construídas, o verniz preto cintilando verde sob o sol como as costas de um besouro, as portas com as duas chaves cruzadas da bandeira shu gravadas em ouro.

A Tavgharad seguia em procissão atrás das carruagens, seus cavalos tão pretos quanto seus uniformes e suas boinas dispostas num ângulo agudo na cabeça. Naqueles mesmos degraus, as irmãs delas tinham morrido meras semanas antes por ordem de sua rainha. E Nikolai sabia que aquelas mulheres atearíam fogo a si mesmas com a mesma rapidez, se Makhi comandasse.

A carruagem principal parou e a rainha Makhi emergiu. Ela era alta e esguia, e, embora guardasse alguma semelhança com a princesa Ehri, parecia a ilustração de uma rainha que ganhara vida – seus olhos castanho-caramelo luminosos, a pele cor de bronze imaculada, o cabelo negro caindo em ondas lustrosas até a cintura. Usava sedas verde-folha, com um padrão de falcões prateados alçando voo da bainha, e uma coroa de enormes pedras verdes que teriam envergonhado a esmeralda Lantsov. Ela foi rapidamente flanqueada por dois ministros usando verde-escuro.

As rainhas Taban não se casavam, mas tinham múltiplos consortes masculinos, de modo que nenhum homem poderia reivindicar uma criança como sua ou alegar ter direito ao trono. Makhi nunca se casaria, mas suas irmãs sim. Para formar alianças.

Nikolai fez uma mesura profunda.

— Rainha Makhi, nós lhe damos as boas-vindas ao Grande Palácio e esperamos que seja uma visita agradável.

A rainha olhou ao redor com os lábios torcidos numa careta desdenhosa. Era a sua primeira oportunidade de insultar o país dele.

— O trono celestial dos shu e a portadora da coroa Taban o cumprimentam. Somos muito gratos pela sua hospitalidade. — Pelo menos eles estavam começando bem.

Nikolai ofereceu o braço.

— Seria uma honra escoltá-la até a capela real. Ou talvez sua delegação gostaria de uma chance de descansar e se refrescar?

A rainha olhou de relance para os ministros, que permaneciam com expressões pétreas. Deu um breve suspiro e deslizou a mão na curva do cotovelo de Nikolai.

— É melhor que esse evento desagradável termine logo.

Nikolai a conduziu pelo caminho e, em uma grande onda de veludo, seda e pedras preciosas brilhantes, o grupo prosseguiu em direção à capela real, que ficava quase exatamente na metade do caminho entre o Grande e o Pequeno Palácio.

— Dizem que a capela foi construída no local do primeiro altar de Ravka — contou Nikolai. — Onde o primeiro rei Lantsov foi coroado.

— Fascinante — ela respondeu, depois acrescentou num sussurro: — Essas cortesias são estritamente necessárias?

— Não, mas creio que ajudem a suavizar as relações quando me encontro com uma mulher que tentou planejar a minha morte e depor o meu governo.

A mão de Makhi tensionou de leve contra o braço dele.

— Onde está minha irmã? Quero falar com ela antes da cerimônia.

Sem dúvida, mas não falaria. Nikolai a ignorou.

A capela tinha sido cuidadosamente restaurada após o ataque do Darkling, e a arte dos Fabricadores garantiu que suas vigas escuras e seu domo dourado ficassem ainda mais adoráveis do que os que vieram antes. O lugar todo cheirava a verniz de madeira e incenso doce. Os bancos estavam abarrotados de convidados em suas melhores roupas: a nobreza ravkana em casacos e vestidos da moda, Grishas em seus *keftas* coloridos como joias.

— Quem vai oficiar essa cerimônia ultrajante? — indagou Makhi, espiando o corredor que levava ao retábulo dourado com treze santos.

— Ouvi dizer que seu sacerdote está ocupado em outras partes. E imaginar que minha irmã vai se casar com um bastardo.

Parecia que o estoque de civilidade de Makhi tinha se esgotado.

— Não achei que as rainhas Taban se importassem demais com o fato de uma criança nascer fora do casamento.

Os olhos castanhos de Makhi brilharam.

— Você leu isso num livro? O casamento é uma farsa, mas o sangue é tudo.

— Obrigado por explicar a distinção. Vladim Ozwal vai oficiar a cerimônia.

O jovem sacerdote já estava parado no altar, usando uma longa sotaina marrom gravada com o sol dourado. Ele era um dos Soldat Sol que tinham abandonado o serviço do Apparat para seguir Alina Starkov. Havia lutado ao lado da Santa do Sol na Dobra e recebido os poderes dela, e, se a história de Zoya fosse verdade, trazia a marca da mão da Conjuradora do Sol impressa no peito. Quando o Apparat saíra de fininho para Fjerda, os sacerdotes de Ravka se apressaram em nomear um novo chefe da igreja que serviria como conselheiro espiritual ao rei. Havia candidatos mais velhos e experientes, muitos dos quais eram pouco mais que comparsas do Apparat. Mas, no fim, a nova guarda vencera e Ozwal fora escolhido. Aparentemente era difícil discutir com um homem que tinha as digitais da Conjuradora do Sol gravadas na própria pele.

— Mal consigo enxergar — queixou-se a rainha Makhi. — Devíamos estar na frente da capela.

— Ainda não — disse Nikolai. — Tradição ravkana.

Adrik e Nadia se levantaram e se viraram para os convidados, lado a lado em seus *keftas* azuis, com os punhos bordados em prata dos Aeros e o braço de bronze de Adrik polido a ponto de reluzir. Eles começaram a cantar em uma harmonia fechada. Era uma velha canção popular ravkana sobre o primeiro pássaro de fogo e o feiticeiro que tentou capturá-lo.

David e Genya já tinham começado sua lenta caminhada pelo corredor. Genya escolhera um vestido com uma cauda extraordinariamente longa.

— Quem são essas pessoas? — perguntou Makhi. — Onde está minha irmã?

— São dois membros do Triunvirato Grisha, David Kostyk e Genya Safin.

— Eu sei quem são. O que estão fazendo aqui? Vou marchar até a frente dessa capela e interromper toda essa cerimônia se...

Nikolai apoiou a mão na manga de seda de Makhi e a removeu quando ela lhe lançou um olhar furioso.

— Nem *pense* em encostar um dedo no corpo sagrado da rainha Makhi Kir-Taban.

— Peço desculpas. De verdade. Mas acho que seria melhor não armar um escândalo.

— Acha que me importo em dar um espetáculo?

— Não, mas deveria. Não acho que queira que todas essas pessoas saibam onde sua irmã está.

Makhi inclinou a cabeça para trás com um olhar de desdém para Nikolai. Ele se sentia menos vitorioso do que cauteloso. A rainha era implacável, esperta e muito perigosa quando encurralada. Mas ele precisava encurralá-la.

— David e Genya se casaram com pouca pompa durante uma viagem bastante corrida para Ketterdam — disse Nikolai. — Nunca tiveram a chance de trocar votos em Ravka.

Mas os diziam agora.

— Neste lugar, sob o testemunho de nossos santos e nossos amigos — começou Genya —, falarei palavras tanto de amor como de dever. Não é uma obrigação, mas uma honra jurar-lhe lealdade, prometer-lhe amor, oferecer-lhe minha mão e meu coração, nesta vida e na próxima. — Eram as palavras ravkanas tradicionais, faladas nos casamentos de nobres e camponeses.

Os votos Grisha eram diferentes.

— Nós somos soldados — recitou David, a voz baixa e trêmula. Não estava acostumado a falar diante de uma multidão. — Eu marcharei com você em tempos de guerra. Repousarei com você em tempos de paz. Para sempre serei a arma em sua mão, o guerreiro ao seu lado, o amigo que aguarda seu retorno. — A voz dele ficou mais forte e alta com cada palavra. — Vi seu rosto na criação do coração do mundo e não há ninguém a quem eu ame mais do que a você, Genya Safin, corajosa e inquebrável. — Os votos ecoaram pela capela. O rosto de Genya estava radiante, como se as palavras tivessem acendido alguma luz secreta.

Tolya, assomando sobre os noivos, dispôs uma coroa de espinhos na cabeça de David e outra sobre a de Genya, enquanto Vladim os abençoava. Nikolai teria gostado de participar da cerimônia, de ficar ao lado dos amigos em seu momento de felicidade quando havia tanta incerteza diante deles. Mas esse casamento tinha sido encenado para a rainha Makhi, e de forma alguma ele sairia de perto dela.

— Você responderá a minhas perguntas — sibilou Makhi. — Fomos trazidos aqui para o *seu* casamento com a minha maldita irmã.

— Não me recordo de ter escrito nada assim no convite.

As faces da rainha Makhi estavam vermelhas de indignação.

— Um casamento *real*. Dizia casamento real.

— E aqui estamos, na capela real.

— Onde está a princesa Ehri? Ela está presa? O casamento já ocorreu?

— De que me serviria uma cerimônia discreta? Quem ficaria maravilhado com meu glorioso terno novo?

— Onde está minha irmã? — ela sussurrou, furiosa.

Vladim estava concluindo a cerimônia. David se inclinou para a frente a fim de beijar Genya. Ele sorriu, tomando aquela mesma mecha de cabelo castanho-avermelhado entre os dedos. Os convidados irromperam em aplausos.

Agora era a vez de Nikolai falar.

— Ela está em casa, Alteza. Em Ahmrat Jen. Em Shu Han.

Makhi o encarou, confusa.

— Em casa — repetiu. — Em Shu Han.

— Sim — disse Nikolai. — Ela e um regimento de guardas Grishas e soldados do Primeiro Exército partiram em uma aeronave dois dias atrás com Tamar Kir-Bataar.

— Tamar Kir-Bataar é uma cadela traidora.

— Cadelas e bastardos são bons companheiros. Ela também é uma das minhas conselheiras e amigas de maior confiança, então peço respeitosamente que controle a língua. A princesa Ehri já terá aterrissado e conversado com os seus ministros a esta altura.

— Meus... meus ministros? Está louco?

— Ela contará a eles sobre a trama que você armou para me assassinar e matá-la, a fim de invadir Ravka e começar uma guerra com Fjerda. Uma guerra que seus súditos não iriam aceitar sem bons motivos, como o assassinato da princesa Ehri Kir-Taban, amada pelo povo. Deve ser irritante saber como sua irmã caçula é adorada.

Makhi riu e Nikolai tinha que admirar sua compostura.

— Você espera que Ehri me ataque? A tímida, acanhada e doce Ehri? Ela vai desmoronar sob o interrogatório. Não é uma política, não é uma governante, e de forma alguma conseguirá persuadir...

— Ela está acompanhada por Mayu Kir-Kaat.

A rainha Makhi era uma política experiente demais para demonstrar sua perturbação. Os olhos dela apenas se arregalaram de leve.

— Sim — disse Nikolai. — A sua assassina está viva. Mayu Kir-Kaat vai corroborar a história de Ehri e explicar as instruções que você enviou a Tavgharad.

— Era um verso de um poema.

— Ainda que seus ministros não conheçam os versos, imagino que sua corte esteja repleta de homens e mulheres cultos que vão entender seu significado, do mesmo modo que suas guardas e Mayu entenderam.

Makhi bufou.

— Deixe-as falar. Que elas gritem para os céus. Eu sou a rainha e isso não pode ser mudado ou alterado. Só uma rainha Taban pode designar uma rainha Taban.

Nikolai quase se sentia mal pelo golpe que estava prestes a desferir. Mas fazia isso por Ravka – e por Isaak também.

— É verdade. Mas acredito que sua avó ainda esteja viva, cuidando de suas roseiras no Palácio das Mil Estrelas. Sempre quis vê-lo pessoalmente. Ela ainda é uma rainha Taban e pode recuperar sua coroa com uma única ordem.

Uma segunda onda de aplausos altos ergueu-se da plateia, e David e Genya começaram a voltar pela capela sob uma chuva de flores de marmeleiro, seguidos por Tolya com um enorme sorriso no rosto e a cauda de Genya nas mãos.

Nikolai aplaudiu com entusiasmo, então viu os olhos dourados de Tolya encontrarem o olhar furioso da rainha Makhi. O sorriso do gigante se esvaneceu. Ele tinha deixado sua gêmea partir para impedir Makhi e não parecia pronto a perdoar o sacrifício. Quando o grupo do casamento passou, ele sussurrou algo em shu que fez Makhi praticamente rosnar.

Ela se recobrou enquanto eles saíam da capela atrás do casal feliz. Cercados novamente pelos guardas e seguidos pelos perplexos ministros shu, Nikolai e Makhi voltaram aos bosques pelo caminho que os levaria até o Grande Palácio. Nikolai parou ali, sob as árvores. O céu estava de um cinza duro. Parecia que ia nevar.

— O que você quer? — perguntou a rainha. — Minha irmã nunca desejou a coroa e é incapaz de governar.

— Quero um tratado selando a paz entre Shu Han e Ravka e concordando com a fronteira atual em Dva Stolba. Qualquer ato de guerra contra Ravka será considerado um ato de guerra contra os shu também. E você vai garantir os direitos de todos os Grishas.

— Os direitos de...?

Zoya e Tamar tinham pensado nas palavras do tratado pessoalmente.

— Você vai fechar suas bases secretas onde Grishas estão sendo drogados e mortos a fim de criar soldados *kherguds*. Vai parar a conscrição de pessoas inocentes para esses programas. Vai garantir os direitos dos Grishas entre seus cidadãos.

— Os *kherguds* são um mito, propaganda anti-shu. Se...

— Não é uma negociação, Alteza.

— Eu poderia matá-lo aqui mesmo. Seus guardas não são páreo para a minha Tavgharad.

— Tem tanta certeza assim? — perguntou Tolya, surgindo atrás deles. — Meu pai já treinou a Tavgharad. Também me treinou.

— Certamente seria uma festa de casamento animada — observou Nikolai.

Os lábios de Makhi se curvaram de desdém.

— Sei bem quem era seu pai, Tolya Yul-Bataar. Parece que a traição flui espessa em seu sangue.

A voz de Tolya era aço forjado, a lâmina afiada por anos de raiva.

— Mayu Kir-Kaat e seu irmão vão se reencontrar. Você nunca mais vai separar *kebben*.

— Você ousa dar ordens a uma rainha Taban?

— Não tenho rainha, nem rei, nem país — garantiu Tolya. — Sempre tive apenas aquilo em que acredito.

— Rainha Makhi — começou Nikolai em voz baixa —, por favor, entenda, eu sei que você usará toda a sua astúcia considerável para dar um jeito de retomar o poder assim que voltar. Mas as informações que as fontes de Tamar reuniram, o testemunho de Mayu e a inconveniente popularidade da princesa Ehri não serão facilmente negados. Não cabe a Ravka decidir quem deve governar Shu Han, e você mesma disse que Ehri não quer a coroa. Mas, se não aceitar os termos do nosso tratado, ela terá o apoio de que precisa para tomá-la.

— Haverá uma guerra civil.

— Eu sei o que isso pode fazer com um país, mas você tem o poder de evitá-lo. Assine o tratado. Feche os laboratórios. É simples assim. Eu não quero que os Grishas sejam caçados, e nós seremos vizinhos amigáveis, ainda que não amigos.

— Ehri seria uma rainha fantoche melhor para Ravka do que eu.

— Seria. Mas eu não tenho vontade de ser titereiro. Já é difícil governar um país, e um Shu Han forte aliado a Ravka é o melhor impedimento possível às ambições de Fjerda.

— Vou considerar.

— Isso não foi um sim — disse Tolya.

— É um começo — reconheceu Nikolai. — Jante conosco. Faça-nos essa honra. Depois vamos examinar o tratado.

Makhi bufou.

— Espero que seu chef seja mais habilidoso que seus arquitetos.

— E espero que Vossa Alteza goste de gelatina.

O olhar de Nikolai encontrou o de Tolya enquanto eles seguiam Makhi de volta ao palácio. Tolya arriscara a vida da irmã para fazer aquela missão acontecer. Nadia tinha aberto mão da esposa em tempos de guerra. Tamar, Mayu e Ehri tinham todas colocado a vida em risco pela oportunidade de finalmente forjar uma aliança com os shu e mudar o mundo para os Grishas para sempre. Era um salto improvável e audacioso, mas eles concordavam que estavam dispostos a assumir o risco pela chance de um futuro diferente.

— Não sei quando verei minha irmã de novo — disse Tolya enquanto eles se dirigiam ao jantar. — É uma sensação estranha.

— Não há mais ninguém a quem eu confiaria esse desafio. Mas sinto a falta dela também. Agora me conte o que você sussurrou à rainha Makhi na capela.

— Você devia aprender a falar shu.

— Eu estava pensando em começar suli.

De repente, o demônio dentro de Nikolai uivou, pinoteando como uma fera selvagem e debatendo-se para se libertar. Nikolai teve o vislumbre de um saguão vazio, um samovar derrubado, o rosto chocado de uma mulher – Alina. Tudo desapareceu em uma onda de escuridão. Ele se forçou a respirar e puxou com força a coleira que o prendia ao demônio desde o *obisbaya*. Sentiu os pés dentro das botas, viu os galhos acima, ouviu o murmúrio reconfortante da conversa dos convidados do casamento.

— O que houve? — perguntou Tolya, apoiando uma mão no cotovelo de Nikolai.

— Não tenho certeza. — Ele respirou de novo, sentindo o demônio batendo as mandíbulas e guinchando na ponta de sua corrente. A última coisa de que ele precisava era que o monstro escapasse diante de metade da nobreza ravkana e dos shu. — Recebemos notícias de Zoya?

— Ainda não.

O que ele vira era real ou imaginado? Zoya estaria em perigo?

— Eles devem já estar no sanatório a esta altura. Vamos mandar cavaleiros para interceptá-los e apoiá-los. Só por precaução.

— Por precaução contra o quê?

— Bandidos. Salteadores. Uma alergia forte. — *Por precaução no caso de eu ter mandado minha general para algum tipo de emboscada.* — Mas o que você disse à rainha?

— É um verso da "Canção do cervo" de Ni Yul-Mahn.

Agora Nikolai entendeu a reação da rainha.

— O poema que Makhi usou para ordenar a morte de Ehri e de sua Tavgharad?

— Esse mesmo — respondeu Tolya. Seus olhos reluziam como moedas nos últimos feixes do sol da tarde. — "Que os cães saiam à caça. Eu não temo a morte, porque a comando."

16
NINA

DOIS DIAS APÓS O EVENTO onde conheceram Demidov, Nina e Hanne se vestiram para a caçada real – Hanne de lã verde forrada com pele dourada e Nina de cinza-ardósia –, mas se certificaram de esquecer os casacos em casa.

Pegaram o caminho mais longo até a ponte de vidro para que Nina pudesse atravessar os jardins, contornando a colunata onde já ficara o freixo sagrado de Djel, agora substituído por uma réplica de pedra, com seus galhos brancos espalhados sobre o pátio em uma copa larga. Eles nunca floresceriam.

— Enke Jandersdat — disse o jardineiro quando a avistou. — Tenho aquela destilação de rosas que a senhorita pediu.

— Como o senhor é gentil! — exclamou Nina, pegando a garrafinha com ele, junto com um segundo frasco menor escondido atrás dela. Enfiou ambos no bolso.

O jardineiro sorriu e voltou a aparar as sebes. Uma tatuagem de um espinheiro mal estava visível em seu pulso esquerdo, um emblema secreto de Sankt Feliks.

Um cavalariço esperava fora da muralha circular com dois cavalos. Nina e Hanne estavam ambas desconfortáveis cavalgando na sela lateral, mas Hanne era atlética demais para que isso a atrapalhasse. Além disso, a ideia não era que cavalgassem, apenas que seguissem até o acampamento real para se juntar ao príncipe Rasmus e Joran nas tendas erigidas para a caçada.

A tenda principal era grande como uma catedral, decorada com seda e aquecida com carvão depositado em braseiros de prata que pendiam de trípodes. Comida e bebida estavam dispostas em longas mesas de um lado e, do outro, nobres conversavam em cadeiras confortáveis cobertas com peles de animais e cobertores.

O príncipe estava usando calças e botas de cavalgada e seu casaco de veludo azul forrado com pele.

— Vai se juntar à caçada hoje, Alteza? — perguntou Hanne enquanto elas se sentavam nos bancos baixos perto das brasas.

— Vou — respondeu Rasmus, entusiasmado. — Não sou um ótimo atirador, mas vou dar um jeito. É o único evento do Cerne de que todos desfrutam.

— Duvido que o cervo goste muito — disse Hanne.

— Não gosta de ver seus homens saírem para matar feras selvagens?

— Não por esporte.

— Temos que nos divertir enquanto podemos. Logo estaremos em guerra e não teremos nenhum entretenimento exceto matar ravkanos.

Hanne trocou um olhar com Nina e perguntou:

— Não estamos ainda em negociações com Ravka?

— Seu pai não gosta muito de falar. Se pudesse fazer o que quisesse, acho que estaríamos sempre em guerra.

— Com certeza não sempre — afirmou Nina.

— Para que serve um comandante militar sem uma guerra para lutar? Rasmus não era tolo.

— Mas não cabe a Jarl Brum escolher por Fjerda — comentou Nina. — Esse é o papel do rei. A escolha é de Vossa Alteza.

Rasmus ficou em silêncio enquanto observava os cavalos se reunindo além da entrada da tenda.

— O que escolheria? — perguntou Hanne suavemente.

O sorriso do príncipe foi mais como uma careta.

— Homens como eu não nasceram para a guerra.

Mas isso não era inteiramente verdade – não mais. Rasmus nunca seria alto entre os fjerdanos, mas, agora que estava em pé, com as costas retas, conseguia olhar Hanne diretamente no olho. Tinha perdido a palidez doentia que o fazia parecer um cadáver deixado no gelo, e era robusto, ainda que não forte.

— Há mais na vida do que a guerra — sugeriu Nina.

— Não para a linhagem Grinjer. O trono fjerdano pertence àqueles que são fortes o bastante para tomá-lo e segurá-lo. E não há como negar que os Grishas são uma ameaça, e sempre o serão até que sejam erradicados.

— E quanto às pessoas que pensam que os Grishas são santos? — perguntou Joran, com o rosto transtornado. Nina ficou surpresa; o guarda-costas raramente se juntava às conversas deles.

O príncipe Rasmus abanou a mão.

— É uma moda passageira. Só alguns radicais.

Veremos quanto a isso. Havia veneno no coração de Fjerda, e Nina ia mudar sua composição.

Ela avistou a rainha Agathe recebendo seus cortesãos do outro lado da tenda. Nina jamais conseguiria se aproximar a ponto de falar com ela, mas não achava que teria que ser ela a fazer a aproximação.

Ela encontrou o olhar de Hanne, e Hanne pediu:

— Mila, pode pegar algumas fitas e freixos para nós? Vamos fazer uma lembrancinha para o príncipe usar na caçada. Um lobo Grimjer para alguém nascido para a guerra, mas que escolhe não lutar.

— Que criatura sentimental você é — observou Rasmus, mas não protestou.

Nina se levantou e atravessou a tenda lentamente até a mesa de fitas e galhinhos de freixo, garantindo que Agathe a visse.

— Desejo fazer uma lembrancinha para a caçada — ela ouviu a rainha dizer, seguido por: — Não, selecionarei os materiais pessoalmente.

Um momento depois, a rainha Agathe estava ao lado dela.

— Meu filho fica mais forte a cada dia — ela sussurrou.

— Tal é a vontade de Djel — disse Nina. — Por enquanto.

A mão da rainha parou sobre um carretel de fita vermelha.

— Por enquanto?

— A Nascente não gosta de toda essa conversa de guerra.

— Como assim? Djel é um guerreiro. Como a água, ele conquista tudo em seu caminho.

— Vossa Alteza faz suas preces?

— Todos os dias! — exclamou a rainha, levantando a voz perigosamente. Ela se controlou. — Toda noite — ela sussurrou. — Meus vestidos estão surrados de tanto ajoelhar no chão da capela.

— Vossa Alteza reza para Djel — apontou Nina.

— É claro.

Nina deu um salto, um salto que poderia acabar com seu corpo quebrado da queda. Ou sua visão poderia alçar voo.

— Mas e quanto aos filhos dele? — ela murmurou e, com os braços cheios de fitas e galhos, correu de volta a Hanne e ao príncipe.

Uma corneta soou: um chamado à caçada. Rasmus se ergueu, calçando as luvas.

— Você não terá tempo de fazer nada para mim — ele afirmou. — Os cavaleiros estão prontos.

— Então só podemos desejar boa sorte — disse Nina, enquanto ela e Hanne faziam uma mesura.

Rasmus e Joran saíram da tenda, e Nina e Hanne seguiram para despedir-se deles. Mas, antes que chegassem ao grupo de cavaleiros, a voz da rainha ressoou na tenda.

— Eu gostaria que ficasse comigo para assistir à caçada, Rasmus.

Ela estava parada no tablado que fora erigido para a família real. Seu filho mais novo estava lá, junto com suas damas de companhia.

Um silêncio caiu no acampamento. Alguém soltou uma risadinha. Brum e Redvin estavam com os cavaleiros; Nina podia ver o desdém no rosto de ambos.

— Sim — alguma mulher murmurou. — Vá sentar com as crianças e as mulheres.

Será que a rainha entendia o insulto que fazia ao filho? *Não,* pensou Nina com uma pontada de culpa, *ela tem medo demais por ele.* Provavelmente porque Nina a lembrara da mortalidade de Rasmus.

O príncipe estava congelado no lugar, sem conseguir contrariar a rainha, mas sabendo o golpe que sua reputação sofreria.

— Sua segurança é nossa maior prioridade — disse Brum, com um sorriso brincando nos lábios.

Rasmus estava encurralado. Ele fez uma mesura curta e breve.

— É claro. Logo me juntarei à senhora, mãe.

A tenda estava cheia de selas e chicotes e outros arreios, e o cheiro de couro era doce no ar. Rasmus ficou de costas para elas.

— Parece que não tive motivos para vestir minhas roupas de cavalgada hoje — ele disse, sem olhar para elas. — Poderia ter usado seda e renda como as damas.

— Podemos retornar ao palácio — sugeriu Hanne.

— Não, não podemos. Minha mãe requisitou minha presença, e ela a terá. Além disso, não posso ser visto fugindo. Ainda acha que serei eu a escolher o caminho de Fjerda?

— É apenas o amor que a faz agir assim — disse Hanne. — Ela tem medo que...

— Hanne tem pena de mim. — O príncipe Rasmus se virou. — Você também, não é, Mila? Mas Joran não. Joran não sente nada. Vamos testar. Venha aqui, Joran.

— Alguém está com fome? — perguntou Hanne, ansiosamente. — Talvez possamos pedir comida.

— Eu aceitaria alguma coisa — respondeu Nina.

Joran não parecia nervoso enquanto se aproximava do príncipe. Se havia alguma expressão em seu rosto cuidadosamente neutro, era resignação. *O que quer que isso seja, já aconteceu antes,* percebeu Nina.

— Você sente algo, Joran? — perguntou o príncipe.

— Sim, Alteza.

— Como o quê?

— Orgulho — disse Joran. — Tristeza.

— Dor?

— É claro.

— Mas não demonstra.

Antes que o guarda pudesse responder, o príncipe ergueu um chicote e o bateu contra o rosto de Joran com força, o som como um galho quebrando em uma manhã fria.

O choque reverberou por Nina como se o golpe tivesse atingido sua própria face.

Hanne deu um salto para a frente.

— Alteza!

Mas o príncipe a ignorou. Seu olhar estava fixo em Joran como se o jovem guarda fosse a coisa mais fascinante que já tivesse visto. Ele recuou a mão com o chicote.

— Não! — gritou Nina.

O príncipe golpeou Joran de novo.

Joran não se encolheu, mas Nina podia ver duas marcas vermelhas fortes na bochecha do guarda.

— Dói? — perguntou o príncipe. Sua voz estava ávida, como alguém vendo um amigo engolir uma colherada de creme e perguntando: *Está bom?*

Joran sustentou o olhar do príncipe.

— Dói.

O príncipe estendeu o chicote.

— Bata em mim, Joran.

Joran não fez nada. Ele não podia resistir e não podia impedir o príncipe, porque seu dever sagrado era servir a Rasmus, porque bater em um príncipe era uma sentença de morte. Rasmus já tinha se mostrado desdenhoso, petulante, até rancoroso – mas isso era algo profundo e feio. Era o veneno de Fjerda nas veias dele.

O chicote fez um *vush* enquanto cortava o ar de novo e atingia a bochecha de Joran.

— Vá chamar seu pai — sussurrou Nina para Hanne. — Corra.

Hanne saiu apressada da tenda, mas Rasmus não pareceu notar.

— Bata em mim — exigiu o príncipe. Ele deu uma risadinha, um som alto e feliz. — Ele quer, por Deus, como ele quer! *Agora* Joran sente algo. Ele sente raiva. Não sente, Joran?

— Não, Alteza.

Mas havia raiva nos olhos de Joran; vergonha também. O príncipe Rasmus tinha feito uma troca: substituíra sua humilhação pela de Joran. A bochecha do guarda estava sangrando.

Era assim que o príncipe herdeiro realmente era? Ela pensara que ele fosse um rapaz enfermo com um bom coração. Por todos os santos, talvez ela quisesse acreditar que ele era como Matthias – outro rapaz brutalizado pelas tradições de Fjerda e o ódio de Brum. Só que Matthias nunca fora cruel. Nada fora capaz de corromper a honra em seu imenso coração.

— Brum está vindo — anunciou Nina, com a voz baixa. Ela não podia se dar ao luxo de comprometer seu disfarce, mas não tinha como deixar aquela cena continuar. — Vossa Alteza não vai querer que ele o encontre com um chicote na mão.

O olhar de Rasmus era especulativo, como se ele se perguntasse o que poderia acontecer se Brum o confrontasse. Joran era um dos *drüskelle* de Brum, mas Rasmus era um príncipe.

E então foi como se um feitiço tivesse sido quebrado. Ele encolheu os ombros e lançou o chicote de lado.

— Vou me juntar à minha mãe. Limpe-se — ele ordenou a Joran, depois passou por Nina como se nada tivesse acontecido. — Diga a Hanne que espero vê-la no baile mais tarde.

— Joran — começou Nina quando o príncipe havia saído.

Ele tinha tirado um lenço e o pressionado contra a bochecha.

— Não deixe o comandante Brum me ver assim — ele pediu.

— Mas...

— Só vai criar problemas para o comandante. Para todos. Eu ficarei bem. Por favor.

Ele permaneceu sereno, um soldado, mas seus olhos azuis estavam suplicantes.

— Tudo bem — ela disse.

Virou-se e saiu da tenda, vasculhando a multidão. Avistou Hanne falando com Brum.

Nina correu até ela e ouviu Brum dizer:

— Você precisa me contar o que a chateou. Precisam de mim em...

— Papai, por favor, se pudesse só vir comigo...

— Está tudo bem — garantiu Nina, sorrindo. — Está tudo bem. — Hanne e Brum pareceram ambos perplexos. — Eu... eu estava me sentindo mal, mas já me recuperei.

— Era só isso? — perguntou Brum.

— Sim, e eu... — Não era a abordagem que ela pretendia fazer, mas não havia saída exceto seguir em frente. — Eu esperava que o senhor pudesse trazer seus lobos para a caçada?

— Os *isenulf*? Eles não são feitos para brincadeiras bobas como essa. Talvez se estivéssemos caçando raposas.

O homem realmente não conseguia resistir a uma indireta contra o rei ravkano.

— Ah, papai — começou Hanne. — Mila está tão decepcionada, e está tão mais frio aqui do que esperávamos. Não podemos pedir a um dos seus soldados que nos leve de volta aos canis?

— Hanne, você devia ter se vestido para o frio.

— Eu disse ao senhor que Mila precisava de uma capa nova, não disse?

— Estou b-bem — respondeu Nina, oferecendo um sorriso corajoso enquanto tremia.

— Meninas tolas — replicou Brum, seu olhar parando em Nina de um jeito que embrulhou o estômago dela. — Vou levá-las pessoalmente.

Hanne enrijeceu.

— Não vai parecer um insulto à caçada do príncipe?

— O príncipe não vai cavalgar. Por que eu deveria?

Então ele queria insultar a coroa. Ver o príncipe envergonhado pela mãe o deixara mais atrevido.

Nina tentou se concentrar enquanto ela e Hanne seguiam Brum de volta ao muro. Rasmus seria mesmo uma causa perdida? Ela achou que curar o príncipe seria uma boa escolha, que um Rasmus mais forte acharia mais fácil resistir ao avanço de Fjerda rumo à guerra. Ela ainda queria acreditar que poderia ser o caso. Tinha de haver uma alternativa à violência de Brum. Mas ela não conseguia parar de ver as marcas vermelhas na bochecha de Joran, a ferocidade em seus olhos. Havia raiva lá, vergonha e alguma outra coisa. Nina não sabia o quê.

Recomponha-se, Zenik, ela disse a si mesma. Teria uma única oportunidade de encontrar as cartas no escritório de Brum, e precisava da mente desanuviada para aproveitar a chance ao máximo.

Estava ainda mais frio na sombra da muralha, e Nina não teve que fingir um estremecimento enquanto se aproximavam do portão dos *drüskelle*. Ela nunca estivera na base dos muros da Corte de Gelo. Fora trazida uma vez, com um capuz, como uma prisioneira, e tinha partido por um rio subterrâneo – quase se afogando no caminho. Ergueu os olhos e viu atiradores vigiando o enorme portão de rastrilho. Podia ouvir os lobos em seus canis, seus uivos aumentando. Talvez fossem como aqueles soldados shu criados especialmente para farejar Grishas. Talvez soubessem que ela estava chegando.

Você vive sob o teto do caçador de bruxas mais notório do país há meses, ela se lembrou. Mas isso parecia diferente, como se estivesse deliberadamente entrando numa cela e só pudesse culpar a si mesma quando a porta se fechasse atrás dela.

Eles passaram por baixo de um arco colossal e entraram no pátio ladeado com os canis.

— *Tigen, tigen* — cantarolou Brum enquanto se aproximava das jaulas à direita, onde o maior dos lobos brancos saltou e abocanhou o ar. Eram lobos treinados para lutar ao lado dos mestres, para ajudá-los a caçar

Grishas. Os animais não prestaram atenção às palavras apaziguadoras de Brum, rosnando e grunhindo, pressionando-se contra as cercas de arame.

— Consegue farejar a caçada, hein, Devjer? Não tenha medo, Mila — ele disse com uma risada. — Eles não podem pegar você.

Ela pensou em Trassel, o lobo de Matthias, com a cicatriz no olho e as enormes mandíbulas. Ele tinha salvado a vida dela, e ela o ajudara a encontrar sua matilha.

Ela deu um passo em direção às cercas, depois outro. Um dos lobos começou a ganir e então os animais caíram em silêncio, abaixando-se sobre a barriga e descansando as cabeças nas patas.

— Que estranho — comentou Brum, franzindo o cenho. — Nunca os vi fazerem isso antes.

— Eles não devem estar acostumados a ter mulheres aqui — explicou Hanne, com pressa, mas seus olhos estavam assustados.

Vocês me conhecem?, Nina se perguntou enquanto os lobos ganiam suavemente. *Sabem como Trassel me protegeu? Sabem que eu caminho junto à morte?*

Brum se ajoelhou ao lado das jaulas.

— Mesmo assim...

Um alarme começou a tocar, um som alto e intermitente que chacoalhou o ar.

Um grito veio da guarita.

— Comandante Brum! Protocolo vermelho!

— Onde foi disparado? — quis saber Brum.

— No setor da prisão.

Quebra de segurança – e bem na hora. Na noite em que tinha bolado o plano com Hanne, ela jogara um punhado de sais especiais no fogo para que expelissem uma coluna de fumaça vermelha no céu acima da Corte de Gelo – um sinal para a sentinela da Hringsa postada ali perto. A rede não fora capaz de infiltrar um criado nos aposentos de Brum, mas Nina conseguiu passar a informação a um dos jardineiros, que tinha servido como mensageiro e informante. Ela precisava de uma distração, uma grande distração, logo após as dez badaladas. Eles haviam conseguido, mas ela não tinha certeza de quanto tempo restava.

Os homens de Brum se enfileiraram atrás deles, com os rifles em mãos, cacetetes e açoites a postos.

— Fiquem aqui — ele ordenou a Hanne. — Os guardas vão ficar postados na muralha.

— O que está acontecendo? — exclamou Nina.

— Há algum tipo de tumulto. Provavelmente não é nada. Logo estarei de volta.

Nina forçou lágrimas a encherem seus olhos.

— O senhor não pode simplesmente nos deixar aqui!

— Acalme-se — disparou Brum. Nina se encolheu e apertou a mão sobre a boca, mas sentia vontade de rir. Jarl Brum, o grande protetor. Mas só gostava de suas mulheres chorosas quando era conveniente para ele. O setor da prisão já fora invadido antes e Jarl Brum tinha parecido um idiota. Ele não pretendia deixar que acontecesse de novo.

— Você não pode nos deixar sem um meio de nos defendermos — protestou Hanne. — Dê-me uma arma.

Brum hesitou.

— Hanne...

— O senhor pode seguir as regras de etiqueta ou colocar uma arma na minha mão e deixar que eu me defenda.

— Você ao menos sabe como usar um revólver?

Com uma mão confiante, Hanne girou o cano para certificar-se de que estava carregado.

— O senhor me ensinou bem.

— Anos atrás.

— Eu não esqueci.

A expressão de Brum estava perturbada, mas tudo que ele disse foi:

— Tome cuidado.

Ele e seus homens desapareceram pelo portão.

Dois guardas permaneceram nas ameias, mas estavam olhando para fora, os rifles erguidos e apontados a quem quer que tentasse invadir pelo portão.

— Vá — impeliu Hanne. — Mas volte rápido.

Nina correu pelo pátio, passando pelos canis e os lobos, que a encararam em silêncio apesar da comoção. Nunca se arrependera mais das saias pesadas. *Talvez seja por isso que os fjerdanos gostam de manter suas mulheres nadando em lã,* ela considerou, entrando furtivamente no prédio que Hanne marcara no mapa do setor. *Para elas não conseguirem fugir muito depressa.*

Ela tentou manter o mapa de Hanne na cabeça enquanto disparava por um longo corredor. Avistou uma sala de jantar enorme à direita, sob uma claraboia em forma de pirâmide. Havia longas mesas de refeitório e uma imensa tapeçaria pendurada na parede dos fundos, tecida em azul, vermelho e roxo. Seus passos vacilaram enquanto sua mente absorvia o que via. A tapeçaria que cobria quase a parede inteira... ela era feita de retalhos de *keftas*. Azul dos Etherealki, um pouco de roxo para Materialki, e fileira após fileira de vermelho dos Corporalki, a ordem dela. A Ordem dos Vivos e dos Mortos. Eram troféus tirados de Grishas caídos. Nina sentiu ânsia. Queria atear fogo àquela coisa horrenda. Em vez disso, abafou a raiva e obrigou seus pés a se moverem. A vingança viria, o troco para Brum e seus lacaios, mas só depois que ela completasse aquela missão.

Subiu as escadas – seus pilares eram encimados por lobos com as bocas abertas num rosnado – e depois percorreu outro corredor escuro. Contou as portas: a terceira à esquerda era o escritório de Brum. Ela agarrou a maçaneta e enfiou a chave que tinha tirado do chaveiro do comandante naquela manhã.

Entrou às pressas. Era uma sala elegante, mas sem janelas. A cornija da lareira estava repleta de medalhas, prêmios e lembrancinhas que faziam o coração de Nina doer – cartuchos gastos, o que poderia ser o osso da mandíbula de uma criança, uma adaga com o nome de uma mulher gravado no cabo em ravkano: *Sofiya Baranova*.

Quem era você?, perguntou-se Nina. *Você sobreviveu?*

Um mosquete antiquado estava pendurado acima da lareira ao lado de um dos açoites que Brum havia aperfeiçoado para conter Grishas.

Ela se obrigou a se concentrar na escrivaninha de Brum. As gavetas e armários não estavam trancados. Não tinham motivo para estar; aquele era o lugar mais seguro da Corte de Gelo. Mas Nina não sabia por onde começar a procurar as cartas da rainha Tatiana. Ela remexeu em agendas e manifestos de navios, e descartou pastas inteiras com o que pareciam ser transcrições de julgamentos. Havia mensagens codificadas que ela não sabia decifrar, além de plantas detalhadas da base militar de Poliznaya e um mapa urbano de Os Alta. Ambos traziam marcações que ela não conseguia entender. Tocou um dedo brevemente nos quadrados intitulados Pequeno Palácio, os gramados, a escola. Casa. *Mova-se, Zenik.*

Mas as cartas não estavam na escrivaninha. Então onde estavam? Ela olhou atrás do retrato de um homem loiro usando uma armadura antiquada – Audun Elling, suspeitou, o fundador dos *drüskelle*. Em seguida tateou as paredes, batendo suavemente, forçando-se a ir devagar e a ser minuciosa. O Elderclock bateu o quarto de hora. Ela estava fora havia quase quinze minutos. Quanto tempo ainda tinha até Brum retornar ou os guardas perceberem que Hanne estava sozinha?

Ela bateu gentilmente contra a parede ao lado da lareira – ali, um *tunk* oco. Correu os dedos pelos painéis, procurando alguma fenda ou reentrância, apertando com cuidado. Um chapéu de pele estava pendurado em um gancho logo acima do nível dos seus olhos. Ela o puxou gentilmente. O painel deslizou para a direita. Um cofre. As cartas tinham que estar lá dentro. Ela definitivamente não sabia arrombar cofres e não se dera o trabalho de estudar a arte em seu tempo em Ketterdam, mas antecipara que as cartas estariam trancadas. Pegou a garrafa de fragrância do bolso do casaco, abriu-a e verteu algumas gotas do segundo frasco que o jardineiro lhe tinha dado. *Não mais do que três gotas,* ele sussurrara, *senão vai corroer as paredes do cofre também.* E Nina não queria que houvesse nenhum dano visível. Quando tivesse acabado, tudo que permaneceria seria o aroma de rosas.

Ela puxou um tubo de borracha fino do bolso e encaixou uma ponta no bocal do frasco e a outra ponta no espaço estreito entre a porta do cofre e a parede. Encheu a bomba conectada à garrafa, forçando o ar através do tubo, e encostando o ouvido nela. Um leve sibilo veio de trás da porta do cofre. Quaisquer segredos que estivessem lá dentro lentamente estavam se desintegrando.

Então um som repentino a fez congelar. Ela esperou.

Ele veio de novo – um gemido baixo. *Oh, santos, o que é agora?* Será que um *drüskelle* estava cochilando na sala ao lado? Ou havia algo pior esperando? Brum trouxera Grishas ali para torturar e interrogar?

Ela puxou o tubo e devolveu todo o dispositivo ao seu bolso. Hora de sair dali.

Deveria descer as escadas correndo e retornar para o pátio, de volta a Hanne. Mas Hanne não tinha dito que era seu trabalho se deixar levar?

Nina puxou um dardo de osso na mão, sentindo-o vibrar, esperando apenas o comando dela para achar um alvo. Lentamente, ela abriu a porta.

Era uma cela. Não uma das novas e modernas construídas para conter e controlar Grishas, mas uma cela para um homem comum. Exceto que o homem agarrando as barras de ferro não parecia comum. Ele se parecia com o rei Nikolai.

Seu cabelo era dourado, embora entremeado com cinza, e sua barba desgrenhada. Suas roupas elegantes estavam amarrotadas e manchadas. Ele fora amordaçado e acorrentado às barras da cela para limitar a extensão de seus movimentos. Não havia nada na pequena cela exceto uma cama dobrável e um penico.

Nina o encarou e o homem a encarou de volta com os olhos desvairados. Ela sabia quem ele era.

— Magnus Opjer? — ela sussurrou.

Ele assentiu uma única vez. Magnus Opjer. O magnata do comércio fjerdano que supostamente era o pai verdadeiro de Nikolai. Jarl Brum o mantinha preso em uma cela. Será que o príncipe Rasmus sabia? Alguém além dos *drüskelle* saberia?

Ela puxou a mordaça da boca do prisioneiro.

— Por favor — implorou Opjer, com a voz rouca. — Por favor, me ajude.

A mente de Nina girava.

— Por que estão mantendo você aqui?

— Eles me raptaram na minha casa. Eu sou a garantia deles. Precisam que eu autentique as cartas.

As cartas da rainha Tatiana que lançavam dúvidas sobre o parentesco do rei Nikolai.

— Mas por que mantê-lo prisioneiro?

— Porque eu me recusei a falar publicamente contra meu filho ou Tatiana. Eu me recusei a confirmar a autenticidade das cartas. Por favor, quem quer que você seja, precisa me libertar!

Meu filho. Então Nikolai Lantsov realmente era um bastardo. Nina Zenik percebeu que não se importava.

O Elderclock badalou a meia hora. Ela precisava sair dali. Mas como poderia levar Magnus Opjer consigo? Ela não tinha onde escondê-lo, nenhum plano para tirar um fugitivo da Corte de Gelo.

Você poderia matá-lo. O pensamento lhe ocorreu com clareza fria. Não havia como negar a semelhança de Opjer com Nikolai. Aquele era o verdadeiro pai do rei ravkano – e isso significava que ele era uma ameaça ao futuro de seu país. Ela precisava pensar.

— Eu não tenho como libertá-lo.

Opjer apertou as barras.

— Quem é você? Por que veio aqui, se não foi para me resgatar?

Mais um motivo para matá-lo: ele a tinha visto. Podia contar aos *drüskelle,* podia facilmente descrevê-la. Ele agarrou a manga dela com os dedos esqueléticos. Eles não o estavam alimentando bem.

— Por favor — ele implorou. — Eu nunca quis ferir meu filho. Eu nunca falaria contra ele.

Nina sabia que ele estava desesperado, mas as palavras soavam verdadeiras.

— Eu acredito em você. E vou ajudá-lo a sair daqui. Mas você precisa me dar tempo para planejar.

— Não há tempo, eles...

— Eu voltarei assim que puder. Prometo.

— Não — ele disse, e não era a recusa de um prisioneiro enfraquecido. Era uma palavra de comando. Nela, ela ouviu o eco de um rei. — Você não entende. Eu preciso mandar uma mensagem para...

Nina puxou a mordaça de volta no lugar. Ela precisava voltar ao pátio.

— Eu voltarei — ela jurou.

Opjer agarrou as barras, grunhindo enquanto tentava gritar ao redor da mordaça.

Ela fechou a porta e saiu correndo pelo corredor, tentando não pensar no terror nos olhos dele.

17
ZOYA

— Soldados! — gritou Zoya na escuridão.

— Cadê ele? — exclamou Misha.

Zoya ouviu passos e a porta se abrindo. Girou e viu a silhueta do Darkling contra a luz do sol, com a colina nevada atrás dele e os Soldados do Sol correndo em sua direção.

Jogou as mãos para a frente, mandando uma rajada de vento que o derrubou nas escadas. Os Soldados do Sol o atacaram com luz, mas ele já estava em pé, a escuridão irrompendo do corpo como água transbordando de uma barragem.

Zoya conjurou uma tempestade e as nuvens avançaram com uma trovoada. Raios cortaram o céu, adagas brilhantes nas mãos dela – mas eles nunca atingiram o Darkling.

Em uma chuva de faíscas, se quebraram contra duas massas contorcidas de sombra – os *nichevo'ya*, soldados de sombra conjurados a partir do nada, em violação das regras do poder Grisha. *Merzost*. Abominação.

— Obrigado por me trazer aqui, Zoya — agradeceu o Darkling enquanto os soldados alados assumiam forma e o erguiam do chão. — Minha ressurreição está completa.

Tudo aquilo fora uma artimanha. As desculpas dele. Seu desejo de ver Alina. Até mesmo seu desejo de reencenar o *obisbaya*. Será que os monges e seu bosque de espinheiro também eram mentira? Só outro conto de fadas que ele inventara para eles, como histórias de ninar? Ele tinha razão. Eles *eram* crianças, desesperadamente tentando entender, avançando aos tropeços, aprendendo a caminhar enquanto o Darkling corria na frente deles. Foram tolos de pensar que podiam prever ou controlá-lo. Ele nunca pretendera purgar Yuri. Precisava de Alina e de Maly: a Conjuradora do Sol, que o tinha matado, e o amplificador que carregava o sangue de seus ancestrais. Não sentia nenhuma culpa e nenhuma vergonha. Ela estivera tão errada sobre o que ele queria fazer ali.

— Sinalizem as naves! — ela gritou aos Soldados do Sol, então voltou sua fúria contra ele. Se apenas tivesse tido tempo para dominar as dádivas que Juris lhe concedera. — Você não tem para onde ir. Os soldados do rei vão caçá-lo até os confins do mundo, e eu também.

Tiros cortaram o ar enquanto os voadores acima abriram fogo contra o Darkling. Um acertou seu alvo e o Darkling deu um grito de raiva e dor. *Ele ainda pode sangrar.*

Mas os *nichevo'ya* se enxamearam ao redor dele em uma massa de asas e corpos contorcidos, absorvendo as balas como se não fossem nada.

Dois dos soldados de sombra subiram para o céu, e um momento depois os voadores estavam desabando para a terra.

Zoya gritou, lançando seu poder em uma onda de vento para amortecer sua queda.

Nem um único a mais, ela jurou. Ela não perderia mais um único soldado para aquele homem.

— Eu superei muitos reis e sobrevivi a inimigos muito maiores que vocês — disse o Darkling. As sombras saltavam e mergulhavam ao redor dele enquanto ele ascendia para o céu. — E agora me tornarei o que o povo mais deseja. Um salvador. Quando terminar, eles vão saber o que um santo pode fazer.

A escuridão rodopiava ao redor dele, como se as sombras estivessem felizes em sua dança por terem retornado ao seu amado guardião. Os Soldados do Sol resistiram contra a escuridão com a sua luz, mas Zoya viu as mãos dele em movimento – o Darkling ia usar o Corte. Mataria a todos.

Nós somos o dragão. A consciência de Juris cutucava a dela, puxando-a em direção a algo mais, ainda que o coração dela rejeitasse a oferta. *Não.* Ela não podia. Não faria aquilo.

Estendeu os braços e lançou um círculo de vento que assolou as árvores e derrubou os Soldados de Sol, mas os afastou do perigo. *Nem um único a mais.* Puxou um relâmpago crepitante do céu, uma lança de fogo para pôr fim ao Darkling como eles deveriam ter feito anos antes.

Mas a escuridão a envolveu e, no minuto seguinte, quando as sombras se dissiparam, ele tinha sumido.

Alina estava parada no topo dos degraus do sanatório, seu rosto fantasmagórico na luz cinzenta. Sua mão direita sangrava. Misha estava gritando, sua angústia como o choro de alguma criatura selvagem enquanto Maly o segurava. Ongata observava, impassível, batendo o rabo, como se não fosse nada que um gato já não tivesse visto.

— Deixe-o ir — disse Alina suavemente.

Misha disparou pelas escadas com lágrimas raivosas jorrando dos olhos e correu aos tropeços até os bosques na direção em que o Darkling tinha ido. A mão de Maly também sangrava.

Os Soldados do Sol se levantavam devagar. Pareciam atordoados e assustados.

— Estão todos bem? — perguntou Zoya.

Eles assentiram.

— Nenhum osso quebrado?

Eles balançaram a cabeça.

— Então preparem a carruagem. Preciso voltar à aeronave. Vamos disparar mensagens à base mais próxima para que enviem rastreadores atrás dele.

— Você não vai encontrá-lo — afirmou Alina. — Não até que ele queira ser encontrado. Ele pode se refugiar nas sombras.

— Podemos ao menos tentar — disparou Zoya. — Temos que tirar você daqui. Podemos evacuar vocês para...

Alina balançou a cabeça.

— Vamos voltar para Keramzin.

— Ele vai encontrar vocês. Não o subestime. — Zoya sabia que soava furiosa, até fria, mas não conseguia mais conter a torrente de medo e impotência que ameaçava sobrecarregá-la. Ela o deixara escapar e agora não sabia o que ele poderia fazer, quem poderia ferir. *Ela* tinha deixado isso acontecer.

— Eu sei o que o Darkling é — retrucou Alina. — Sei como trata seus inimigos.

— Ambos sabemos — complementou Maly, tirando um lenço do bolso para enfaixar a mão de Alina. — Não vamos deixá-lo nos expulsar da nossa casa.

— Vocês não entendem. — Ele ia matá-los. Ia matar todos eles e Zoya não teria como impedi-lo. — Podemos achar algum lugar para esconder os órfãos por um tempo. Podemos...

Alina apoiou uma mão no ombro dela.

— Zoya. Pare.

— Não vamos tirar as crianças do seu lar — garantiu Maly. — Elas já sofreram o suficiente.

— Então vou enviar um contingente de soldados do Primeiro Exército e de Conjuradores para vocês.

Maly soltou o ar.

— Você não pode se dar ao luxo de desperdiçar soldados, e eles não fariam nada contra ele, de qualquer forma. Só vão aterrorizar as crianças.

— Melhor que fiquem aterrorizadas e seguras.

— Não existe segurança — declarou Alina, com a voz firme. — Nunca houve, em toda a minha vida. Mas eu estava falando sério: são você e Nikolai que podem mudar isso.

— Como ele fez isso? O que aconteceu aqui?

— Ele cravou isso em nossas mãos. — Maly abriu os dedos. Em sua palma jazia um longo espinho ensanguentado.

Um pedaço do bosque de espinheiros. O Darkling devia tê-lo escondido em algum lugar nas roupas de Yuri. Ele o mantivera consigo desde o *obisbaya* fracassado e a batalha deles na Dobra, esperando por esse momento.

— Ele precisava do nosso sangue — disse Alina.

A Conjuradora do Sol e o rastreador – o outro descendente de Morozova. As duas pessoas que quase puseram fim à vida dele. *Só o nosso próprio poder pode nos destruir, e mesmo isso não é garantido.* Ele estivera provocando-os o tempo todo, implorando que adivinhassem o seu plano. *Pelo que entendo, somos parentes.*

O pânico subiu por Zoya, uma coisa resfolegante tentando sair dela com unhas e dentes.

— Eu o deixei escapar. Fracassei com todos nós.

— Ainda não — tranquilizou-a Maly. — A não ser, é claro, que esteja desistindo.

Alina sorriu e balançou a cabeça de leve.

— Eu não coloquei você no comando porque foge de uma luta.

Zoya se afastou e pressionou as palmas contra os olhos.

— Como você pode estar tão ridiculamente calma?

Alina riu.

— Não me sinto nem um pouco calma.

— Definitivamente ainda estou aterrorizado — disse Maly.

— Ele pareceu diferente para você? — perguntou Alina.

Maly deu de ombros.

— Pareceu o de sempre. Lúgubre e insuportável.

— Qual era o nome do rapaz? O monge?

— Yuri Vedenen — respondeu Zoya. — Nunca teria imaginado que aquele garoto magrelo pudesse causar tantos problemas.

— Aposto que você já disse a mesma coisa sobre mim.

Zoya fez uma careta.

— Você ganharia essa aposta.

— A carta de Genya dizia que vocês pensavam que Yuri ainda estivesse dentro dele. Acho que têm razão. O Darkling parece diferente, desequilibrado.

As sobrancelhas de Maly se ergueram.

— Ele já foi *equilibrado*?

— Não exatamente — admitiu Alina. — A eternidade faz isso com uma pessoa.

Ela apoiou a mão enfaixada na bochecha de Zoya, e Zoya congelou, sentindo de repente como se estivesse com a tia de novo, naquela cozinha em Novokribirsk. *Eu poderia ficar aqui,* ela tinha dito. *Poderia ficar com você e nunca voltar.* A tia havia apenas alisado o cabelo dela e respondido: *Não, minha garota corajosa. Há alguns corações que batem mais forte que outros.*

— Zoya — disse Alina, puxando-a de volta ao presente, a seu medo, àquele lugar miserável. — Você não está sozinha nisso. E ele pode ser derrotado.

— Ele é imortal.

— Então por que se encolheu quando você conjurou a tempestade?

— Ela não fez nada!

— Ele vê algo em você que o assusta. Sempre viu. Por que acha que se esforçou tanto para nos fazer duvidar de nós mesmas? Ele tinha medo do que poderíamos nos tornar.

Nós somos o dragão. Não nos deitamos para esperar a morte. Uma pequena fração do medo dela recuou.

— Zoya, você sabe que estamos aqui se precisar.

— Mas o seu poder...

— Eu ainda consigo disparar um rifle. Era uma soldada antes de ser uma santa.

Eu gosto desta. Ela é destemida. O sussurro de Juris, um eco dos próprios pensamentos relutantes de Zoya sobre a órfã que já tinha afastado e desprezado. A risada do dragão ecoou nela. *A perda a tornou ousada. Pena que não posso dizer o mesmo de você.*

Zoya suspirou.

— Isso é tudo ótimo — ela disse. — Mas como eu vou contar ao rei?

18
NIKOLAI

O BANQUETE FOI LONGO, MAS ANIMADO, e o chef de Nikolai se superou ao servir pelo menos sete comidas diferentes com gelatina. Makhi e seus cortesãos os deixaram quando as danças começaram – depois que o tratado foi assinado. Se ela respeitaria o acordo, agora dependeria de Tamar, Ehri e Mayu.

— Ficaríamos felizes em hospedá-los — disse Nikolai enquanto os cavalos e a carruagem da rainha eram trazidos para levá-los ao aeródromo.

— Já atuei o máximo que consigo esta noite — respondi Makhi. — Até consegui engolir aquela refeição medonha. Agora preciso ver quantos danos minha irmã fez.

Antes que Makhi subisse em sua carruagem, ela gesticulou para Nikolai, claramente desejando conversar longe de seus ministros.

— Algo aconteceu em Ahmrat Jen. Algum tipo de flagelo. Houve incidentes similares perto de Bhez Ju e Paar.

— As pessoas estão chamando de *Kilyklava*, o vampiro. A mesma coisa aconteceu em Ravka.

— Eu sei. Mas tenho que me perguntar se essas ocorrências estão apenas encobrindo a mobilização de alguma nova arma ravkana.

— Isso não é uma arma — disse Nikolai. — Ao menos não uma que qualquer um de nós saiba empunhar. O flagelo atacou na Ilha Errante, em Fjerda e em Novyi Zem.

Ela fez uma pausa, absorvendo a informação.

— As sombras, o solo morto que segue no encalço desse flagelo... tudo lembra a Dobra.

— É mesmo.

— Há boatos sobre o retorno do Darkling, o Sem Estrelas.

— Ouvi os mesmos boatos.

— E o que fará se ele *tiver encontrado* um modo de retornar?

Nikolai adoraria saber. Mas duvidava que *amarrá-lo a um arbusto espinhento e tentar enviá-lo para o inferno de uma vez por todas* inspiraria muita confiança.

— Primeiro preciso vencer o lobo à minha porta, depois veremos quais pesadelos espreitam no escuro.

— Você vai compartilhar as informações que encontrar.

— Vou.

— E se descobrir quem é responsável... — A voz dela falhou, e Nikolai entendeu que ela não tinha perdido apenas território para o flagelo. Para a rainha, aquilo era muito pessoal. — Serei eu a puni-lo.

Mas quem era o vilão? O Darkling criara a Dobra, mas Nikolai, Zoya e Yuri, todos tiveram um papel em trazê-lo de volta. O que Zoya tinha dito? *Somos todos monstros agora.*

Nikolai só pôde oferecer uma meia verdade.

— Se isso se tornar claro, a vingança será direito seu.

— Anseio por esse dia. — Makhi entrou na carruagem. — Talvez o surpreenda quanto tempo eu consigo guardar rancor.

— Pena que não conheceu a general Nazyalensky. Acho que vocês duas teriam muito sobre o que conversar.

A porta da carruagem se fechou e, em uma nuvem de terra e cascos em galope, o séquito shu foi embora.

Nikolai voltou ao salão de baile, onde os músicos tinham puxado uma melodia animada. A rainha Makhi permanecera no casamento só como uma demonstração de força, para que não a vissem sair correndo após o tratado ter sido assinado.

Era estranho beber, comer e brindar sem Tamar ali, sabendo que ela estava em perigo e que, se tudo aquilo desse errado, talvez jamais voltasse a Ravka. Nadia tinha feito votos de felicidade a David e Genya, depois se retirado cedo, preocupada demais com a mulher que amava para aproveitar a festa. Tolya dissera que ele fizera as pazes com a separação da gêmea, mas Nikolai podia ver a melancolia em seu rosto. Apesar de seu tamanho intimidador, Tolya era o gêmeo mais tímido, o matador que deveria ter sido um estudioso, se o destino tivesse ordenado a vida deles de outra forma.

— Onde está David? — ele perguntou a Genya, sorridente e corada depois de dançar. Ela se jogou numa cadeira e tomou um grande gole da taça de vinho. Parecia reluzir em seu vestido dourado, com o tapa-olho bordado com rubis.

— Estávamos no meio de uma dança quando ele murmurou algo sobre cones da proa e sumiu. Foi muito romântico.

— David *dançou*?

— Eu sei! Ele sussurrou a contagem dos passos e pisou nos meus dedos mais que no chão. — O sorriso dela poderia ter iluminado todo o salão de baile. — Nunca me diverti mais. E pensar que uma rainha compareceu ao meu casamento.

— E um rei — disse Nikolai, com falsa indignação.

Ela o dispensou com um gesto.

— Você não é novidade. O vestido dela era divino.

— Tenho quase certeza de que ela queria matar todos nós.

— Casamentos são assim. Quando podemos esperar notícias de Tamar?

— Recebemos a confirmação da chegada deles e de seu encontro com os ministros de Makhi. Mas fora isso...

Quem sabia o que os esperava no futuro? A esperança de uma aliança. Uma chance de paz.

À meia-noite, a festa começou a perder a energia; nobres voltavam cambaleantes e sonolentos até suas carruagens e Grishas retornavam sem pressa ao Pequeno Palácio, rindo e cantando. As velas foram apagadas e Nikolai se retirou para seus aposentos a fim de examinar as correspondências que haviam chegado com o mensageiro naquela tarde. Não havia nada de que gostaria mais do que deitar e dizer que o dia tinha sido um sucesso, mas seus planos apenas começavam a dar frutos e ainda havia muito a fazer.

A sala de estar parecia vazia e silenciosa demais. Ele estava acostumado a passar esse tempo com Zoya, conversando sobre os eventos do dia. Quando estavam em dois para enfrentar suas batalhas, não se sentia tão sobrecarregado, e naquela noite a sensação estava pior do que o normal. Não era apenas que eles tinham dado um salto no desconhecido com aquele casamento armado e sua jogada para manter os shu do seu lado. O demônio quase se libertara mais cedo. Nikolai quase perdera o controle, e ainda não tinha certeza do que causara aquilo ou se poderia acontecer de novo. Conseguira conter a coisa maldita, mas sentia como se tivesse segurado as rédeas a noite toda. Estava quase com medo de adormecer. Talvez fosse mais seguro não dormir.

Ele pediu chá. Passaria a noite trabalhando.

Foi Tolya quem trouxe a bandeja. Tinha tirado o *kefta* vermelho e colocado de volta seu uniforme verde-oliva simples.

— Não consigo dormir.

— Podemos jogar cartas — sugeriu Nikolai.

— Estive trabalhando num novo poema...

— Ou podemos nos lançar de um canhão.

O olhar de Tolya era feroz.

— Um pouco de cultura não o mataria.

— Não tenho objeções à cultura. Saiba que já adormeci em alguns dos melhores balés. Pegue uma xícara. — Enquanto ele vertia o chá, Nikolai perguntou: — Tolya, Tamar encontrou a garota dos sonhos dela. Como é que você ainda está sozinho?

Tolya ergueu os grandes ombros.

— Eu tenho minha fé, meus livros. Nunca quis mais.

— Estava apaixonado por Alina?

Tolya terminou de servir antes de dizer:

— Você estava?

— Eu me importava com ela. Ainda me importo. Acho que poderia tê-la amado, com o tempo.

Tolya tomou um gole de chá.

— Sei que ela era só uma garota para você, mas para mim ela é uma santa. Esse é um tipo diferente de amor.

Um sino alto começou a ressoar em algum ponto a distância.

— O que é isso? — perguntou Tolya, franzindo o cenho.

Nikolai já estava de pé.

— Os sinos de alarme na cidade baixa. — Ele não os ouvia desde sua festa de aniversário catastrófica, quando a maioria da linha Lantsov tinha sido massacrada. — Vá...

Ele ouviu um zumbido distante – motores no céu. *Por todos os santos, não pode ser...*

Então um *vush*, como o rugido alto e empolgado de uma multidão.

Boom. A primeira bomba caiu. A sala chacoalhou, e Nikolai e Tolya quase foram jogados ao chão. Houve outro *boom*, seguido por mais um.

Nikolai escancarou a porta. Metade do corredor havia desabado e o caminho estava bloqueado por uma pilha de destroços. O ar estava repleto de poeira de reboco. Ele só podia rezar para que nenhum guarda ou criado tivesse ficado preso.

Ele saiu correndo pelo corredor, seguido por Tolya, e agarrou o primeiro guarda que conseguiu encontrar, um jovem capitão chamado Yarik. O rapaz estava coberto de poeira e sangrando onde fora atingido por algo, mas tinha o rifle em mãos e seus olhos estavam focados.

— Alteza — ele gritou. — Precisamos levá-lo aos túneis.

— Reúna todos que conseguir. Evacue o palácio e leve-os para o subterrâneo.

— Mas...

Boom.

— O teto pode ceder — disse Nikolai. — Vá!

A própria terra tremia. Era como se o mundo estivesse se desmanchando.

— Mobilize os Grishas para a cidade — ordenou Nikolai enquanto ele e Tolya corriam para o Pequeno Palácio. — Eles vão precisar de Curandeiros e Aeros para ajudar a mover os destroços. Contate Lazlayon e ponha nossos voadores no céu.

— Aonde você vai? — perguntou Tolya.

Nikolai já corria em direção ao lago.

— Para cima.

Suas botas bateram no cais. Ele pulou na cabine do *Peregrino*. Não era tão ágil quanto o *Gavião,* mas carregava armamentos mais pesados. Era veloz e letal e pareceu um animal despertando ao redor dele.

O voador avançou na água, e, no momento seguinte, Nikolai ascendia em direção ao luar, procurando o céu. O demônio dentro dele guinchou de expectativa.

Bombardeiros fjerdanos eram construídos com aço pesado. Tinham um poder de fogo imenso, mas eram lentos para manobrar. Não deveriam ter sido capazes de lançar suas cargas tão longe de casa; eram pesados demais, exigiam combustível demais. *Um jogo de alcance.* E Fjerda havia acabado de fazer uma jogada que mudaria esse jogo para sempre. Os mísseis de David não podiam mais permanecer hipotéticos.

Nikolai nunca sonhara que os fjerdanos atacariam um alvo civil ou arriscariam ferir a rainha shu. Será que sabiam que ela partiria cedo ou só tinham dado sorte? Ou a rainha Makhi sabia onde as bombas cairiam esse tempo todo?

Ele não podia ter certeza, e não podia considerar as implicações no momento.

Bem abaixo, ele viu focos de incêndio nas cidades alta e baixa. Não sabia quantos danos o Grande Palácio sofrera, mas dois domos do Pequeno Palácio tinham desabado e uma ala estava envolta em chamas. Pelo menos eles não tinham conseguido atingir os dormitórios. Ninguém estaria nas salas de aula ou oficinas tão tarde da noite. Ele pôde ver uma cratera fumegante na margem do lago, a meros passos de onde crianças Grishas treinavam e dormiam. Tinham mirado na escola.

Nikolai perscrutou a noite. Fjerda pintava suas naves de cinza-escuro, para se mover furtivamente. Eram quase impossíveis de enxergar, e difíceis de ouvir acima do rugido do *Peregrino*.

Então ele desligou o motor. Deixou as asas do voador planarem no ar e ouviu. *Ali*. À sua esquerda, a trinta graus. Ele esperou as nuvens se abrirem e, como esperado, viu uma forma se movendo, mais leve do que a noite ao redor. Ligou o motor com um rugido e impeliu o voador em um mergulho, atirando.

O bombardeiro fjerdano explodiu em chamas.

O som de tiros encheu seus ouvidos e ele se inclinou bruscamente para a direita, perseguido por outro bombardeiro. Precisava de melhor visibilidade. As nuvens davam cobertura, mas também eram suas inimigas. Balas acertavam o lado do *Peregrino* com zunidos. Ele não sabia dizer quantos danos tinha sofrido. Lembrava-se da sensação de mergulhar rumo a terra quando o míssil de David o acertara. Não haveria Aeros a postos para salvá-lo agora. Ele teria que pousar e analisar a situação.

Não. Ele não pousaria, não quando as pessoas abaixo – o *seu* povo – ainda estavam vulneráveis.

As nuvens estavam pesadas; ele não conseguia enxergar. Mas o demônio dentro dele, sim. Ele era feito da noite. Queria voar.

Nikolai hesitou. Nunca tinha tentado nada assim. Não sabia o que poderia acontecer. O que significaria ceder o controle? Ele o recuperaria? *Enquanto você debate, seu povo sofre.*

Vá, ele ordenou ao demônio dentro dele. *É hora de caçar.*

A sensação de libertar o monstro sempre era estranha – um fôlego roubado dos pulmões, a impressão de ascender e romper a superfície de um lago. No momento seguinte, ele estava em dois lugares ao mesmo tempo. Era ele mesmo, um rei assumindo um risco que não deveria, um corsário fazendo uma aposta necessária, um piloto com as mãos agarrando os controles do *Peregrino* – e era o demônio, disparando pelo ar, parte da escuridão, com as asas abertas.

Seus sentidos de monstro captaram o rugido do motor, o cheiro do combustível. Ele avistou sua presa e mergulhou.

Ele agarrou o... sua mente demoníaca não tinha palavras para aquilo. Só conhecia a satisfação de sentir o aço ceder sob suas garras, o guincho do metal, o terror do homem que ele arrancou da cabine e estraçalhou. Sangue verteu sobre a boca do demônio – a boca dele –, quente e salgado de ferro.

Logo ele estava no ar outra vez, saltando do bombardeiro que despencava em busca de outra presa. O demônio estava no controle. Sentiu a presença do bombardeiro seguinte antes que Nikolai o visse. Esse seria o último?

Faminto por destruição, o demônio se lançou em direção a ele através da noite e colidiu contra o bombardeiro fjerdano, rasgando o aço com as garras.

Não. Nikolai mandou que parasse. *Eu quero que eles saibam. Quero que vivam em medo.* O demônio subiu na frente da nave e esmurrou o vidro da cabine com as mãos com garras. O piloto fjerdano gritou e Nikolai olhou diretamente nos olhos dele. *Deixe-os entender contra o que estão lutando agora. Que saibam o que os aguarda da próxima vez que invadirem os céus de Ravka.*

Ele viu o demônio refletido nos olhos de seu inimigo.

Eu sou o monstro e o monstro sou eu.

O demônio abriu sua boca com presas, mas foi a raiva de Nikolai que ecoou em seu rugido – pelo que tinha sido feito contra seu povo, seu lar. O piloto fjerdano balbuciou e chorou, e o demônio farejou urina no ar.

Volte para casa e conte o que viu, Nikolai pensou enquanto o demônio alçava voo na noite. *Faça-os acreditar em você. Conte a eles que o rei demônio governa Ravka agora e que a vingança está a caminho.*

Nikolai chamou o demônio de volta, e, para sua surpresa, a criatura não resistiu. A sombra desapareceu dentro dele, mas parecia diferente agora.

Ele podia sentir sua satisfação; sua sede por sangue e violência tinha sido saciada. Seu coração batia no mesmo ritmo que o dele. Era assustador, mas, ao mesmo tempo, a satisfação também era dele. Ele deveria ser o rei sábio, o bom rei, mas agora não sabia como ser sábio ou bom, só furioso, com uma ferida dentro de si ardendo como a cidade lá embaixo. A presença do demônio a tornava mais fácil de suportar.

Enquanto o *Peregrino* descia, ele tentou contar as colunas de fumaça erguendo-se de Os Alta. Só a luz do dia revelaria a extensão completa da destruição e as vidas perdidas.

Ele pousou o voador no lago e o deixou se aproximar da margem em ponto morto. Sem a trovoada do motor nos ouvidos, havia somente os sons de medo na noite – os sinos de alarme, os gritos de homens enquanto tentavam puxar amigos dos destroços. Eles precisariam de sua ajuda.

Nikolai tirou o paletó e começou a correr. Ele reuniria Aeros, Soldados do Sol. Eles poderiam ajudar na busca por sobreviventes. Sabia que seus voadores já teriam partido do Pântano Dourado e de Poliznaya para patrulhar os céus em busca de sinais do inimigo. Teria que emitir um aviso de blecautes. Eles estavam localizados em estaleiros e bases que poderiam ser considerados alvos militares. Mas agora toda cidade e todo vilarejo ravkano teria que apagar suas lanternas e encontrar seu caminho no escuro.

Enquanto Nikolai se aproximava do Pequeno Palácio, viu que as oficinas de Fabricadores e os laboratórios dos Corporalki tinham sido completamente devastados, mas quaisquer pesquisas que tivessem se perdido poderiam ser escavadas ou replicadas. Ele avistou a figura enorme de Tolya na multidão. Estava prestes a gritar por ele quando viu as lágrimas nos olhos de Tolya, a mão pressionada contra a boca.

Aeros tentavam afastar os destroços – e Genya estava com eles. Estava de joelhos, em seu vestido de noiva dourado.

Ele murmurou algo sobre cones da proa e depois sumiu.

O medo se infiltrou no coração de Nikolai.

— Genya? — Ele caiu de joelhos ao lado dela.

Ela apertou a manga dele. Por um momento, não pareceu reconhecê-lo. Seu cabelo ruivo estava coberto de poeira, seu rosto exibia rastros de lágrimas.

— Não consigo encontrá-lo — ela disse, com a voz perdida e desnorteada. — Não consigo encontrar David.